KB058879

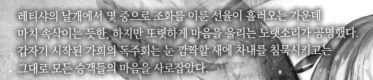

레티샤의 날개에서 몇 중으로 조화를 이룬 선율이 흘러오는 가운데
마치 속삭이는 듯한, 하지만 또렷하게 마음을 울리는 노랫소리가 공명했다.
갑자기 시작된 가희의 독주회는 눈 깜짝할 새에 차내를 침묵시키고는
그대로 모든 승객들의 마음을 사로잡았다.

"이게 채율(彩律)의 선율이라 불리는
            소리의 정령님의 노래……."

소리의 정령은 음유시인들 사이에서는 거의
신이나 다름없는 존재였다.
갑자기 소리의 정령이 어쩌니 저쩌니 하는 소리를 듣고,
무슨 말인가 하고 의아해하던 에밀리오였으나
그 독주는 믿을 수밖에 없는 설득력을 띤 채 그의 가슴에 밀려들었다.

에밀리오는 마음속 깊은 곳까지 울려 퍼지고
맴돌며 모든 것을 무지개빛으로 수놓는
음색에 자신도 모르게 눈물을 흘렸다.

몸을 구석구석 다 씻은 미라는 적당히 식은 몸을 다시 탕에 담가 덥히며,
이번에는 가만히 정원 풍경을 만끽했다.

일정 간격으로 울리는 시시오도시의 소리는 미라의 마음을 한없이
온화하게 해주었다. 그렇게 깜박 느긋하게 시간을 보내는
바람에 미라는 또다시 약간 현기증이 나도록 탕에 몸을 담그고 말았다.

$\langle 1 \rangle$

　루나틱 레이크를 나선지 두 시간 남짓. 미라는 개울이 흐르는 초원에서 하늘을 올려다보고 있었다. 개울에서 볼일도 보고, 소모된 수분을 애플오레로 보급하고 나서 바라본 푸른 하늘은 높기만 했고 느긋하게 흐르는 구름은 어린 아이가 빚은 점토마냥 볼 때마다 모습을 바꾸었다.

　살며시 뺨을 쓰다듬는 바람이 기분 좋은 오후였다.

　미라는 페가수스에게 몸을 맡긴 채 느긋하게 부는 바람을 눈으로 즐기다가, 어느샌가 모여든 새와 동물들을 둘러보며 여유를 즐겼다.

　"평화롭구나……."

　무심결에 미라의 입 밖으로 나온 말에 답하듯 페가수스가 울었고, 그에 동의하듯 주변에 있던 동물들이 합창했다. 얼핏 보면 그 모습은 그야말로 평화 그 자체였고 잡다하게 모여든 동물들도 서로 다투거나 하지도 않고 얌전해 보이기만 했다.

　이렇게 그러한 순간을 충분히 만끽하여 기운을 보충한 미라는 발굽이 피범벅이 된 페가수스의 등에 올라타 상쾌하게 하늘로 날아올랐다.

　직후, 지상에서는 머리가 발굽 모양으로 함몰된 거대한 새의 고기를 두고 처절한 싸움이 시작되었지만 미라는 개의치 않고 앞길만을 바라보았다.

황혼을 지나 지평선 너머로 빛이 꺼져들자 막이 내리듯 어둠이 하늘을 뒤덮었다. 밤을 비추는 지배자가 하늘 높은 곳에서 빛나기 시작하자 멀찍이서 차례로 불빛이 밝혀졌다. 유달리 눈에 띄는 커다란 고층 빌딩 비슷한 건물이 그 빛을 받아 어렴풋이 그림자를 드리우고 있었다.

"드디어 보이는군."

미라는 페가수스의 목을 단단히 붙잡은 채 밤의 어둠 속에서 눈을 가늘게 뜨고서 전방을 노려보았다. 아직 다소 멀기도 한 데다 어두운 탓에 선로는 보이지 않았지만 밝혀진 빛을 통해 상당히 번화한 도시임을 알 수 있었다.

실버 사이드. 철도가 들어섬으로 인해 새로 생겨난 도시 중 하나로 역 도시라 불리기도 하는 그곳은, 알카이트 왕국의 수도인 루나틱 레이크만큼은 아니라지만 그래도 충분히 넓은 도시였다.

페가수스는 실버 사이드에 도착하자 그대로 전방에 우뚝 선 건물로 향했다. 미라는 도시에 내려서 견학이라도 해볼까 했지만 예상보다 도착 시간이 늦어진 탓에 대신 오늘 묵을 숙소를 물색하기로 했다.

옆으로 길고 나무와 철과 돌로 된 번듯한 건조물에는 큼지막하게 '실버 사이드 역'이라 적혀있었다. 그 역 옆에 착륙한 미라는 얼굴을 들이밀어 비벼대는 페가수스에게 "수고 많았다"라고 말하고서 송환했다.

밖에 나와 보니 사람들이 순백의 페가수스가 내려왔다며 하늘을 올려다본 채 주위를 노려보듯 살피며 소란을 떨고 있었다. 미라는 선술기능 '축지'로 그 무리에 숨어들어 모르는 척 역 정면으로 향했다.

접수처와 비슷한 카운터에는 '금일 운행은 종료되었습니다'라는 간판이 걸려 있었다. 하지만 실버 사이드 역의 입구에는 아직도 활기가 남아 있었다. 철도 운행은 내일까지 없다지만 역 구내 점포가 아직 운영 중이기 때문인 듯했다.

미라는 입구로 살며시 고개를 들이밀어 내부를 살폈다. 활기 넘치는 사람들과 상점가 같은 광경이 시야에 들어왔다.

"이곳은 대체 어느 시대인 게야……."

건축재 자체는 모두 돌과 철, 나무와 같은 흔하디흔한 것들이었다. 하지만 그 구조는 선진적이라 해야 할지, 2층까지 연결된 천장은 탁 트여 있는 데다 오가는 사람들의 복장도 세련되어 미라는 갑자기 테마파크 안에라도 들어온 듯한 착각에 빠졌다.

안쪽까지 점포가 늘어서 있어 밤인데도 구내는 대낮처럼 밝았다. 하지만 미라는 그런 상점가에 등을 돌려 잽싸게 역을 뒤로 했다.

'역은 내일 둘러보아도 되겠지. 그보다 피곤해서 못쓰겠군. 어서 숙소를 잡아 쉬고 싶구나.'

구내 상점가는 분명 미라의 관심을 끌기에 충분했지만 그보다 신체적 피로감이 더욱 컸던 것이다.

가로등이 밝혀진 역 앞 광장에는 여러 종족, 여러 직업을 가진 자들이 오고 있었다. 하루의 일을 마치고 귀갓길을 서두르는 자며 밤은 지금부터 시작이라는 듯 들뜬 집단, 그리고 하룻밤 묵을 여관을 찾는 여행자. 역 도시에서도 역시 독특한 시간이 흐르고 있었다.

여행자들에게 섞여 주변을 둘러보니 여관임을 뜻하는 간판이 곧장 눈에 들어왔다. 그것도 한둘이 아니라, 역 앞 광장을 에워싸듯 주변 일대가 모두 여관 간판을 내걸고 있었다. 그리고 그것은 광장을 벗어나도 이어져 있었다.

"이 정도일 줄이야⋯⋯."

여관이 많다는 이야기를 솔로몬에게 듣기는 했지만 예상보다 훨씬 복작복작한 그 모습을 보고 있자니 어이가 없어, 미라는 저도 모르게 한숨을 흘렸다. 심지어 외관 역시 다종다양했다. 아파트 비슷하게 생긴 소박함과 안심감을 전면에 내세운 여관이 있는가 하면, 궁전과도 같은 고급감을 부각시킨 여관도 있었다. 여러 가지 특색을 지닌 여관이 잇달아 늘어서 있어 마치 여관 박람회라도 열린 듯한 공간이 되어 있었다.

이 또한 재미있군. 그렇게 생각한 미라는 눈에 들어온 순서대로 여관들을 한 집 한 집 들여다보았다.

첫 번째는 소박한 여관. 그런 탓인지 로비에 사람이 많은 데다 밖에는 만실(滿室)이라는 팻말이 걸려 있었다.

두 번째는 술통이 무수히 늘어서 있는 여관. 그곳은 1층이 주점으로 운영되고 있는, 판타지 세계의 전형적인 여관이었다. 그래서인지 혈기왕성한 남자들이 술통을 낀 채 떠들어대고 있었다. 살짝 들여다보기만 했는데도 알코올 냄새가 확 끼쳐온 데다 남자들투성이라 숨이 턱 막혀오는 것 같아 미라는 그 즉시 철수했다.

세 번째는 궁전 같은 여관. 종업원들뿐 아니라 로비에 보이는 손님들도 어쩐지 품위 있어 보이기는 했으나 어쩐지 답답하게 느껴져 미라는 다음 여관으로 향했다.

네 번째는 레스토랑 같은 요리를 자랑하는 여관. 밖에는 오늘의 셰프라는 글씨와 함께 미남들의 사진이 늘어서 있었다. 미라는 그 낯익은 요리보다는 선명한 사진 쪽에 주목했다. 스크린샷이 아닌 실체가 있는 사진에.

아무래도 사진이 존재하는 모양이었다. 미라는 이 세계의 기술이 다방면으로 진화했구나, 하고 감탄하며 총총히 다음 여관으로 이동했다. 커다란 창문 너머로 보이는 가게 안이 셰프를 보러 온 것이 아닐까 싶은 여성 손님들로 가득했기 때문이다.

다섯 번째 여관은 어떤 의미에서는 네 번째 여관과 정반대였다. 메이드복으로 몸을 감싼 종업원과 열광하는 남성 손님들이 보인 시점에서 미라는 잽싸게 발걸음을 돌렸다.

여섯 번째 여관은 음악을 테마로 한 여관이었다. 전속 악단이 곡을 연주하고 있었는데, 무의식중에 어깨가 들썩일 것만 같은 경쾌한 음악이 흘러나왔다. 밖에는 음유시인 '즉흥 참가 환영'이라고 적혀 있었다. 미라는 밖에서 한 곡을 끝까지 들은 뒤 다른 여관으로 향했다.

그리고 일곱 번째, 미라는 예스러운 일본 특유의 정서가 넘치는 여관과 마주쳤다. 부지는 단정하게 정돈된 산울타리로 둘러싸여 있었으며 일본식으로 지어진 건물이 그 안에 자리해 있었다. 처마 밑에는 여관의 이름인 듯한 성월장(星月莊)이라 적힌 등롱이 매달려 있었다. 그 외관에 한눈에 반한 미라는 무언가에 홀린 듯 미닫이문을 열고 현관에 들어섰다.

드르륵 하는 그 소리마저 기분 좋게 들렸다.

여관에 들어서 보니 현관은 돌바닥이었지만 그 앞은 일본식 건물답게 마루가 깔려 있고, 다다미가 깔린 로비가 펼쳐져 있었다. 골풀(등심초라고도 불리며 다다미의 원료로 쓰임)과 거의 일치하는 그 그리운 냄새를 맡은 미라는 엉겁결에 한숨을 흘렸다.

'이곳으로 해야겠구나!'

군데군데에 밝혀진 주황색 빛이 정면에 장식된 진주 같은 꽃이며 산기슭이 그려진 수묵화 등, 로비에 있는 모든 것을 비추고 있었다. 미라는 그러한 광경을 보고 있자니 마음속 한 구석이 훗훗해지는 듯한 느낌이 들었다.

이렇게 외관뿐 아니라 내부 장식에까지 홀딱 반해버린 미라는 신발을 벗고 그대로 카운터로 향했다.

"어서 오십시오. 성월장에 오신 것을 환영합니다."

접수 담당 여성은 공손하게 고개를 숙이더니 고개를 들어 다정한 미소를 던져왔다. 검은 머리, 검은 눈에 일본식 복장이 잘 어울리는, 그야말로 요조숙녀라 하기에 걸맞은 미인이었다. 미라는 그 고상한 모습을 잠시 넋 놓고 쳐다보다가 자신의 옷차림새를 바로하고 표정을 수습했다.

"하룻밤 부탁하마."

미인 앞이라 들떴던 탓인지 미라는 아주 조금 거들먹거리는 포즈를 취하고 말았다. 접수를 맡은 여성은 "알겠습니다"라고 대답하며 숙박서와 깃털 펜을 내밀었다. 미라는 폼을 잡고 싶었지만 지금의 외모로는 조금 어른인 척하고 싶어하는 소녀 그 자체로 보일 뿐이었다.

"여기 성함과 직업을 기재해주십시오."

"음."

여전히 포즈를 취한 채 깃털 펜을 받아든 미라는 이름, 그리고 직업에는 잠시 생각한 끝에 모험가라 기입했다. 접수 담당 여성은 기입을 마친 숙박서를 받아들어 훑어보더니,

"모험가 분이시라면 등록증을 제출해주셔야 하는데, 잠시 보여주시겠어요?"

그렇게 말하며 자그마한 트레이를 내려놓았다. 미라는 고개를 끄덕이고는 웨스트 파우치에서 등록증을 꺼내다, 그대로 경직되었다. 등록증은 진혼도시 카라낙의 술사조합 접수원인 유리카에게 받은 깜찍한 가죽제 카드케이스에 들어있었기 때문이다. 폼을 잡고 싶은 미라에게 대놓고 소녀 취향인 그것은 치명적이라 할 수 있었다.

허둥지둥 케이스에서 꺼내려던 참에 "그대로 보여주셔도 괜찮습니다"라고 다정한 투로 말하기에 미라는 마지못해 케이스 겉면이 보이지 않도록 펼쳐서 트레이에 올려놓았다.

접수 담당 여성은 등록증을 확인하고서 숙박서에 뭐라 추가로 기입하더니 카드케이스를 정중하게 덮어 미라에게 돌려주었다.

"확인했습니다. 아침 식사와 저녁 식사가 포함된 휴양 코스가 2만 리프, 숙박만 하시는 간단 코스가 1만 2천 리프입니다만, 어

느 쪽으로 하시겠어요?"

"휴양 코스로…….."

척 보아도 팬시한 분위기를 풍기는 케이스를 들킨 미라는 고개를 푹 숙인 채 코스를 결정했다. 접수 담당 여성은 그런 미라에게 계속해서 미소를 던지며 숙박서에 추가 사항을 기입해나갔다.

"요금은 선불이니 지금 지불해주시겠어요?"

"음."

미라는 짧게 대답하고서 카드케이스를 웨스트 파우치에 다시 넣고, 이번에는 화폐를 욱여넣은 가죽 주머니를 끄집어내서 미스릴화(貨) 두 닢을 트레이에 내려놓았다. 미라가 지갑 대신 쓰고 있는 가죽 주머니는 처음에 솔로몬이 돈을 담아 주었던 물건이었다. 인상만 두고 보면 카드케이스와 상당히 격차가 난다는 사실을 미라는 알아채지 못했다.

"이용해주셔서 감사합니다. 곧 담당자가 안내해드릴 겁니다. 편안하게 쉬십시오."

접수 담당 여성이 그렇게 말하며 고개를 깊이 숙이자 윤기 넘치는 검은 머리가 흔들려 앞으로 쏟아졌다. 그녀는 고개를 든 뒤, 자연스럽게 머리를 정돈했다. 그러는 동안에도 미소는 흔들리지 않았고, 세련된 자세는 처음 받았던 인상보다 한층 더 강고해진 듯 보였다. 미라는 다시금 넋을 놓고 쳐다보고 말았다.

"그러면 손님, 방으로 안내해 드리겠습니다."

미라의 옆에 살며시 나타나 말을 붙인 것은 메오우족 여성으로 생각보다 훨씬 일본식 복장이 잘 어울리는 점원이었다.

"잘 부탁하마."

미라가 답하자 점원은 현관에 벗어둔 미라의 신발을 가지런히 모아 손에 들고는 "이리로 오시죠"라고 말하며 옆방으로 안내했다.

그 방에는 신발장이 늘어서 있었다. 자물쇠가 달려 있고 각 칸마다 문자가 적혀 있었다. 점원은 그중 '하늘'이라 적힌 곳에 미라의 신발을 넣고 열쇠로 잠갔다.

"이곳이 신발 수납방입니다. 객실과 같은 열쇠를 사용하니 퇴실하실 때는 신발을 꺼낸 후에 열쇠를 접수처에 반납해주십시오."

신발장이 한 방에 모여 있는 것은 경관을 해치지 않기 위한 성월장 측의 배려라는 모양이었다. 어쩐지 학교 신발장을 방불케 하는 광경이었다.

객실과 이어진 다다미식 복도는 여관 입구과는 달리 빛이 닿지 않는 심해처럼 호젓한 분위기를 띠고 있었고, 같은 간격으로 늘어선 등롱 불빛이 희미하게 흔들려 정적에 파문을 자아내고 있었다.

적절한 탄력을 띤 다다미를 내딛는 감촉이 아주 그만이었다. 옻칠이 된 기둥은 담박한 어둠 속에서 은은히 빛나고 있었다. 장식이 곁들어진 미닫이문이며 장지문은 일본스러운 분위기를 한층 더 두드러지게 해주었다. 원래 세계에서도 이 정도로 일본적인 정서가 집약된 장소를 찾기란 쉽지 않으리라. 그런 탓에 미라의 가슴은 기대감으로 한껏 부풀어 올랐다.

작은 방울과 리본이 달린 점원의 꼬리가 딸랑딸랑 소리를 내며 좌우로 흔들렸다. 그것을 눈으로 쫓으며 얼마간 몇 개의 방을 지나친 끝에, 하룻밤을 묵을 '하늘방'이라 적힌 방 앞에 도착했다. 점원이 장지문을 열자 그곳에는 목제 미닫이문이 있었다.

"장지문 안에 또 문이 있다니. 재미있는 구조로군."

"장지문이 늘어선 복도는 화사하고 아름답지만 방범면에서는 취약하거든요. 그걸 보완하기 위한 게 바로 이 이중문 구조랍니다."

"오호라."

점원은 미라가 중얼거린 말에 대답하며 열쇠를 그 미닫이문에 꽂아 돌렸다. 미라는 한 번 더 복도로 고개를 내밀어, 화사한 장지문이 늘어선 그 아름다운 경관을 보고는 옳은 말이라고 납득했다.

미라가 묵을 방은 말 그대로 일본식 방이었다. 방의 너비는 다다미 열 장(일반적으로 1.65제곱미터로 두 장이 대략 한 평 정도의 너비. 일본 부동산 등에서는 아직도 평보다는 다다미 장수로 너비를 헤아림) 정도로 나뭇결이 선명한 테이블이 자리해 있고, 그 위에는 칸칸이 담긴 화과자가 놓여있었다. 다갈색 좌식 의자, 그 정면에는 꽃꽂이 된 꽃과 폭포가 그려진 족자. 구석구석 공을 들였다는 것이 느껴지는 내부 장식이었다. 그리고 창밖으로는 이국정취가 물씬 풍기는 풍경이 보였다. 일본식 방에서 내다보는 도시 풍경은 스크린에 비친 영화의 한 장면 같았다.

"저녁 식사는 바로 내올까요?"

"으음~ 우선은 몸을 씻고 싶다만. 이곳에 목욕탕은 있느냐?"

미라는 모처럼 여관 요리를 맛보게 되었으니 몸과 마음을 정갈하게 한 뒤에 즐기고 싶어졌다. 그러자 점원은 들뜬 목소리로,

"각 객실에도 욕실은 있지만 개인적으로는 대욕장을 추천하고 싶습니다. 본 여관이 첫째로 꼽는 자랑거리거든요."

그렇게 말하며 방 안에 있던 옷장에서 바구니를 끄집어냈다. 그 안에는 타월과 비누 등, 입욕에 필요한 물건 일체가 들어 있었다.

"호오, 대욕장이라."

"입욕하실 때는 이 바구니에 든 것을 사용해주십시오. 만약 지금 바로 가시겠다면 안내해드리겠습니다."

"그럼 부탁하도록 하지."

여관에 와놓고 대욕장에 가지 않는다는 선택지를 미라가 고를 리 없었다.

다시 복도로 나온 점원은 방을 열쇠로 잠그고 그대로 "이게 방과 신발장의 열쇠니 잃어버리지 않도록 주의해주십시오"라고 말하며 그 열쇠를 내밀었다. 미라는 고개를 끄덕이고는 받아든 열쇠를 웨스트 파우치에 넣고서 다시 점원의 꼬리를 쫓아갔다.

대욕장 앞에 자리한 넓은 공간에서는 휴식을 즐기는 여러 숙박객들의 모습을 볼 수 있었다. 그곳에 있는 이들은 하나같이 유카타(목욕을 한 뒤, 혹은 여름철에 입는 일본 무명 홑옷)를 입고 있었고, 한쪽에서는 똑딱똑딱 경쾌하게 탁구공이 튀는 소리까지 들려왔다. 인접한 매점에는 토산물이 진열되어 있고 벽에는 여관 내부 안내도

가 붙어있었다. 어쩐지 여행지 특유의 느낌이 물씬 풍기는 따스한 빛과 모든 것들이 조용히 녹아든 분위기 속에서, 숙박객들은 그 시간을 즐기고 있었다.

그러한 분위기 속에 망연히 선 소녀 한 명이 있었다. 미라였다. 미라는 지금 '여탕'임을 또렷하게 주장하고 있는 붉은 포렴 앞에서 자신의 생각이 짧았다며 쓴웃음을 짓고 있었다. 자고로 대욕장은 남녀로 구분되어 있기 마련이었다. 그리고 소녀가 된 현재, 그녀의 성별은 여성으로 분류되었다.

하지만 미라는 여기까지 와서 이상한 저항감에 사로잡혔다. 성에 있는 시녀들의 알몸을 통해 **그러한** 일에는 적응이 되었다며 방심하고 있던 미라는 이 순간이 돼서야 비로소 자신이 크나큰 착각을 했음을 알아챈 것이다.

성에 있는 시녀들. 그녀들은 거침없이 밀려든 탓에 느낌상으로는 식구에 가까웠다. 말하자면 친척 누나의 알몸 같다는 인상이 강했다.

하지만 현재, 눈앞에 자리한 포렴 너머에 있는 여성들은 모두가 새빨간 남이었다.

그렇다, 지금까지는 연습이었던 것이다. 본 경기를 앞둔 미라는 눈에 띄게 동요하여 긴장을 억누르는 것이 고작인 상황에 처해 있었다.

"그럼 편히 쉬세요. 저녁 식사는 때를 살펴 가져다 드리겠습니다."

자아, 그만 각오를 굳혀라, 하고 자신을 고무시키던 도중에 점원이 미라에게 바구니를 내밀었다.

"음, 알겠다⋯⋯."

미라는 아직 긴장을 완전히 억누르지 못했다. 하지만 자신을 배웅하는 듯한 점원의 미소에 등을 떠밀려, 어정쩡하게 각오를 한 상태에서 걸음을 떼었다. 그리고 태도만은 당당하게 유지한 채 여탕의 문턱을 넘었다.

다다미가 깔린 탈의실은 넓고 목제 로커가 벽면을 가득 메우고 있었다. '탕(湯)'이라 적힌 등롱이 같은 간격으로 매달려 있는 가운데, 여성들의 속살이 그 빛에 희미하게 물들어 신비하고도 야릇하게 떠오르고 흔들렸다.

주변을 둘러보니 미숙한 몸에서 탄력 있는 싱싱한 몸, 그리고 전성기가 지난 몸까지, 젊고 늙은 여자들이 두루두루 모여 있었다.

입구에서 완전히 정지해 있던 미라는 연습과 본 경기의 분위기가 달라도 너무 다르다는 생각을 하며 잽싸게 구석에 자리한 로커로 장소를 옮겼다.

로커에는 하나씩 번호가 배정되어 있었고, 비어 있는 로커에는 열쇠가 꽂혀 있었다. 대중탕 등에서 자주 볼 수 있는 형식이었다. 로커 중 하나를 열고 바구니를 쑤셔 넣은 미라는, 곧바로 옷을 벗기 시작했다.

'으음⋯⋯ 이 정도일 줄이야.'

주변에서는 가족의 목소리며 친한 자들끼리 수다를 떠는 교성, 플리카를 방불케 하는 요상한 목소리에, 순진한 소녀의 웃음소리 등이 들려왔다. 여성만이 가득한 공간에서 미라는 팬티를 로커에 쑤셔 넣고는 바구니에서 타월과 비누를 꺼내고 문을 잠갔다. 그리고 열쇠에 달린 신축성이 있는 고리끈을 팔에 끼우고서 달아나듯 대욕장으로 뛰어들었다.

"이것 참⋯⋯."

점원이 첫째로 꼽는 자랑거리라 소개할 만하다는 생각이 들어, 미라는 대욕장을 둘러보며 탄성을 흘렸다.

놀라운 점은 탕에 들어가기 전에 몸을 씻는 곳까지 다다미가 깔려있다는 점이었다. 흔히 다다미탕이라 불리는 부류로, 그야말로 전통여관이 아니면 볼 기회가 거의 없는 물건이었다. 미라 역시 이런 곳은 와본 적이 없었다.

욕실을 가득 메운 습기는 피부에 윤기를 더해주는 동시에 적절한 온기로 온몸을 감싸주었다. 이러한 환경에서도 은은히 감도는 골풀 냄새는 비누 냄새와 뒤섞여 독특한 청량감을 자아내고 있었다.

하지만 미라의 마음을 간질인 것은 그뿐만이 아니었다. 욕조 안쪽에 인접한 그곳에는 일본정원을 본떠 만든 정취 넘치는 공간이 파노라마처럼 펼쳐져 있었던 것이다.

등롱의 은은한 불빛은 그 정원의 화사함을 방해하지 않고 밤이 내린 정원의 세련되고도 상쾌한 분위기를 부각시켜주고 있었다.

보는 자의 마음에 평온함을 가져다주는 그 광경에 미라는 이질감을 느낌과 동시에 향수 비슷한 감정에 사로잡혀 그 자리에 멀거니 서 있었다.

그런 가운데 귓가에는 물이 흐르는 맑은 소리와 즐거운 듯 이야기하는 소녀의 목소리가 들려왔다. 미라는 한 걸음 한 걸음 걸어 나가 조심스럽게 주변을 확인하며 몸을 씻는 곳에 자리 하나를 확보했다. 그곳에는 기술의 진보를 여실히 말해주는 듯한 은 세공 수도꼭지와 샤워기가 늘어서 있었다.

미라는 실용성 넘치는 지금의 시대에 감사하며 샤워기로 몸을 가볍게 씻은 뒤, 잔뜩 들뜬 발걸음으로 대욕장 깊은 곳으로 들어갔다.

대욕장에 자리한 커다란 욕조에는 중앙에 어른 키만한 바위가 우뚝 솟아 있고, 그 꼭대기에서 온천이 솟구쳐 나오고 있었다. 작은 어린 아이들이 그 바위 근처에서 놀고 있었다. 바위를 끌어안거나 흘러내리는 따뜻한 물을 손으로 받는 등, 실로 즐거워 보였다.

그런 광경에 마음이 훈훈해지는 것을 느끼며 미라가 욕조에 발을 담근 순간.

"잠깐 잠깐, 그대로 들어가면 머리카락까지 탕에 들어갈 거 아냐!"

누군가가 그렇게 말하며 미라의 어깨를 붙잡았다. 뒤를 돌아보니 무척 탄탄한 몸을 지닌 키 큰 여성이 다정한 미소를 던지고 있었다. 옅은 보라색을 띤 짧은 머리에 나이는 20대 초반 정도에 다소 성격이 드세 보이는 인상을 풍기는 아가씨였다.

"그러고 보니, 그렇군."

그 아가씨의 말대로 미라는 공중 목욕탕에서는 머리를 탕에 담그지 않는 것이 매너였음을 떠올리고는 마리아나가 땋아준 트윈 테일을 풀었다. 그때, 문득 여성을 올려다 본 미라의 눈이 순식간에 휘둥그레졌다. 상대가 미인인 탓도 있었지만 그 이상으로 흥부가 지나치게 자기주장을 하고 있었다는 이유가 더 컸다. 다른 손님들도 선망과 질투가 뒤섞인 시선을 보내고 있는 것으로 미루어, 평균을 까마득히 웃도는 크기인 듯했다.

'우음! 이건 아무리 이 몸이라도 감당하기가 힘들군…….'

그런 불의의 공격을 간신히 견뎌낸 미라는 평정심을 되찾으며 적당히 머리를 묶어 목에 둘렀다.

"충고해줘서 고맙다."

그렇게 말하며 다시 욕조에 들어가려던 미라의 어깨를 또다시 아가씨의 손이 붙잡았다.

"잠깐 잠깐 잠깐. 그렇게 하면 마음 편히 목욕을 못 하잖아. 내가 해줄게."

아가씨는 미라를 반강제로 끌어안아 목에 감긴 머리카락을 풀어다 능숙한 솜씨로 땋기 시작했다.

"나, 여동생이 있거든. 너처럼 머리가 길어서 자주 이렇게 땋아주고는 했어. 아, 그 리본 좀 써도 될까?"

그 여동생 생각이 나서인지 아가씨의 목소리가 다소 다정해졌다. 미라는 "음" 하고 고개를 끄덕이며 트윈테일과 함께 풀었던 리본을 어깨 너머로 건네주었다.

"이제, 여기를 이렇게 하면……. 자, 이제 괜찮아."

곱게 땋은 머리카락이 리본으로 단정하게 정리되었다. 미라는 두 손으로 머리카락의 상태를 확인하고는 그 완성도에 만족하며 입을 열었다.

"이러면 느긋하게 쉴 수 있겠군. 고맙다."

뒤로 돌아 감사인사를 한 미라의 눈앞에 실하게 여문 모성의 상징이 버티고 있었다.

"뭘 이런 거 갖고…… 응? 왜 그래?"

미라는 무심결에 응시하고 말았고 아가씨는 그 모습을 보고 고개를 갸웃했지만, 미라의 시선이 한곳에 못 박혀 있었던지라 금세 이유를 알아챘다.

"아, 아하, 그렇구나. 너도 참 조숙하구나."

"아니?! 그게 말이지?!"

태도로 확신을 굳힌 아가씨는 그렇게 말하며 몸을 앞으로 굽혀 미라의 가슴에 얼굴을 들이댔다. 그에 반해 미라는 엉큼한 생각을 했던 것이 들통 난 것인가 싶어 허둥지둥 시선을 이리저리 굴려대기 시작했다.

"너 정도 나이면 한창 신경 쓰일 때지. 응, 하지만 괜찮아! 지금 나이대에 이 정도면, 분명 어른이 될 즈음에는 더 커져 있을 테니까."

아가씨는 허리를 쭉 펴고서 미라의 두 어깨에 손을 내려놓고는 그렇게 미래를 보증해주었다.

"아아, 음, 그거 안심이로군……."

잘 생각해보니 이렇게 귀여운 자신이 엉큼한 생각으로 가슴을 보고 있었다고 생각할 리가 없었다. 그 사실을 새삼 알아챈 미라는 그 말에 안도함과 동시에 뭐라 형용할 수 없는 감정을 억누르며 자신의 가슴을 내려다보았다.

'뭐어, 지금이 가장 완벽한 상태지만 말이지!'

새삼 그 사실을 확인한 미라는 자신만만하게 가슴을 폈다.

$\langle 2 \rangle$

　욕실에서 머리를 땋아준 아가씨와의 만남 후, 미라는 의기양 양하게 욕조에 한쪽 발을 담갔다. 무언가가 다리를 타고 기어 올 라오는 듯한 온천 특유의 온기에 표정이 풀어질 대로 풀어져, 드 문드문 몸을 담그고 있는 여성들을 자연스럽게 흘끔거리며 나아 갔다.

　그렇게 겨우 목적했던 일본정원을 코앞에서 감상할 수 있을 것 같은 구석 자리를 확보했다.

　"참으로 훌륭하구나."

　대욕장과 이웃하여 밖에 펼쳐져 있는 것은 지천회유식 정원(일 본정원의 양식 중 하나로 연못을 중심으로 한 길을 중심으로 형성된 정원)이었다. 해가 저문 이 시간에는 석등롱에 불이 밝혀져, 밤의 장막을 살며 시 손으로 젖혀낸 듯 정원을 비추고 있었다. 맑은 연못에는 화려 한 색을 띤 잉어가 당당히 헤엄치고 있었고, 그 주변을 이끼가 낀 바위며 소나무가 조용히 장식하고 있었다. 소나무 숲 안쪽에는 대나무 울타리가 늘어서 있어 풍취를 더해주고 있었다.

　토옹, 하는 시시오도시(대나무 통에 일정량의 물이 채워지면 기울어져, 물 을 쏟아내고 돌아가며 돌을 때려 소리를 내게 되어 있는 장치. 일본정원에서 빼놓 을 수 없는 요소 중 하나)의 음색은 아련하게 비친 정원의 정적을 흔들 어놓고는 물거품처럼 사라졌다. 미라는 그런 한순간에 귀를 기울 이며 자세를 바꾸었다.

23

"오오?! 어느 틈에."

정신이 들어보니 머리를 땋아주었던 아가씨가 옆에 있어, 미라는 몸을 뒤로 젖히며 소리쳤다.

흐뭇하게 지켜보는 듯한 표정을 짓고 있던 아가씨는 미라와 시선이 마주치자 다정한 미소를 지었다.

"아까부터 있었는데 이제야 알아챘네~."

아가씨는 그렇게 말하며 기쁜 듯 입꼬리를 치올렸다. 그 모습을 똑바로 본 미라는 헤벌어진 입을 감출 요량으로 등을 돌린 채 욕조 가장자리에 왼쪽 팔을 걸치고서 바짝 붙었다. 그러고는 점잔을 떨며 "해서, 무슨 볼일이라도?"라고 말했다.

"아니, 딱히 볼일이 있는 건 아니고. 어째 혼자인 것 같아서 내 버려둘 수가 없었다고 해야 할지, 같이 있어주고 싶었다고 해야 할지……."

아가씨는 동생이 그리운 나머지 단순히 미라를 동생처럼 돌봐주고 싶었던 모양이었다. 하지만 그렇다고 해서 선심이라도 쓰듯 처음 만난 상대의 머리를 감겨주거나 등을 씻겨주는 것은 좀 그렇지 않나, 하는 생각이 든 듯했다.

그렇게 말을 흐리기 시작한 참에 아가씨의 눈이 미라의 팔에서 빛나고 있는 은팔찌를 포착했다. 순간, 눈빛이 확 바뀌었다.

"가만, 그거 조자의 팔찌야? 혹시 상급 모험가?"

아가씨는 몸을 불쑥 내민 채 미라의 왼쪽 팔을 빤히 쳐다보았다.

"음? ……으음, 그렇다만."

조자의 팔찌라는 명칭에 익숙지 않은 미라는 순간 무슨 소리인가 하고 생각한 뒤, 알몸 상태인 현재 가지고 있는 팔찌는 하나밖에 없다는 사실을 알아채고는 고개를 끄덕였다.

미라의 대답을 들은 아가씨는 눈을 빛내며 말을 받았다.

"우와~. 조자의 팔찌, 부럽다~. 엄청 편리하다던데. 나 있잖아, 지금은 D랭크인데 조금만 더 하면 C랭크가 될 것 같거든. 좋겠다~. 엄청 부러워~."

그렇게 말하며 순진한 표정으로 미라의 정면으로 돌아섰다. 그리고 가만히 앳된 구석이 남은 미라의 몸을 구석구석 살피더니 기대로 가득한 눈빛을 보내왔다.

"그래서 너는…… 아, 으음, 나는 아세리아라고 해. 너를 뭐라고 부르면 될까?"

아직 자기소개도 하지 않았다는 사실을 알아챘는지, 아가씨는 허둥지둥 자신의 이름을 밝혔다. 미라로 말하자면 똑바로 쳐다보기에는 아직 배짱이 모자라 정원 쪽으로 시선을 던지며 대답했다.

"이 몸은 미라다. 그대로 미라라고 부르도록."

"응, 알겠어. 그래서 말인데 미라야. 클래스를 가르쳐줄 수 있을까?!"

미라에게 더욱 큰 관심이 생겼는지 아세리아는 서서히 거리를 좁혀, 결국 코앞까지 다가오고 말았다. 아세리아의 날숨이 바로 옆에서 느껴져 살짝 흥분하고 만 미라는 그것을 정원의 풍취로 다소 억누르며 애써 냉정하게 "소환술사다"라고 대답했다. 하지만 그 눈은 서서히 아세리아의 가슴 쪽으로 끌려가기 시작했다.

"오오~. 소환술사구나~. 함께 다녀본 적은 없지만 상급에는 많나 보네~."

미라의 클래스를 들은 아세리아는 멍하니 침묵을 지키다 순순히 감탄하며 그렇게 말했다. 아무래도 아세리아도 좀처럼 신인이 육성되지 못하고 있다는 소환술사의 현황을 아는 모양이었다. 하지만 아세리아는 보기 드문 사람을 만난 것이 기쁜 듯한 눈치였다.

"참고로 나는 성기사야!"

아세리아가 새삼 강조하듯 그렇게 말했다. 클래스명을 들은 미라의 뇌리에 문득 친구의 얼굴이 떠올랐다.

"호오, 성기사라. 그렇다면 솔로몬과 같군."

알카이트 왕국의 국왕 솔로몬 역시 성기사였다. 미라가 그 사실을 아무 생각 없이 입에 담은 다음 순간, 아세리아는 어린애처럼 밝은 미소를 지었다.

"아는구나? 나 있지, 어릴 적부터 솔로몬 님 이야기를 엄마한테 듣고 자랐거든. 그때부터 내 동경의 대상이었어. 그래서 솔로몬 님과 같은 클래스를 선택한 거야."

아세리아는 쑥스러워하면서도 기쁜 듯 몸을 배배 꼬았다. 성기사 솔로몬의 옛날이야기를 자장가 대신 듣고 자란 탓인지 아세리아는 솔로몬을 그야말로 아홉 현자 이상의 영웅으로 인지하고 있는 모양이었다. 그리고 그것은 어느샌가 동경심으로 바뀌었고, 이내 장래의 목표로 변해 지금에 이른 것이리라.

"호오, 그 녀석을 동경한다라……. 그 녀석은 상당히 특이한 방식으로 싸웠다만, 그 부분도 따라하고 있는 게냐?"

미라는 성기사답지 않게 맹공을 퍼붓던 솔로몬의 모습을 떠올리며 아세리아도 성기사의 왕도에서 크게 벗어난 전투 방식을 취하고 있지 않을까 싶어 불안해졌다. 친구의 영향을 받았다니 더더욱 걱정이 되었다.

"목표로 하고는 있지만 아직 멀었거든."

그 사실은 파악하고 있는지 그렇게 대답한 아세리아는 갑자기 진지한 눈빛으로 미라를 똑바로 바라보며 말을 이었다.

"그런데 미라. 아까부터 솔로몬 님을 이름으로 막 부르거나 '그 녀석'이라고 하는데……. 임금님을 그런 식으로 부르면 못 써. 특히 솔로몬 님은!"

그것은 분명 상식이라 해도 좋을 충고였다. 솔로몬이라 하면 소국이라고는 해도 술법과 연관이 있는 자들 중에는 모르는 자가 없는 알카이트 왕국의 정점. 경의를 표하기에 충분한 위인. 그것이 일반 상식으로 알려진 솔로몬이라는 존재였지만 미라에게는 함께 놀고 수다를 떨며 고민을 나누었던 친구였다. 어지간히 주의를 기울이지 않으면 자연히 친근한 자에 대한 우애가 담긴 호칭이 나오고 말았다.

'솔로몬 님…………. 으음~ 위화감밖에 안 드는구만…….'

"이제 와서 그런 소릴 한들……."

미라는 머릿속으로 '솔로몬 님'이라는 단어를 뇌까려 보고는 형용하기 어려운 감각이 밀려들어 엉겁결에 본심을 흘리고 말았다. 그러자 아세리아의 눈에 깃든 눈빛이 더욱 날카로워지기는 했지만, 그 방향성은 크게 달라진 듯 보였다.

"그 호칭 말인데, 어쩐지…… 엄청 친근하게 들리는데 혹시 솔로몬 님이랑 아는 사이야? ……에이, 아무리 그래도 그럴 리는 없으려나?! ……그래서, 언제?"

농담을 하는 투로 말을 하기는 했으나 그 눈은 한없이 진지해 보였다. 아세리아는 진의를 확인할 때까지 물러나지 않겠다는 결의를, 미라의 두 어깨를 붙잡은 채 코앞까지 바짝 다가서서 밝혔다.

실오라기 하나 걸치지 않은 여성이 너무 가까이 다가온 탓에, 그러한 상황에 익숙지 않은 미라는 결국 동요를 감추지 못하고 눈이 휘둥그레져서 연신 고개를 끄덕이며 답할 수밖에 없었다.

"그 녀석이 왕이 되기 전부터 알았지. 친구 같은 거다."

미라는 아세리아의 기세에 밀려 순순히 진실을 털어놓고 말았다. 그에 반해 아세리아는 눈살을 찌푸리며 의심이 가득한 표정으로 미라를 노려보았다.

"솔로몬 님이 왕이 된 건 30년은 더 된 일이잖아. 미라는 아무리 봐도 서른 살을 넘긴 것처럼 보이지 않는데."

"왜, 그건 솔로몬도 마찬가지 아니냐."

미라가 말한 바대로 솔로몬도 소년의 모습을 유지한 채 왕으로 군림하고 있는 존재였다. 아세리아는 "듣고 보니"라고 중얼거리고는 미라의 몸을 샅샅이 훑어보았다.

"하지만 겉으로만 보면 미라는 평범한 사람이잖아. 엘프나 요정 같은 특징도 없고……."

아세리아가 가장 먼저 떠올린 것은 미라가 장명종(長命種)이라 불리는 존재일 가능성이었다. 하지만 미라의 몸에 그러한 특징 같은 것은 존재하지 않았다. 엘프족의 긴 귀며, 요정족의 날개 같은, 세상에 널리 알려진 장명종의 증표라 할 것이 보이지 않았던 것이다.

"잠깐 실례."

고개를 갸웃하던 아세리아는 그렇게 말하며 미라의 윗입술을 손가락으로 집어 살며시 들춰 올렸다. 하얀 이가 가지런히 자리해 있었다. 흡혈종의 특징인 날카로운 어금니가 있는지를 확인한 것이리라.

자신을 의심하는 아세리아를 앞에 두고 있자니 미라의 머릿속에도 오랜 세월이 지나도 외모가 변하지 않는 솔로몬과 루미나리아, 그리고 그들과 같을 터인 자신은 어떤 종족으로 분류될까 하는 의문이 싹트기 시작했다. 하지만 그러한 생각은 그리 오래 가지 못했다. 금방 그 답이 들려왔기 때문이다.

"그러면 역시. 미라도 솔로몬 님처럼 천인족(天人族)인 거야?!"

아세리아가 놀라 당황하면서도 간신히 목소리를 낮춰 말했다. 동시에 미라는 천인족이라는 낯선 단어를 듣고 물음표를 띄웠다.

"그렇지, 미라야?"

"좀 진정해줬으면 한다만. 애초에 그 천인족이라는 게 대체 뭐냐?"

어깨에 얹어진 손을 떼어놓고 간신히 거리를 벌리는 데 성공하기는 했지만 계속해서 바짝 다가서려 하는 아세리아를 손으로 제지하며 미라는 그 단어의 의미를 물었다. 아세리아는 그 순간 "어라라?" 하고 흥분이 식은 듯한 눈치로 다시 한 번 미라의 온몸을 훑어보았다.

"그게 있지. 천인족이라는 건 솔로몬 님을 비롯한, 때를 같이 해서 나타나기 시작한 사람들을 말해. 장명족과는 달리 겉모습은 평범한 인간족과 같지만 나이를 먹어도 모습이 변하지 않는 종족이지. 나라의 임금님들은 대부분 천인족이라는 소문도 있어. 또 모험가랑 장인 같은 유명한 사람들 중에 많다는 이야기도 들었는데. 하늘이 사람들을 위해 보내신 사자라는 이야기도 있었던 것 같고."

기억을 더듬는 듯한 말투로 아세리아가 천인족에 관해 설명했다.

"흐음~ 그런 뜻인가."

요컨대 천인족이란 플레이어 출신자들을 뜻하는 말임을 미라는 알아챘다. 분명 30년 동안 장명족이 아님에도 불구하고 모습이 바뀌지 않으면 의문스러워하는 자들이 나올 수밖에 없을 것이다. 인간도 장명족도 아닌 존재. 그렇다면 괴물이나 마물로 치부할 법도 하지만 그렇게 간주되기 전에 어찌어찌 새로운 종족이라는 형태로 자리를 잡은 것이리라. 그렇게 예상한 미라는 그 당시 벌어졌을 소동을 상상하며 쓴웃음을 지었다.

미라의 상상은 한없이 사실에 가까웠다. 실제로 의심의 눈총이 쏟아지기는 했으나 플레이어 출신자들이 사람들을 위해 활약하는 것을 통해 분위기를 완화시켰다. 그러던 중에 스스로를 하늘에서 땅으로 내려온 새로운 종족이라 선언하여 천인족이라는 명칭을 세계에 침투시켰던 것이다. 그 덕인지 천인족은 그 희귀한 능력 탓에 사람들의 경의의 대상이 될 정도로 인정받는 존재가 되어 있었다.

"그래서, 어때?"

기대로 가득한 아세리아의 얼굴이 불쑥 다가왔다.

"아마 그러할 것이야. 실감은 안 난다만……. 일단 솔로몬과 지인이라는 증거는 있다."

그렇게 말하며 미라는 신분증으로써의 효력이 증명된 훈장을 끄집어냈다. 그것을 서훈한 자가 솔로몬이라는 사실을 알 수 있게끔 되어 있다고 들었기 때문이다.

아세리아는 흥미진진한 표정으로 그 훈장을 구석구석 관찰했다. 그리고 무엇을 발견했는지 눈이 휘둥그레졌다.

"우와, 진짜네. 솔로몬 님의 이름이 새겨져 있어. 그렇다면 미라는, 정말로……."

사실 서훈 받은 훈장에는 특수한 형식의 문자로 솔로몬의 이름이 새겨져 있었다. 미라는 보아도 알아채지 못할 특수한 문자였지만 솔로몬을 숭배하는 아세리아에게 있어 그것은 상식의 범주에 속한 일인 모양이었다. 그런 탓에 미라가 지닌 훈장은 아세리아에게 절대적인 증거가 되었다.

"이렇게 가까이서 천인족을 본 건 처음이야~. 피부도 엄청 깨끗하고, 귀여운 걸 보니 역시 천인족은 달라도 뭔가 다르구나."

아세리아는 아쉬움이 뚝뚝 묻어나는 태도로 훈장을 미라에게 돌려주고는 황홀한 표정을 지었다. 아세리아에게 있어 천인족은 솔로몬과 같은 종족인 탓에 존경의 대상인 모양이었다.

그리고 정말로 천인족이라면 미라가 조금 전에 말했던 솔로몬이 왕이 되기 전의 일을 알고 있다는 이야기는 사실이라는 뜻이되었다.

"미라야…… 아니, 미라 님. 부탁이 있습니다. 솔로몬 님의 과거를 알고 계신다면 부디 솔로몬 님은 어떤 수행을 하셨는지 가르쳐주십시오~."

아세리아는 갑자기 공손한 말씨로 그렇게 말하더니 욕조 안에있음에도 불구하고 넙죽 엎드려 큰절을 감행했다. 그 행동이 너무 갑작스러운 탓에 주변 여성들까지 술렁대기 시작했고, 미라로서는 감당하기 힘든 시선이 날아들었다.

"알겠다. 그렇게까지 안 해도 가르쳐주마. 그러니 그만하지 못할까!"

그렇게 말하며 미라는 아세리아를 온천물 안에서 억지로 끌어올렸다. 하지만 아무래도 물속에 있어서 말이 들리지 않았는지 아세리아는 다시 한 번 고개를 처박으려 했고, 그런 그녀를 끌어안다시피 해서 말리는 과정에서 실로 부드럽기 그지없는 아세리아의 몸이 온몸으로 느껴지는 바람에, 미라는 복잡하게 소용돌이치는 감정을 애써 억누르며 "얼마든 가르쳐줄 테니 제발 그만해다오!"라고 외쳤다.

"정말로?! 아니, 정말로요?! 감사합니다!"

"그리고 좀 전처럼 이야기해도 상관없다. 이 몸은 그대와 다를바 없는 평범한 모험가니 말이다."

그렇게 말하며 미라는 뺨이 붉어진 것을 얼버무리듯 정원 쪽으로 고개를 돌렸다.

"응, 알겠어. 미라가 그러라면 그렇게 할게. 그래서 솔로몬 님은 어떤 식으로 단련을 하셨어?"

아세리아가 목욕탕 안에서 무릎을 꿇고 앉아 진지하게 물었다. 한 마디도 놓치지 않겠다는 자세였다. 그 눈동자는 기대로 가득했지만 아주 조금 어두워 보이기도 했다.

"가르쳐주는 건 상관없다만, 왜 그렇게까지 해가며 들으려 하는 게냐? 그냥 관심이 있어서 그러는 것 같지는 않은 듯한데."

"그게 있지……. 나 실은 지금 슬럼프에 빠졌거든. D랭크 후반에 들어 영 일이 잘 안 풀리지 뭐야. 여기 좀 봐…… 여기, 그리고 여기도. 약값은 약값대로 들고, 의뢰도 잘 안 풀리고."

아세리아는 미라에게 잘 보이도록 몸에 남은 흉터를 가리키며 말했다. 미라도 어깨며 옆구리에 난 상처를 확인하기는 했지만 그 이상은 아슬아슬한 위치에 있었던 탓에 시선을 돌린 채 맞장구만 쳤다.

"조금 전에도 말했지만, 나는 솔로몬 님을 동경해서 성기사를 택했어. 하지만 최근 들어 어떻게 하면 솔로몬 님처럼 강해질 수 있을지 막막하다는 생각이 들어서."

문득 아세리아의 표정이 어두워지더니 눈까지 내리깔았다. 미라는 그런 아세리아의 모습을 보고는 어째서인지 이해가 된다는 듯 고개를 끄덕였다.

"솔로몬처럼이라. 그 녀석은 정도에서 벗어나 있으니 본보기로 삼지 않는 편이 좋을 텐데."

"나도 여러 성기사들과 만나봐서 그 정도는 알아. 하지만 아무리 생각해봐도 내 마음속의 최고는 솔로몬 님이야. 그러니까 부탁할게. 참고삼아 가르쳐줘."

아세리아는 그야말로 지푸라기라도 잡는 심정으로 말했다. C랭크부터 상급자라 불리는 이유는 C와 D사이에 보이지 않는 벽이 있기 때문이었다. 그것은 힘, 지혜만으로는 넘을 수 없는 종합적인 힘의 벽이었다. D랭크에는 그것을 시험하는 듯한 의뢰가 섞여 있는데, 아세리아는 현재 그 단계에서 고전 중이었다.

"뭐어, 알겠다. 헌데, 솔로몬을 동경하고 있다면 그대는 속성검을 가지고 있을 테지?"

"당연하지! 내 전투 스타일은 솔로몬 님과 마찬가지로 속성해방 특화니까. 가지고 있는 건 홍련직검(直劍)뿐이지만……."

"흠, 홍련직검이라."

그 무기는 화염 속성을 지닌 표준적인 속성검이었다. 누구나 쉽게 다룰 수 있는 데다 오래 사용할 수 있는 일품이었다.

속성해방 특화라면 속성무기의 성능이 전력에 큰 영향을 미치리라. 하지만 홍련직검 정도면 무기로 쓰기에는 충분했다. 미라는 솔로몬의 당시 모습을 떠올리며 아세리아와 어디가 다른지를 생각했다.

"슬럼프라고 했지? 구체적으로 어떤 슬럼프에 빠졌다는 게지?"

검 자체에는 문제가 없다. 그렇다면 다음으로 의심해볼만한 것은 실력 쪽이다. 거기에 문제가 있는 것은 아닐까 싶어 미라는 그

원인을 캐내기 위해 물음을 던졌다. 그러자 아세리아는 울적한 마음을 숨기려는 듯 미소를 머금은 채 입을 열었다.

"최근 들어 검이 잘 안 나가. 분명 타격을 입혔다는 손맛은 느껴지는데 숨통을 못 끊어서 왕창 반격을 당해 결국 실패하고…….
아아 진짜, 지금까지는 이런 일이 없었는데~!"

"흠…… 검이 잘 안 나간다라."

실패를 연발하던 나날의 분한 마음이 떠올랐는지 침울해하던 아세리아는 뺨을 부풀리며 수면을 손바닥으로 때렸다. 미라는 자신에게 튄 물방울을 손으로 훔치며 성기사의 기능인 속성해방의 효과에 관한 기억을 더듬어 보았다.

속성해방이란 무구에 깃든 힘을 해방시켜 일시적으로 그 무구가 지닌 속성을 강화하는 기능이었다. 홍련직검으로 사용하면 대상을 불태우는 화염의 칼날이 형성된다.

"사실 내 나름대로 해결책을 생각해봤어. 지금의 홍련직검은 신참 시절부터 사용하고 있는 것이니까, 심기일전하는 차원에서 검을 새로 장만해볼까 해."

"호호오. 뭐어, 홍련직검 이상 가는 물건이 있다면 그것만으로도 강해지기는 할 테지. 해서, 무엇을 쓸 생각이지?"

속성해방은 무구에 깃든 힘이 강하면 강할수록 효과도 비약적으로 향상되는 특성이 있었다. 홍련직검도 화염속성의 검 중에서는 중하급에 속하는 성능을 지녔다. 잘 찾아보면 그보다 나은 무구도 있으리라.

하지만 실력 쪽도 중요하기는 마찬가지인지라 미라는 어느 쪽이 원인인지 확실치 않은 지금은 찬성이라 할 수 없었다. 그런 의미가 담긴 미라의 질문에 아세이라는 다소 의기양양하게 가슴을 펴며 "정령검! 이게 제일일 거라 생각해"라고 대답했다.

정령검. 정령의 힘이 깃든 검은 성기사의 기능, 속성해방과 매우 궁합이 좋았다. 때문에 아세리아의 착안점은 틀리지 않았다. 정령검을 손에 넣으면 성기사로서 비약적으로 성장할 수 있으리라. 하지만 그만큼 입수 난이도도 파격적으로 높았다. 그 이외의 방법을 모색하는 편이 훨씬 확실하다 할 수 있을 정도로.

"정령검이라……. 확실히 속성해방 특화라면 더없이 좋은 무기라 할 수 있을 테지만, 갖고 싶다고 손에 넣을 수 있는 물건은 아닐 텐데?"

정령검뿐 아니라 정령무구 전반은 정령의 총애로 인해 그 힘이 무구에 깃든 것을 말한다. 그것은 정령이 자신을 깎아내는 행위에 가깝다. 정령과 오랜 시간 동안 친하게 지내 마음에 들거나 몹시 드문 행운과 마주치거나 하는 것이 정규 입수 수단이었다.

"응응, 나도 그렇게 생각했어. 사실 이건 비밀인데……."

아세리아는 그렇게 말하며 비밀이야기를 하듯 미라의 귓가로 얼굴을 가져가서는 소곤소곤 말을 이었다.

"오즈슈타인 방면에 있는 항구 마을에 정령무구가 빈번하게 진열되는 가게가 있다고 들었어. 심지어 시장 가격보다 3할 정도 싼 가격에."

기쁨을 억누른 목소리로 속삭인 아세리아는 퍼뜩 얼굴을 뗌과 동시에 소리를 내며 탕에 몸을 담갔다.

"나 있지, 돈은 그럭저럭 모았거든. 비쌌던 건 홍련직검 정도였고, 의뢰도 지금까지는 최소한의 경비로 달성했으니까. 상급은 무리라도 3할 정도 싼 가격의 하급 정령검이라면 어찌어찌 손에 넣을 수 있을 거야. 그래서 지금은 그리로 가는 도중이었어. 철도로 근처까지 갈 수 있다기에."

기쁨을 억누를 수가 없는지 아세리아는 어린애처럼 웃었다.

"그러한 가게가 있을 줄이야. 시대가 많이 바뀌긴 했군그래."

정령무구를 돈으로 산다. 이것 역시 일단은 입수 수단 중 하나이기는 했다. 하지만 그 유용성과 희소성 탓에 가격도 그에 비례하게 치솟았다. 개중에는 같은 가격의 속성무구를 구입하는 편이 성능면에서도 나은 경우마저 있을 정도였다. 그럼에도 정령무구에 그만한 값어치가 있다고 여겨지는 이유는 정령검에 깃든 정령의 힘에 있다고 할 수 있으리라.

정령무구에는 각 정령들의 특징이 깃들기 마련이었다. 하늘을 나는 것을 좋아하는 정령의 힘이 깃들어 있으면 그것을 장비한 자의 몸이 놀라울 정도로 가벼워졌다. 성질 급한 정령의 힘이 깃들었을 경우, 무기를 휘두르면 속성이 뿜어져 나왔고 방어구의 경우에는 적에게 강렬한 반격을 가하기도 했다. 그 부가 가치가 정령무구의 진정한 매력이라 할 수 있었다.

그리고 그것이야말로 성기사와 궁합이 좋은 이유이기도 했다. 속성해방 시, 그러한 힘도 해방되기 때문이다. 미라도 솔로몬이 그 성능의 차이를 보여준 적이 있는지라 파악하고 있었다. 때문에 정령검을 손에 넣을 방법이 있다면 말리지는 않기로 했다. 속성해방 특화 성기사가 강해질 수 있는 확실한 방법이기도 했기 때문이다.

하지만 아세리아의 이야기를 들은 미라는 검에 지나치게 집착하고 있는 것이 아닌가 하는 생각이 들었다. 성기사의 본질은 막고 베는 데 있기 때문이다.

미라는 살며시 고개를 들어 아세리아의 몸을 살폈다. 군데군데 흉터가 보였다. 보면 볼수록 그것은 방패로 커버가 가능할 터인 상반신에 집중되어 있는 듯했다.

아세리아는 반격에 의한 부상이 많다는 말을 하기도 한 데다, 검에 집착하는 듯한 낌새가 엿보이기도 했다. 나아가 전투 스타일은 솔로몬을 참고했다고 했다. 그 점으로 미루어 미라는 방어에 소홀한 것이 아닌가 하는 추측을 세웠다.

성기사에게 있어 방어의 중심은 역시 방패였다. 하지만 아세리아는 비쌌던 것은 홍련직검뿐이라고 했다.

"헌데, 그대는 지금 어떤 방패를 쓰고 있지?"

미라는 시험 삼아 그렇게 물어보았다. 어쩌면 처음부터 상당한 성능을 지닌 방패를 가지고 있었을 가능성도 염두에 둔 질문이었다. 하지만 아세리아는,

"방패? 으음, 여행에 나서기 전에 근처 무구점에서 산 카이트 실드인데."

왜 그런 걸 묻느냐는 투로 다소 고개를 갸웃하며 물었다. 미라는 "그렇구먼"하고 중얼거리며 대충 사정을 짐작해냈다.

속성해방형 성검사의 전투 방식에는 정형적인 흐름이라는 것이 있다. 그것은 속성해방한 방패로 공격을 막고, 그 효과를 통해 적의 자세가 크게 무너졌을 때 일격을 박아 넣는 것이다. 이것이 기초였고, 모든 동작이 여기에서 파생된다고 해도 과언이 아니었다. 그리고 그것은 솔로몬이 한 번 지났던 길이기도 했다.

"확인차 묻겠다만, 그 방패에 속성은 부여했더냐?"

"지극히 평범한 방패라 무속성인데. 혹시, 무슨 문제라도 있어?"

전혀 짐작이 안 가는지 아세리아는 답을 구하듯 기대감이 담긴 시선으로 미라를 바라보았다.

아무래도 성기사의 기초부터 다시 배울 필요가 있을지도 모르겠다. 그리 생각한 미라는 솔로몬이 현재의 전투 스타일을 갖추기까지 어떠한 일을 했는지를 기억 밑바닥에서부터 끌어올렸다. 솔로몬 같은 성기사를 목표로 한다면 조금은 참고가 되리라 생각한 결과였다.

"내가 기억하기로 솔로몬은 속성검보다 속성 방패를 먼저 입수했었지. 검은 꽤 나중이 되어서야 장만했다. 솔직히 말해서 옛날에는 매우 심심한 전투 방식을 취했었다."

"뭐?! 하지만 솔로몬 님이라 하면……."

아세리아는 미라의 말이 믿기지 않아 자신이 알고 있는 모든 솔로몬의 모습을 몇 번이고 머릿속으로 반추해보고는, 최종적으로 미라가 거짓말을 했을 가능성에까지 다다르고 말았다.

하지만 그럴 만도 했다. 미라 역시 초기부터 지켜보지 않았다면 말도 안 되는 소리라고 일축했으리라. 그만큼 솔로몬은 역시 검이라는 인상이 강했던 것이다.

"그대가 무슨 말이 하고 싶은지는 알겠다만 이건 진실이야. 지금의 솔로몬은 성기사로서의 기초를 탄탄하게 다지고 난 뒤에 완성된 것이니 말이지."

"성기사의 기초……. 그렇구나. 천인족인 미라가 그렇다니 틀림없겠지. ……그래서 말인데, 나는 솔로몬 님에 비해 어때 보여?"

진지하게 생각에 잠겨있던 아세리아는 무언가 짚이는 바가 있었는지 미라의 말을 곱씹듯 천천히 정리해 받아들였다. 그리고 마지막 조언을 구하듯 미라에게 그렇게 물었다.

"으음~ 실제로 그대의 움직임을 본 것은 아니라 확답은 못 하겠다만, 솔로몬의 뒤를 쫓을 것이라면 정령검보다 속성방패를 손에 넣는 것이 우선일 게야. 자주 함께 싸웠다만 지금의 전투 방식으로 정착이 될 때까지 그 녀석은 방패에 중점을 두고 전투를 치렀으니 말이지."

"응…… 그렇구나. 그렇겠지? 나도 어렴풋이 느끼고는 있었어. 이 방패는 뭐 하러 들고 다니는 걸까 싶을 때도 있었고."

"그 상태로 여태 버텼다는 것이 더 놀랍다만……."

아세리아 본인도 최근 들어 부상이 늘어난 것이 마음속 한편으로는 신경이 쓰였던 모양이었다. 하지만 지금까지 공격일변도로 달려온지라 중간에 발걸음을 멈추고 원점으로 돌아갈 결심을 하기가 어려웠던 것이 실상인 듯했다.

하지만 그렇게 헤매던 나날에 광명이 비춰왔다. 그것은 목표로 삼고 있는 솔로몬 왕을 잘 안다는 미라의 말이었다. 그 입에서 나온 솔로몬의 과거에는 아세리아를 초심으로 돌려놓을 만한 동경하는 이의 모습이 있었다. 지금까지는 인정하고 싶지 않았던 사실이 지금은 광채를 띤 채 미래를 비추고 있었다.

"만약 안다면 꼭 좀 알고 싶은데……. 솔로몬 님이 처음 손에 넣은 속성 방패는 뭐야?"

아세리아는 애원을 하듯 두 손을 모은 채 말했다. 그 결과 한데 모여 강조된 골짜기에 미라는 결국 굴복하였으나 잠시 후에는 정신을 되찾고 빠른 말투로 답했다.

"그게 아마도, 적옥(赤玉)의 돌방패였지?"

초반에 속성 방패를 얻기 위해 분주히 돌아다니던 솔로몬과 함께 한 미라는 그것을 처음 입수한 자리에 있었다. 적옥의 돌방패는 특수한 마물에게서 입수할 수 있는 화속성의 방패다. 미라는 그렇게 말한 뒤, 다소 그리움에 젖어 당시를 추억했다. 그 돌방패는 전부 다 합쳐 여덟 개의 속성이 있었고 물론 그것들을 다 모을 때까지 도왔다. 그리고 새삼 돌이켜 보니 꽤나 고생을 했었구나 싶어 쓴웃음이 났다.

"적옥의 돌방패……. 그게 솔로몬 님의 원점……. 응, 고마워, 미라. 나도 적옥의 돌방패부터 시작하도록 할게!"

아세리아는 그렇게 선언했다. 그 표정에서는 결의가 넘쳤고, 좀 전까지와는 다른 기개로 가득했다.

"뭐어, 말리지는 않겠다만 그건 속성 방패 중에서도 상당히 하급에 속하는 물건이야. 지금의 그대라면 좀 더 좋은 물건도 마련

할 수 있을 터인데."

"솔로몬 님과 똑같이 할 거야!"

아세리아는 후련하리만치 딱 잘라 말했다. 미라도 그 이상은
뭐라 하지 않고 "뭐어, 잘 해 보거라"라고 응원해주었다. 그러고
는 솔로몬에게 들려줄 좋은 여행담이 생겼다며 미소 지었다.

　오랫동안 이야기를 나눈 탓인지 다소 현기증이 난 미라는 휘청 휘청 욕조에서 일어나 나무통과 목욕탕 의자를 손에 들고서 몸을 씻는 곳 구석에 앉았다.

　그리고 나무통에 물을 담아 타월을 적신 참에 갑자기 기껏 땋 았던 머리가 풀어졌다.

　"무어냐, 그대였나. 또 볼일이 남은 게야?"

　고개를 든 미라의 앞에는 머리를 묶었던 리본을 곱게 개고 있 는 아세리아의 모습이 있었다. 올려다본 탓에 더욱 박력이 넘치 는 가슴이 눈앞에서 흔들리고 있었다.

　"귀중한 이야기를 들려준 답례라고 하기에는 좀 그렇지만, 머 리랑 등을 씻게 해줘!"

　중간에 이야기가 크게 엇나가고 말았지만 애초에 미라에게 접 근했던 이유는 언니로서 여동생 같은 미라를 돌봐주고 싶다는 아 세리아의 마음에서 비롯된 것이었다. 이런 면에서도 초심이 무엇 이었는지 기억해낸 아세리아는 적당한 구실을 대며 미라에게 다 가섰다.

　마리아나와는 근본이 다르기는 하나 어쩐지 닮은 듯했다. 미라 는 다소 톤이 높은 그 목소리를 통해 그렇게 느꼈다.

　다른 누군가가 머리를 감겨주는 것은 어째서인지 기분이 좋았 다. 미라도 그 사실을 아는지라 거절할 이유가 없었다.

"멋대로 해라."

미라는 간결하게 답했다. 승낙을 얻은 아세리아는 의기양양하게 샤워기를 들고서 미라의 은빛 머리카락을 감기기 시작했다. 그 손놀림은 무척 익숙해서 두피에 직접 손가락이 닿을 때마다 간지럽기는 했지만 미라는 쾌락과도 같은 그 기분 좋은 감각에 눈을 감았다.

결과적으로 아세리아는 오랜만에 언니로서의 기분을 만끽했고, 미라 역시 긴장이 풀어질 대로 풀어진 표정을 지은 채 몸을 맡기었다.

몸을 구석구석 다 씻은 미라는 적당히 식은 몸을 다시 탕에 담가 덥히며, 이번에는 조용히 정원의 정취를 만끽했다.

일정한 간격으로 울리는 시시오도시 소리는 미라의 마음을 한없이 편안하게 해주었다. 그렇게 너무 느긋하게 시간을 보낸 미라는 이번에도 약간 현기증이 날 때까지 탕에 몸을 담그고 말았다.

'그만 나가서 저녁 식사를 들도록 할까.'

대욕장에 온지도 어언 한 시간 반. 그제야 만족한 미라는 다음 시시오도시 소리를 신호 삼아 자리에서 일어났다. 그러자 옆자리에서 쉬고 있던 아세리아도 그녀를 따라 일어났다. 미라가 몸을 닦기 시작하자 아세리아도 타월을 쌍절곤처럼 휘두르며 무척 대충대충 몸에 묻은 물기를 닦기 시작했다.

그리고 미라가 욕실을 뒤로 하자 아세리아 역시 그 뒤를 따랐다.

탈의실을 나선 아세리아는 다른 입욕객들을 피해 부리나케 방 구석 쪽에 자리한 선반으로 향했다.

미라로 말하자면 탈의실에 놓인 전신거울 앞에 서서 그것을 물 끄러미 관찰하듯 쳐다보며 무형술로 머리를 말렸다. 그리고 머리 가 눈에 띄게 빨리 마르는 모습을 보고 새삼 감탄했다.

'참으로 신기한 광경이구나.'

흠뻑 젖어 서로를 구속하듯 묶여있던 은빛 머리카락은 불과 수 십 초만에 비단결 같은 감촉을 되찾았다. 가볍게 머리카락을 나 부끼자 가랑눈처럼 하늘하늘 날려 달아오른 피부에 살며시 내려 앉았다. 그리고 거울에 비친 자신의 모습이 너무도 매혹적이라 미라는 천천히 머리카락을 두르듯 몸 앞쪽으로 내려 가슴을 감추 고는 화보집의 한 장면 같은 자신의 모습을 보고 만족스럽게 고 개를 끄덕였다.

"이 몸은 섹시하기도 하구나."

새로운 자신을 발견한 순간이었다.

그 후 미라는 로커에서 목욕용 타월을 끄집어내서 그 부드러운 촉감에 만족하며 얼마간 온천욕의 여운을 즐기고 있었다.

"어라, 아직 다 안 갈아입었네."

잽싸게 옷을 다 갈아입은 아세리아가 바구니를 옆구리에 낀 채 또다시 미라의 앞에 나타났다. 그 몸을 감싸고 있는 것은 옅은 보라색을 띤 유카타로, 벌어진 가슴께에 살며시 드러난 가슴골은 알몸일 때보다 선정적으로 보였다.

"음…… 어쩌다 보니."

하마터면 못 박힐 뻔한 시선을 애써 떼어낸 미라는 가방을 끄집어내서 속옷을 집어 들었다.

"우와, 진짜 좋다! 그게 조자의 팔찌에 내장된 아이템 박스라는 거구나. 부럽다~ 나도 빨리 갖고 싶어~."

마술처럼 갑자기 출현한 가방을 보자마자 아세리아가 말했다. 나아가 미라가 가방을 정리하자 아세리아는 뺨이 붉어져서 은빛으로 빛나는 팔찌를 선망 섞인 눈빛으로 바라보았다. C랭크를 코앞에 둔 아세리아에게 있어 상위의 증표라 할 수 있는 조자의 팔찌는 그야말로 현재 가장 알기 쉬운 목표라 할 수 있었기 때문이다.

"나도 금방 손에 넣을 거야."

미라에게서 지표를 부여받은 아세리아는 힘껏 주먹을 움켜쥐고서 밝은 미소를 지은 채 선언했다. 강해지기 위한 노력을 아끼지 않는 그 태도에 큰 호감을 느낀 미라는, 구태여 말하지는 않았지만 그런 아세리아를 응원했다.

"어라? 미라는 유카타 안 입어?"

미라가 로커에서 평소 입던 원피스를 집어 들자 문득 아세리아가 물음을 던졌다.

"뭐어, 유카타가 없어서 말이지."

미라가 돌아보며 대답하자 아세리아는 무언가가 떠올랐는지 달려 나갔다. 행선지는 탈의실 끄트머리에 자리한 선반이었다. 그것을 열어 안에 있는 물건을 꺼내든 아세리아는 곧장 허겁지겁 돌아왔다.

"미라는 이 정도 사이즈면 되겠지?"

그렇게 말하며 아세리아가 내민 것은 옅은 녹색을 띤 포근한 분위기의 유카타였다.

"마음대로 써도 되는 게야?"

"응, 갈아입을 옷으로 쓰라고 비치해둔 거거든."

그것은 여관이 준비한 갈아입을 옷으로 탈의실에 사이즈별로 상비해둔 것이라고 한다. 게다가 아세리아의 말에 의하면 사이즈뿐 아니라 메오우족을 비롯한 종족별 유카타도 준비되어 있다는 모양이었다.

미라는 과연, 하고 감탄하며 유카타를 받아들었다.

'헌데…… 어떻게 입는 겐지.'

확실히 정취 넘치는 여관에 왔으니 유카타를 입는 것도 나쁘지 않을 듯했다. 하지만 미라는 애초에 일본 전통 복장을 입는 법을 알지 못했다.

대충 걸치고 띠를 묶으면 그만이라는 생각에 미라는 적당히 걸쳤다. 길이 등은 아세리아가 짐작한 대로 딱 맞아 손등을 살짝 뒤덮을 정도였다. 그러고 나서 옷깃을 여미고 함께 받은 띠로 묶으려던 순간.

"잠깐만. 옷깃 여민 방향이 틀렸어."

아세리아는 그렇게 말하며 미라의 정면으로 돌아들어 정성껏 유카타를 입혀주기 시작했다. 주름이 잡힌 소매 등을 말끔하게 펴고 옷깃 방향을 맞추는 등, 매우 능숙한 솜씨로 옷매무새를 바로잡았다. 그리고 끝으로 띠를 묶어 가볍게 조정하고서 한 걸음 물러난 아세리아는 미라의 전체상을 죽 훑어보며 입을 열었다.

"좋아. 완벽해."

아세리아는 그 완성도에 만족해 미소를 지은 채 미라의 머리를 살며시 쓰다듬었다. 아세리아의 그 동작은 언니 그 자체라 할 만한 인상을 풍길 정도로 몹시 자연스러웠다. 완전히 어린애 취급을 당한 셈이었지만, 아세리아가 무언가를 그리워하는 듯한 온화한 분위기를 풍기기에 미라는 그 손을 뿌리치지 않고 아무렴 어떤가 하고 한숨을 내쉬었다.

'사소한 일에 일일이 동요할 수야 없지. 이 몸도 어른이니 말이지.'

옷을 다 갈아입고 탈의실을 나서 보니 선물을 파는 매점이며 탁구대가 늘어서 있었다. 목욕을 마친 숙박객들은 가만히 평온한 시간을 즐기고 있었다. 아련한 등롱의 불빛이 밝혀진 그곳이 본래 세계인지, 지금의 현실인지, 그 경계선상 어디쯤인지 헷갈릴 지경이었다. 미라는 자신도 모르는 새에 이공간 속에 흘러들어온 듯한 착각이 들었다. 그러던 가운데 미라는 둥그렇고 평평한 판에 막대가 붙은 낯익은 물건을 집어 들었다.

'이건 완전히 탁구로군……. 이곳 주인장은 분명 플레이어 출신자일 게야.'

철저하게 일본풍을 표방한 내부 장식도 그렇고 탁구대도 그렇고 본래 있던 세계의 예스러운 문화를 답습한 여관의 콘셉트는 이를 잘 아는 자의 소행이 틀림없다고 미라는 추측했다.

미라는 기술뿐 아니라 문화 방면에도 플레이어 출신자들의 사상이 녹아들었구나 하는 생각에 감탄하면서도 그 그리움이 밀려드는 문화의 은혜를 한껏 향유하기로 했다.

"자, 미라. 이건 내 감사 인사라고 생각해 줘. 목욕 마치고 난 뒤에는 이게 최고거든."

매점에서 종종걸음으로 돌아온 아세리아는 그렇게 말하며 손에 든 병 중 하나를 미라에게 내밀었다.

"오오, 차갑게 식어 있군!"

미라가 받아든 병에는 다갈색 글씨로 '커피 우유'라고 적혀 있었다. 이 역시 목욕을 마치고 난 뒤에 즐기는 것들 중 정석이라 할 수 있는 음료였다.

"아, 뭐야뭐야, 탁구 하고 싶어?"

아세리아는 미라가 손에 든 라켓을 발견하더니 마치 먹잇감을 발견한 매처럼 눈을 가늘게 떴다.

"아니, 그런 것은 아니다만."

그렇게 대답한 미라가 라켓을 탁구대에 내려놓자마자 아세리아의 패기가 사라졌다.

"그대는 하는 법을 아느냐?"

"당연하지. 나, 꽤 강하다?!"

아세리아는 라켓을 집어 들어 가볍게 휘둘러 보였다. 날카롭게 바람을 가르는 소리와 함께 커다란 두 개의 산이 지각 변동으로 인해 흔들렸다. 미라가 만족스러운 눈으로 바라보자 아세리아는 순수한 미소를 띤 채 말했다.

"미라도 해본 적 있어?"

"음, 그럭저럭. 헌데 그대는 상당히 빠삭하구나. 유카타 입는 법을 아는 것도 그렇고, 이곳에는 자주 오는 게냐?"

유카타며 목욕을 마친 뒤 커피 우유를 마시는 관습이며 탁구, 모두 다 본래 이 세계에는 없었던 것들이었다. 하지만 아세리아는 거의 단골이라 해도 좋을 정도로 익숙해 보였다. 자기 나라의 문화에 익숙한 듯한 아세리아의 모습을 보고 있자니 미라의 마음 속에서도 호감이 부풀어 올랐다.

"이 여관은 처음이야. 일본풍 양식은 어딜 가든 똑같은 덕이지, 뭐."

"일본풍 양식이라⋯⋯."

"나 있잖아, 일본풍 양식을 좋아하거든. 뭐라고 해야 할지, 독특한 정서가 있다고나 할까? 엄청 마음이 편안해 지거든. 유카타뿐 아니라 기모노 입는 법도 알아. 스승님한테 배웠거든. 아아, 스승님이라는 건 내게 일본풍 양식을 가르쳐준 사람을 말하는 거야."

어지간히 좋아하는지 아세리아는 밝은 표정으로 말을 이었다. 미라는 자기 나라의 문화가 일본풍 양식으로서 침투되었다는 사실에 놀라면서도 그 문화가 잘 녹아든 듯하여 아주 조금 기뻐졌다. 일본을 좋아하는 외국인을 만난 듯한 기분이었다.

"자아, 미라야. 차가울 때 마셔버리자. 이건 허리에 손을 대고서 단숨에 마시는 게 정석이야."

아세리아는 그렇게 말하며 포즈를 취해 보였다. 그리고 눈짓으로 미라에게도 똑같이 하라고 재촉했다. 그 순수한 눈빛에 미라는 쓴웃음 같은 미소를 지은 채 아세리아와 같은 자세를 취했다. 두 발은 어깨 너비로 벌리고 왼손을 허리에. 그러고서 커피 우유를 단숨에 목으로 흘려 넣었다.

'이건 뭔가 아닌 것 같은데 말이지…….'

아세리아에게 일본풍 양식을 가르친 스승이라는 자에게 다소 화가 치밀기는 했지만 미라는 달착지근한 커피 우유를 모두 비웠다.

"미라도 내일은 열차에 탈 거야?"

"음, 그래야지."

"역시 그렇구나~. 어느 방면으로 가?"

"아리스행이다. 그러는 그대는 어쩔 것이지? 정령검이 아니라 방패를 손에 넣기로 했지 않으냐?"

두 사람은 다 마시고 난 병을 매점 회수 케이스에 버리며 향후의 일에 관한 이야기를 나누었다. 역 앞 숙박 시설에 있는 손님들은 대부분이 철도 이용자로, 아세리아도 내일은 오즈슈타인 방면으로 가는 열차편에 몸을 실을 예정이었다. 하지만 그것은 정령검이 판매되고 있는 가게가 있다는 정보가 있었기 때문이다. 아세리아는 미라와의 대화를 통해 정령검이 아닌 적옥의 돌방패를 손에 넣기로 한지라 이제 그 가게에 갈 필요가 없었다.

"솔로몬 님이 계신 루나틱 레이크로 가기로 했어. 속성 무구를 파는 마켓이 있으니까. 그곳을 뒤져보면 찾을 수 있을지도 몰라."

"호오, 그런 것이 있었던가."

미라도 아직 수도를 구석구석 돌아보지는 않은 터라 기대 섞인 미소를 지은 채 언젠가 관광하고 싶은 장소에 마켓을 추가했다.

"내가 C랭크가 되면 아까 했던 솔로몬 님 이야기의 뒷이야기를 들려줄 수 있을까?"

다소 소심하게, 하지만 최대한의 마음을 담아 아세리아는 그렇게 물었다.

"좋고말고. 그러면 C랭크가 되면 축하하는 차원에서 그 녀석이 했던 훈련 방법도 알려주도록 하마."

"정말?! 아싸! 나, 열심히 할게!"

예상치도 못했던 답변에 아세리아가 온몸으로 기쁨을 표현하자 미라의 시선은 크게 흔들리는 통에 점점 벌어지고 있는 가슴께에 못 박혔다.

"그런데 보아하니 미라는 혼자 여행 중인 것 같네?"

"음, 그렇지."

미라는 부자연스럽게 보이지 않도록 조금씩 시선을 돌리며 대답했다. 미라도 어느 정도 배짱이 생기기는 했지만 아직 응시한 채 대화를 하기는 불가능한 모양이었다.

"아리스에는 의뢰 때문에 가는 거야? 혼자 갈 수 있겠어?"

조합이 보증하는 C랭크라는 기준을 통해 미라의 실력이 어느 정도일지는 대략 짐작되었다. 그리고 천인족이라 밝힌 미라가 자신보다 연상이라는 사실도 안다. 하지만 언니로서의 보호욕에 불이 붙은 아세리아는 자신도 모르게 그렇게 묻고 말았다.

단순한 걱정이 섞인 그 말을 들은 미라는 "걱정할 것 없다. 젊은이들에게 뒤질 이 몸이 아니니"라고 말하며 대담한 미소를 지어 보였다.

"그럼 또 보자!"

"음, 언젠가 다시 보자꾸나."

모험가라면 조합을 경유해서 언제든 연락을 주고받을 수 있다. C랭크가 되면 반드시 연락을 하기로 약속한 아세리아는 의욕으로 가득한 눈을 황황히 빛내며 씩씩하게 달려 나갔다. 짐 속 어딘가에 방패 취급 교본이 처박혀 있다며 지금부터 그것을 숙독할 예정이라는 모양이었다.

기운 넘치는 그 뒷모습을 배웅한 미라는 마음을 다잡고 벽에 붙은 구조도 앞에 서서 그것을 가만히 노려보았다.

'이 몸의 방이 어디였더라……'

점원의 뒤를 쫓아온 것뿐이라 길이 전혀 기억나지 않아, 건네받았던 방 열쇠에 적힌 '하늘방'이라는 장소를 찾았다.

미라는 그렇게 얼마간 방의 위치를 찾아 돌아가는 길을 다 외우고서야 겨우 걸음을 뗐다.

방으로 돌아와 보니 점원들이 테이블 위에 한창 식사를 차리고 있었다.

"어서 오십시오. 금방 준비가 끝나니 잠시만 기다려주십시오."

점원은 미라의 모습을 보고 말하더니 쟁반에서 차례로 식기를 옮겨놓았다. 미라는 살며시 고개를 끄덕이고는 식탁 앞에 앉아 바지런히 상을 차리는 모습을 지켜보았다.

눈앞에 화려한 색을 띤 그릇이 늘어섰다. 모두 다 도기로 되어 있어, 문외한이 보아도 눈이 즐거울 정도로 아름다웠다.

현재 차려진 것은 온도의 영향을 받지 않는 절임과 달걀말이 등의 요리였다.

자리에 앉아 계속해서 식사 준비를 하는 점원의 꼬리를 바라보고 있자니 장지문 밖에서 기척을 하더니 주 메뉴들이 들어왔다. 튀김에 된장국, 찜, 그리고 흰 쌀밥이 차려졌다.

향수를 자극하는 요리들을 보고 있자니 미라는 가슴이 뛰었다. 장식도 화려한 것이 일본풍을 자칭하기에 부끄러움이 없는 요리들이었다.

"요리에 관해 설명해드릴까요?"

"음, 부탁하마!"

식탁 위에 요리가 모두 차려진 참에 메오우족 점원이 묻기에 미라는 이 역시 전통여관의 묘미라는 생각에 냉큼 답했다. 이쪽 세계에서는 일본식을 어떤 식재료로 재현했을지 궁금하기도 했다.

"그럼 이쪽부터. 가든버드의 알에 훈제한 블랙투나 국물을 가미한 계란말이입니다. 그 옆에 있는 것은 프로스트바이슨의 고기를 간장, 설탕, 생강으로 간한 찜요리입니다."

막힘없이 말하던 점원의 말투에 서서히 열이 실리더니, 마치 자신이 만들기라도 한 양 자세하게 요리 하나하나에 담긴 의미며 조리시에 중점을 둔 점에 관해 이야기하기 시작했다.

아주 의욕에 불이 붙었는지 그녀는 차려진 요리와는 상관이 없는 말을 하기 시작했다. 이 가게는 바다에서 먼 탓에 일본풍 양식의 꽃이라 할 수 있는 신선한 회 모둠을 내기가 어렵다는 이야기를 울먹거리며 하더니, 건어물도 맛있기는 하지만 싱싱한 회에는 미치지 못한다며 생선에 관한 이야기를 유독 구구절절 늘어놓았다.

요리를 가져온 또 한 명의 점원이 그런 메오우족 점원을 강제 중단시키더니,

"그럼 느긋하게 드십시오. 식후에 거기 있는 종을 울리시면 식기를 치우러 오겠습니다. 그럼 실례하겠습니다."

하고 바른 자세로 꿇어앉아 고개를 숙이고는 메오우족 점원을 끌고 하늘방에서 나갔다. 직후, 문 너머에서 "몇 번을 말해야 알아듣겠어요!" "죄송해요~"라는 말소리가 들려왔다.

그러한 대화를 들으며 쓴웃음을 지은 미라는 점원이 종이 있다며 가르킨 장소로 눈길을 돌렸다. 그곳에는 '평상심'이라 적힌 족자와 옅은 색채를 띤 아름다운 꽃이 장식되어 있었다. 그 옆에 솔로몬이 슬레이만을 부를 때 썼던 것과 같은 형태의 종이 놓여 있었다.

그것을 확인한 미라는 살며시 시선을 테이블로 다시 돌리고는

땅이 꺼져라 한숨을 내쉬었다.

'평상심이라는 말이 필요한 사람은 따로 있는 것 같다만……'

쓸데없이 글씨를 잘 쓴 나머지 어쩐지 우스꽝스럽게까지 보이는 족자를 통해 일본풍 양식 특유의 정서를 엿본 듯한 기분 속에서 미라는 다시금 오랜만에 보는 일식에 입맛을 다시며 평온한 시간을 만끽했다.

금속제 용기에 든 뜨거운 물을 찻주전자에 부어 찻잎이 퍼져나가는 것을 눈으로 즐긴 뒤, 미라는 풀어질 대로 풀어진 표정으로 그것을 일본풍 찻잔에 따랐다. 콧속을 가득 메운 찻잎의 향기에 만족하며 한 입 홀짝이다 혀를 내밀며 입을 열었다.

"아 뜨거……"

미라는 잘 식혀서 식후 입가심을 하며 한숨을 돌렸다.

종을 손가락으로 튕겨도 소리는 들리지 않았지만 정말로 울렸는지, 얼마 지나지 않아 조금 전에 왔던 점원 둘이 그릇을 회수하러 왔다.

"이불은 옆방에 깔아두었습니다. 아침에 일어나시면 종으로 불러주십시오. 아침 식사를 가져오겠습니다."

"음, 알겠네."

메오우족 점원이 옆방의 장지문을 열어 얼굴을 보였다. 식탁을 정리함과 동시에 침상 준비도 했던 모양인지 안쪽 방에는 그녀가 말했던 대로 이불이 깔려 있었다. 호화찬란한 용무늬가 새겨진 이불이 눈에 들어왔다. 꽤나 편안해 보이는 잠자리였다.

점원들이 그릇을 다 치우고 차를 두 잔째 비웠을 즈음, 미라는 하품을 하며 한껏 기지개를 켰다.

"자볼까."

그렇게 중얼거리며 화장실을 가기 위해 일어났다. 문을 열어 보니 그곳에는 일본식 변기가 자리해 있었다. 이런 부분까지 일본풍을 고집하다니, 하고 감탄하며 미라는 유카타 자락을 걷어 올렸다.

볼일을 마친 미라는 세면장에 숙박객용으로 비치되어 있던 칫솔을 집어 들고 차근차근 취침 준비를 해나갔다.

준비를 마치고 이불 속으로 들어가 똑바로 누운 채 문득 고개를 기울여 나무틀이 끼워진 창밖으로 시선을 던져보았다. 밤이 늦어 사위가 조용해진 가운데, 멈춰버린 듯한 하늘에서는 별들이 수런거렸고 눈을 감자 그마저도 정적에 휩싸였다. 은은한 향냄새가 감도는 가운데 귀에는 자신이 낸 날숨소리만이 희미하게 들려왔다.

가볍고 부드러운 이불에 몸을 묻은 미라의 숨소리가 평안한 음색을 자아내기 시작했다.

$\langle 4 \rangle$

아지랑이 같은 하얀 햇볕이 들이치는 아침, 일본의 냄새가 희미하게 감도는 다다미방에서 단잠에 빠져 있던 중, 갑자기 허공에 녹아든 듯한 종소리가 귓가로 날아들었다.

"우읍…… 무슨 소리지?"

미라는 이불에 파묻힌 고개를 움직여 주변을 살폈다. 여러 차례에 걸쳐 울려 퍼진 그 소리는 밖에서 들려오는 듯했다.

『대륙철도 운행 정보를 전해드립니다. 8시 15분에 좌(左)순환선이 우드홀름역에서 발차했습니다. 이 역에는 12시 45분에 도착할 예정입니다. 다시 한 번 말씀드립니다―.』

그것은 철도 운행 상황을 알리기 위해 역에서 발신되는 방송이었다. 철도 도착 시간이 분 단위로 정확하지는 않았다. 그런 탓에 시간을 맞추기 쉽도록 도시 전체에 방송을 하고 있는 것이다.

방송을 끝까지 들은 미라는 메뉴를 띄워 현재 시각을 확인했다. 거기에는 8시 30분이라 표시되어 있었다.

'네 시간 정도 남았나.'

무거운 머리를 들어올려 몸을 일으킨 미라는 가볍게 몸을 풀며 창가로 다가갔다. 아직 잠기운이 남은 눈을 손등으로 문지르며 바깥 경치를 내다보니, 다양한 종족이며 의상을 입은 사람들이 아침 햇살 속에서 오가는 거리 풍경이 눈에 들어왔다. 시선을 들어 보니 그곳에는 커다란 역이 자리해 있었고, 그 출입구에는 분주하게 그곳을 드나드는 많은 사람들의 모습이 보였다.

그런 인파를 망연히 바라보던 미라는 문득 역을 올려다보며 자신이 도착했던 밤에 있었던 일을 떠올렸다. 실버 사이드에 도착했을 때 들여다봤던 역 구내는 넓어서, 둘러보려면 꽤나 시간이 걸릴 것 같다고 생각했던 일을.

열차에 오를 때까지 둘러보고 다닐 생각으로 가득했던 미라는 몸을 휙 돌려 창가에서 떨어져서 이제는 띠가 걸려있을 뿐인 상태가 된 유카타를 벗어던지고 부랴부랴 아침 식사를 할 준비를 시작했다.

신사에서 볼 수 있는 손과 입을 정갈하게 하는 곳과 비슷한 구조로 된 세면장에서 세수를 하고 일본식 화장실에 들어가서 마도로브 세트로 갈아입었다.

"어이쿠, 참참."

도중에 그렇게 말하며 꼿꼿이 장식 옆에 자리한 종을 손가락으로 울렸다. 이를 신호로 아침 식사를 가져오겠다는 점원의 말이 떠올랐던 것이다.

옷을 마저 갈아입고 차를 우려 방석에 앉았다. 미라는 식사를 기다리는 느긋한 시간 동안 딱히 아무것도 하지 않고 조용히 찻잔을 기울였다.

"평화롭구면."

그렇게 중얼거린 미라의 뒷모습에서는 어쩐지 은거인 같은 애수가 감돌고 있었다.

"좋은 아침입니다. 아침 식사를 가져왔습니다."

복도 쪽에서 침착하면서도 상쾌하고 힘찬 목소리가 들려왔다. 미라는 자리에서 일어나 문을 열고 점원들을 맞아들였다.

테이블 위에 차려진 아침 식사는 감탄이 절로 나올 정도로 완벽한 일본식이었다.

이 역시 맛있겠구나, 하고 생각하며 미라는 자리에 앉았다. 어젯밤과 마찬가지로 요리에 대한 설명을 들은 후, 미라는 가장 먼저 낫토를 휘젓기 시작했다.

만족스러운 아침 식사를 한 미라는 진지한 표정으로 어제까지 머리를 묶었던 리본을 손에 든 채 거울과 눈싸움을 벌이고 있었다. 마리아나가 묶어주었을 때처럼 머리를 에쁘게 묶을 수가 없었기 때문이다.

'으음…… 트윈테일이 최고로 귀여운데 말이지.'

자신의 이상형처럼 말한 탓에 남이 들으면 자아도취에 빠져도 단단히 빠진 이의 말처럼 들리겠구나, 하는 생각을 하며 미라는 한참동안 리본을 들고 씨름을 했다. 이 세계에 온지도 어언 몇 주일. 미라는 지금의 자신에 제법 익숙해진 상태였다.

시행착오를 반복하며 간신히 머리를 수습한 미라는 전신거울 앞에서 만족스럽게 가슴을 펴며 포즈를 잡았다.

준비를 마치고 실내를 둘러보며 깜박한 물건은 없나 확인한 미라는 약간 아쉽다는 생각을 하며 하늘방을 뒤로 했다.

약간 길을 헤맨 끝에 카운터를 발견하여, 중간에 위치한 신발

수납방 앞을 지나쳐 갔다가 현관 앞에 깔린 마룻바닥을 보고는 발걸음을 돌렸다. 신발장과 방의 열쇠가 같으니 카운터에 반납하기 전에 신발을 회수해달라는 설명을 들었기 때문이다.

"잘 쉬었다."

미라는 자신의 신발을 손에 든 채 그렇게 말하며 카운터에 열쇠를 반납했다.

"이용해주셔서 감사합니다. ……그런데 손님, 송구스러운 말씀이지만 머리를 그렇게 하고 밖에 나가실 생각이신지요."

영업용 미소를 지은 채 열쇠를 건네받은 접수 담당 여성은 미라의 모습을 불안한 눈으로 쳐다보며 그렇게 물었다. 미라는 살며시 고개를 갸웃하며 자신이 묶은 머리를 매만져 상태를 확인했다.

딱히 풀리지는 않은지라 무슨 뜻일까 싶어 접수 담당 여성의 태도에 물음표를 띄우며 물었다.

"그럴 생각이다만, 뭔가 이상한 점이라도?"

미라는 무엇이 이상한 것인지 짐작이 가지 않아 솔직하게 그렇게 되물었다. 그러자 접수 담당 여성은 "잠시 실례해도 될까요?" 하고 카운터 안에 비치되어 있던 거울을 손에 들고 다정한 미소를 던졌다. 그것은 영업용 미소와는 다른, 모성으로 가득한 표정이었다.

미라가 고개를 끄덕여 답하자 접수 담당 여성은 거울을 앞에 두고 미라의 머리를 풀었다. 미라는 알아채지 못했지만 아무래도 처음 해본 것이다 보니 머리를 묶은 위치가 위아래, 앞뒤로 파멸

적이리만치 어긋나 있었던 모양이었다. 그야말로 다른 사람이 보면 금방 알 수 있을 정도로.

그 차이에 고심하며 접수 담당 여성에게 얼마간 머리를 다시 맡기고 난 뒤. 다시 거울에 비춘 모습은 분명 몰라볼 정도로 완벽했고, 손질을 마친 접수 담당 여성은 가볍게 그 은발 머리를 손가락으로 나부끼게 해서 두둥실 깃털처럼 떠오른 머리카락을 보며 그 완성도를 확인했다.

"이제 다 됐습니다."

"고맙군. 수고를 끼친 듯해서 미안하구나."

미라는 밝은 미소를 띤 접수 담당 여성의 배웅을 받으며 성월장을 뒤로 했다.

그 길로 실버 사이드 역으로 향한 미라는 다시금 그 커다란 건축물을 올려다보았다. 알카이트 학원에서 보았던 학사만큼이나 큰 건물이 햇살을 받으며 당당히 서 있었다.

미라는 사람들의 왕래가 끊이지 않는 역사 입구를 통해 구내로 들어갔다. 상점가처럼 안쪽까지 점포가 이어져 있었지만, 입구 근처에는 역무원으로 보이는 자들이 늘어서 있었고 접수처라 적힌 카운터가 몇 개나 자리해 있었다.

미라는 이 세계의 철도 이용법을 묻기 위해 그중 하나로 향했다.

"뭣 좀 물어도 되겠나?"

"네, 무엇이든 물어보십시오."

트윈테일을 나풀거리며 다소 높은 카운터에 얼굴을 내민 미라에게 접수처 여성은 미소를 띤 채 대답했다. 미라는 알지 못했지만 평소에 비해 상당히 정중한 대응이었다.

"철도를 이용하고 싶다만 처음이라 말이지. 어떻게 하면 탈 수 있을지 알려주겠느냐."

"알겠습니다. 그럼 우선 표에 관해 말씀드리겠습니다. 표는 좌석의 등급별로 세 종류가 있으며 모두 이곳에서 판매하고 있습니다."

질문에 미소를 머금은 채 답하는 접수처 여성은 미라가 볼 수 있도록 트레이에 세 장의 표를 얹어놓았다. 색은 흰색과 옅은 파란색과 빨간색. 재질은 종이가 아니라 딘전 출입허가증과 비슷한 소재로 만들어진 듯했다.

"이쪽부터 차례대로 이코노미 클래스, 프리미엄 클래스, 퍼스트 클래스입니다. 역 하나를 지날 때마다 한 장이 필요하며 가격은 각각 3천 리프, 1만 리프, 2만 리프입니다."

"흠, 역 하나에 한 장이라…….."

'원래 있던 세계와는 다소 다른 듯하군.'

미라는 세 장의 표를 노려보며 신음했다. 차이점은 색깔과 적혀 있는 문자뿐이었다. 이코노미 클래스는 쉽게 상상이 되었다. 하지만 일반적인 가정에서 자란 미라는 프리미엄 클래스와 퍼스트 클래스라는 단어에 약간의 동경심을 가지고 있었다.

"아리스파리우스까지 가고 싶다만, 여기서 몇 정거장을 가야 하지?"

"실버 사이드에서 다섯 정거장 떨어져 있습니다. 이코노미 클래스를 구입하실 경우의 합계 요금은 1만 5천 리프입니다."

접수처 여성은 미소를 지은 채 대답했다.

"그러면 이걸 다섯 장 부탁하마."

미라는 퍼스트 클래스 표를 가리키며 미스릴화를 열 닢, 10만 리프를 트레이에 얹어놓았다. 접수처 여성은 다소 놀란 듯했지만 즉시 미소를 되찾고서 요금을 확인했다.

"네, 알겠습니다. 그럼 이쪽이 퍼스트 클래스 표이오니 확인해 주십시오."

"음."

살며시 고개를 끄덕이고서 표를 받아든 미라는 그것을 그대로 웨스트 파우치에 집어넣었다. 접수처 여성은 그 행동거지를 지켜보더니 타이밍을 살피다 입을 열었다.

"퍼스트 클래스 표는 고가에 거래되니 사람들 앞에서는 너무 내보이지 않으시기를 권장합니다."

여성은 그렇게 한 가지 주의점을 일러주었다. 미라도 확실히 일리가 있는 말이라 생각해 납득하고는 "그렇군, 조심하도록 하지" 하고 충고를 받아들여 웨스트 파우치가 다소 복부 쪽으로 오도록 고쳐 맸다.

그러고 나서 접수처 여성에게 감사인사를 한 뒤, 퍼스트 클래스는 얼마나 번듯할지 기대하며 미라는 점포가 늘어선 곳으로 발걸음을 옮겼다.

메뉴로 시각을 확인해보니 9시 30분이었다. 미라는 열차 도착 시간이 12시 후반이었음을 떠올리며 실제로 발을 들여놓고 보니 예상했던 것보다 훨씬 넓고 큰 역 구내 점포 구획을 설레는 마음으로 바라보았다.

2층까지 천장이 탁 트인 건물에 늘어선 점포는 그야말로 잡다한 상품을 다루는 상점가를 방불케 했고, 이곳에 오면 무엇이든 구할 수 있을 것 같다는 생각마저 들게 하는 분위기를 풍겼다.

남은 시간은 대략 세 시간 남짓. 미라는 시간이 될 때까지 쇼핑을 즐기고자 제일 앞에 있던 가게로 뛰어들었다.

첫 번째 가게에는 '달과 은탑 특산 상회 실버 사이드역점'이라는 간판이 달려있었다. 언젠가 보았던 계열사의 선물 가게였다. 가게 안은 넓고 손님도 많아, 장사는 상당히 잘 되는 듯 보였다.

"으……."

점포 내의 그럭저럭 눈에 띄는 장소에 낯익은 어린이 사이즈의 로브가 아홉 종류 늘어서 있었고, 그것을 본 미라의 뺨이 약간 씰룩거렸다.

그것은 물론 현자의 로브의 복제품이었다. 가지런히 진열되어 있는 것이 장관처럼 보이기도 했지만 미라는 그보다 그 재고 쪽이 신경 쓰였다.

'어째서, 이 몸의 로브만 세 벌밖에 없는 게야…….'

전시품과 재고로 개어져 있는 복제품을 합치면 다른 것들은 다섯 벌 이상이 진열되어 있었다. 루미나리아의 로브에 이르러서는 거의 차별에 가까울 정도로 수량이 많았다.

'분명 다 팔린 것일 게야……. 그렇고말고. 이 몸은, 인기가 많으니까…….'

그렇게 애써 자신을 설득하며 미라는 살며시 그 자리를 빠져나왔다.

재봉 관련 선반을 지나고 나니 식료품이 놓인 선반이 이어져 있었다. 그 지방만의 맛을 즐길 수 있는 식품은 토산물 판매점의 정석이라 해도 과언이 아닐 것이다. 미라는 다소 비싸게 느껴지는 그 상품들을 차근차근 확인해나갔다.

가장 먼저 눈에 들어온 것은 정석 중의 정석이라 할 수 있는 쿠키였다. 이곳에서 판매되고 있는 것은 알카이트 왕국에서 널리 재배되고 있는 머스캣을 이용한 것으로, 플레인 쿠키 가운데에 머스캣 잼이 얹어진 쿠키였다. 에메랄드처럼 아름답게 빛나는 잼의 새콤달콤한 맛이 일품인 인기 상품이었다.

그 옆에는 머스캣 캔디, 머스캣 드링크가 늘어서 있었다.

대충 상품을 확인한 미라는 다음 선반으로 향했다. 그 선반 일대 역시 정석이라 할 수 있는 토산물이 늘어서 있었다. 아홉 현자라 적힌 깃발, 아홉 현자와 솔로몬왕의 이명이 새겨진 핀배지, 알카이트 왕국이라 적힌 미니 등롱, 장인이 한껏 솜씨를 발휘한 수도 루나틱 레이크의 모형, 장인의 집념이 느껴지는 은의 연탑 장식품 등. 선물로 받은들 용도가 애매한 물건들이 한곳에 모여 있었다. 하지만 미라의 인식과는 달리 그 구획이 가장 손님수가 많았다.

미라는 머스캣 쿠키를 600리프에 구입해서 토산물 판매점을 뒤로 했다.

다음으로 나타난 가게는 서점이었다. 취급하는 물품 탓인지 술사처럼 차려입은 손님이 많은 가운데, 일행을 따라온 것으로 보이는 우람한 체격의 남자 전사는 떨떠름한 표정으로 선반을 바라보고 있었다.

미라는 그 가게에서 표지가 보이도록 깔린 책을 집어 들었다. 표지에는 마술입문이라 적혀 있었고, 초급습득용 마술 촉매며 운용법에 관해 상세히 기술되어 있었다. 표지에 적힌 대로 정말 입문서인 모양이었다.

자세히 보니 모든 술법의 입문서가 진열되어 있었다. 그리고 마지막 페이지에는 알카이트 학원의 소개 팸플릿이 부속되어 있어, 이 이상을 배우고 싶다면 입학하라는 의도가 노골적으로 전해져 왔다.

입문서를 살며시 진열대에 돌려놓은 미라는 술서(術書) 옆에 쌓인 무술입문서를 보고 쓴웃음을 지었다. 검술이며 창술과 같은 기초적인 무기 취급법을 기술한 이 책 역시 입문서였다. 이번에도 마지막 페이지를 펼쳐보니 각 도장의 팸플릿이 끼워져 있었다.

'장삿속들도 좋군…….'

미라는 굳이 말하자면 감탄하며 가게 안쪽으로 들어갔다.

마물도감이며 식물도감 등 외에도 관광안내에 영웅사전 같은 책도 있었다.

더 안쪽에 자리한 책장에는 그림책도 놓여 있었다. '아홉 현자 이야기'를 필두로 한 아동 문학이며 다양한 장르의 소설이 갖춰져 있었다.

그중 한 구석. 어린 아이의 손이 닿지 않을 곳에 수상쩍어 보이는 성인용 서적들이 진열되어 있었다.

미라는 지금, 그곳을 향해 필사적으로 손을 뻗고 있었다. 가게 안에 있는 손님이며 점원들은 그런 미라의 뒷모습을 조마조마한 눈으로 지켜보고 있었다.

얼마 후 미라가 포기한 듯 손을 내리자 많은 이들은 뭐라 형용할 수 없는 안도감 속에서 한숨을 내쉬었다. 하지만 다음 순간, 미라가 허공을 딛고 도약하듯 뛰어올라 책을 빼내자 그 즉시 점원 중 한 명이 허둥지둥 그녀에게 달려갔다.

'우으…… 빼앗기고 말았군.'

미라는 다소 마음이 상했으나 가장 후미진 곳에서 눈으로 보고도 믿기지 않는 책을 발견하는 바람에, 순식간에 마음이 풀렸다.

성인을 대상으로 한 고상한 문학이 아니었다. 대중의 오락, 만화책이 그곳에 있었다. 이러한 문화는 아무리 생각해도 플레이어 출신자의 영향을 받은 것으로 볼 수밖에 없었다.

당연한 이야기였지만 기억에 있는 제목은 없어, 모든 표지가 미라의 눈에는 신선하게만 보였다.

'처음 보는 만화가 이렇게 많다니……. 발굴 작업을 할 일이 기대되는구먼!'

발굴 작업. 요컨대 자신에게 맞는 재미있는 만화를 찾아내는 일을 말했다. 미라는 닥치는 대로 집어 들어 표지와 줄거리를 확인해나갔다.

이렇게 신이 나서 만화책 코너를 뒤적거리는 미라의 모습을 본 면면들은 그제야 안심하고는 저마다 볼일을 보러 흩어졌다.

결과적으로 미라는 눈에 띄는 몇 가지 만화책의 1권을 품에 끼고, 덤으로 곧 가게 될 아리스파리우스 성국 주변 지도도 함께 구입했다.

미라는 그밖에도 많은 점포를 둘러보며 돌아다녔다. 모험가를 타깃으로 한 온갖 편리한 도구를 판매하는 디누아르 상회의 지점은 보는 맛이 있었다. 그밖에도 다른 토산물 판매점이며 잡화점, 약품 등을 취급하는 가게가 수없이 난립해 있는 구내를 살펴보았다. 어디를 보아도 대표 상품을 제외하면 상품 내용이 달라, 보는 것만으로도 충분히 즐거웠다.

그렇게 이런저런 가게를 둘러보며 돌아다녀 그럭저럭 시간이 흘렀을 즈음. 어느 의류점에서 달아나듯 뛰쳐나온 미라의 귀에, 들어본 적이 있는 종소리가 들려왔다.

『대륙철도 운행 정보를 전해드립니다. 좌순환선은 이 역을 향해 순조롭게 주행 중입니다. 한 시간 후에 도착할 예정입니다. 다시 한 번 말씀드립니다―.』

"한 시간이라……."

안내 방송을 들은 미라는 이제 얼마나 더 돌아볼 수 있을지 역사 내부를 한 차례 둘러보고는 점포 순례를 재개했다.

그러려던 찰나, 안내 방송을 신호로 차례차례 가까운 계단에서

2층으로 향하는 사람들의 흐름이 생기기 시작해 미라는 어느샌가 그 흐름에 휩쓸려 2층에 올라오고 말았다.

그곳에는 음식점이 죽 늘어서 있었는데, 도시락을 함께 취급하는 가게며 역 도시락 전문점 등이 즐비해 있었다.

허기를 자극하는 냄새가 일대에 가득했던 탓인지, 미라는 형형색색의 역 도시락들이야말로 철도 여행의 묘미임을 기억해냈다. 지나쳐가는 풍경을 보며 역 도시락을 먹는 그 행복한 시간을.

정신이 들어보니 미라는 가게 앞에 늘어선 수많은 역 도시락들을 감상하고 있었다.

첫 번째 가게는 파스텔풍의 밝은 분위기를 띤 양식점처럼 꾸며져 있었다. 평소에는 레스토랑으로 운영되지만 열차 도착 전에는 가게 앞에서 역 도시락을 판매하는 모양이었다. 고기나 생선, 채소를 넣은 샌드위치가 주된 메뉴로 알록달록한 속이 여성들에게 인기를 끌 듯한 인상을 풍겼다.

실제로 여성 손님들도 많아, 미라는 그 여성들 사이를 누비듯 빠져나가 다음 가게로 향했다.

서서히 사람들 수가 늘어가는 2층에서 미라의 눈앞에 나타난 것은 '따끈따끈 도시락(일본의 도시락 전문점. '호카호카테이'라는 가게의 패러디)'이라는 가게였다. 역 도시락만을 취급하는 모양인지, 닭튀김 도시락, 김 도시락, 불고기 도시락, 미트볼 도시락과 같은 서민에게 친근한 음식들을 주 메뉴로 삼고 있었다. 싸고 양도 많아 주된 손님층은 모험가였는데, 덩치 좋은 전사가 김 도시락을 두 개나 사가는 장면이 눈에 들어오기도 했다.

'도시락이라는 것은 보기만 해도 마음이 즐거워지는구만. 참으로 신기한 매력이 있어.'

미라는 닭튀김 도시락의 유혹을 뿌리치며 다음 점포로 넘어갔다. 그곳은 다소 고급스러운 가게로, 상품도 품이 많이 드는 것이 많았다. 데미그라스 소스가 끼얹어진 오므라이스 도시락, 토마토 소스로 찐 양배추롤 도시락, 허브 향이 밴 스카치 에그 도시락 등이 있었다.

"이거 장인의 정성이 느껴지는군그래."

절묘하게 반숙으로 익힌 오므라이스 도시락 견본에 닿을 듯 말 듯할 정도로 코를 들이댄 미라의 표정이 데미그라스 소스와 버터 향기에 절로 풀어졌다.

하지만 이보다 더 좋은 역 도시락이 있을지도 모를 일이다. 미라는 오므라이스를 후보 중 하나로 점찍어두고 다음 가게로 향했다. 이날, 천사 같은 소녀의 녹아버릴 듯한 미소에 낚인 손님들로 인해 오므라이스의 매상 기록이 갱신되었다는 사실을, 미라는 알지 못했다.

다음 가게는 미라가 하룻밤을 묵은 성월장과 매우 비슷한 분위기를 띠고 있었다. 일본풍 양식이라는 것을 기반으로 한 것이리라. 일본 전통 복장을 한 점원이 판매하고 있는 상품은 역 도시락이라는 분류와는 다소 달랐다. 그곳에서는 각종 소를 넣은 주먹밥이 하나씩 팔리고 있었다. 소의 종류는 열 가지를 넘었고, 선반 옆에서는 곁들여 먹을 채소 절임이며 차가 진열되어 있었다. 차에 이르러서는 용기와 내용물을 별도로 팔고 있었다.

'이곳에도, 닭튀김이⋯⋯.'

주먹밥 소는 전형적인 것에서부터 이세계의 정서가 넘쳐나는 것까지 다양하게 준비되어 있었다. 주먹밥이라는 간편한 메뉴 덕에 그럭저럭 장사가 되는 모양이었다.

그 옆 가게는 주먹밥 가게와 같은 계열이었다. 취급 상품은 버섯밥에 죽순밥, 밤밥과 같은 영양밥을 메인으로 한 역 도시락이었다. 그 구수한 냄새와 누르스름한 누룽지는 정말이지 보기만 해도 군침이 돌았다. 곁들여진 부식물도 그 맛을 한껏 북돋우도록 되어 있었다.

'시골에서 먹었던 죽순 영양밥은 그야말로 일품이었지.'

미라는 제2후보로 점찍어두고 다음 가게, 다시 다음 가게를 살펴보았다.

가장 싼 것이 2천 리프나 하는 고급 역 도시락 가게, 풍부한 꼬치구이를 제공하는 숯불구이가 자랑거리인 가게, 패스트푸드의 대명사인 버거를 취급하는 가게, 세 등급으로 구분된 메뉴로 승부를 건 초밥 도시락 가게 등, 많은 점포가 끝없이 이어져 있었다.

그러한 가운데 미라가 몇 십번째로 들여다본 점포는 도시락의 정석 중에서도 정석이라 할 수 있는 메뉴를 다루는 가게였다. 가장 싼 것이 500리프, 비싼 것은 1500리프. 그 내용으로 말하자면 흰 쌀밥에 여러 가지 반찬을 곁들인 마쿠노우치 도시락(깨소금을 뿌려 씨름판 모양으로 쥔 주먹밥에 달걀부침, 어묵, 생선, 채소 절임 등을 곁들인 도시락)이었다. 심플하면서도 많은 반찬이 담겨 있어 혀는 물론이고 눈으로도 즐길 수 있는, 어떤 의미에서는 역 도시락의 완성형이라 할 수 있는 것.

미라에게도 낯익은 반찬이 많아, 이세계 첫 철도 여행 중에 먹을 도시락 중 이토록 마음을 안정시켜줄 도시락도 없으리라.

미라는 견본에 찰싹 달라붙어 가격 차이에 따른 메뉴의 차이를 확인했다. 싼 것과 비싼 것, 반찬 종류와 숫자도 차이 났지만 메인인 고기와 생선에 큰 차이가 있었다. 싼 것에는 튀긴 흰살 생선 등이 들어있었지만, 비싼 것에는 연어 소금구이나 미니 햄버그스테이크 등이 들어있었다.

도시락통에 담긴 익숙한 요리들을 보고 결심을 굳힌 미라는 당당한 태도로 가장 비싼 마쿠노우치 도시락을 구입했다.

〈5〉

『대륙철도 운행 정보를 전해드립니다. 좌순환선이 곧 이 역에 도착합니다. 도착 시간으로부터 한 시간 동안 정차할 예정이오니 주의하시기 바랍니다. 다시 한 번 말씀드립니다—.』

역 도시락을 구입해 1층으로 내려온 직후, 구내에 방송이 울려 퍼졌다.

"흠, 시간이 됐구만."

미라는 마쿠노우치 도시락이 든 종이봉투를 소중히 품에 끼고 안내도를 확인하고는 방송이 반복해서 흐르는 동안 홈을 향해 걸어갔다.

동시에 모험가로 보이는 자들도 한데 뭉쳐 움직이기 시작했다. 이코노미 클래스는 자유석인 탓에 좋은 자리는 먼저 맡는 사람이 임자이기 때문이리라.

대리석으로 된 폭 넓은 복도를 따라가다 보니 중간에 통로가 직진과 우측, 둘로 나뉘어졌다.

미라는 천장에 매달린 목제 안내판을 확인한 뒤, 우측으로 들어갔다.

계속해서 나아간 통로 한복판에는 직경 3미터 정도의 은으로 된 기둥이 세워져 있었다. 미라가 그리로 다가가자 기둥 중 일부가 열리더니 그곳에서 현실의 것을 표방한 티가 역력해 보이는 제복을 입은 역무원이 모습을 드러냈다.

"이 앞은 퍼스트 클래스 전용 홈입니다. 표를 확인해도 되겠습니까?"

역무원 남성은 겉모습만으로 말하자면 오십 대 전후쯤 되는 중년으로 보였다. 풍채가 좋은 그는 서글서글한 미소를 띤 채 미라에게 다정하게 말을 붙였다.

'혹시 이게 개찰구인가……?'

미라는 살며시 고개를 끄덕이고는 퍼스트 클래스 표를 웨스트 파우치에서 끄집어내서 그중 한 장을 건넸다. 역무원은 표를 확인하고는 거기에 전용 인장을 찍어 미라에게 돌려주었다.

"차내에서도 표를 확인하니 그때는 이 인장이 찍힌 표를 제시해주십시오. 그럼 좋은 여행이 되시길."

표에는 빛으로 된 홀로그램 같은 문양이 새겨져 있었는데, 자세히 보니 실버 사이드라는 글씨가 떠올라 있었다.

'공을 많이 들였군그래.'

미라는 그런 표를 흥미진진하다는 눈으로 쳐다보다가 웨스트 파우치에 다시 넣었다.

그렇게 개찰구를 지나 통로를 통과하고 나니 퍼스트 클래스의 대합실이 나타났다. 가죽제 소파며 의자가 준비되어 있었고 곳곳에서 번듯한 차림새의 남녀가 각각 휴식을 취하고 있었다. 선명한 나뭇결로 둘러싸인 넓은 공간은 적절히 장식이 되어 있었고 불이 지펴지지 않은 난로가 조용히 입을 벌리고 있었다.

미라는 다소 거드름을 피우듯 가슴을 편 채 근처에 있던 소파에 털썩 앉았다. 동시에 호기심 섞인 시선이 모여들었다.

퍼스트 클래스 대합실에 있는 면면들은 누구 할 것 없이 그럭저럭 신분이 높은 자들이었다. 귀족 자제와 집사며 끗발 있는 상인, 조직의 중역 등이 골고루 있었고 그들 모두가 상응하는 전력을 갖춘 경호원을 대동하고 있었다.

그런 곳에 나타난 미라로 말하자면 어리면서도 탄식이 새어 나올 정도로 아름다워, 왕족을 사칭해도 절반은 믿을 듯한 존재감을 띠고 있었다. 하지만 곁에는 집사도 시녀도 보호자도 경호원도 전혀 데리고 있지 않았다.

최근 유행하는 스타일의 옷을 걸친 데다 혼자 있는 미라에게 시선이 쏠릴 만도 했다.

미라는 약간의 거북함을 느끼며 왼팔 소매를 들춰 메뉴를 띄웠다. 현재 시각은 12시 37분. 이제 곧 열차가 도착할 것이다.

시각을 확인한 미라는 겸사겸사 애플오레를 끄집어냈다.

'으음…… 몇 개 안 남았군.'

시시때때로 마시던 애플오래의 잔고가 바닥을 드러내기 시작했다.

작은 입술을 작은 병에 가져다 대며 어디서 사들여야 할지를 고민하던 미라에게 한 남자가 다가왔다.

"안녕하십니까, 아가씨."

"음, 안녕하신가."

인사에 답하기는 했지만 미라는 의심 섞인 눈으로 그 남자를 흘끔 쳐다보았다. 커다란 가방을 들고 회색 코트를 걸쳤으며 겉모습은 젊었다. 장명종의 특징도 없으니 겉모습에 걸맞는 나이를 지녔을 것이다. 다소 붉은 기가 섞인 밤색 머리카락이 짙은 녹색 티롤리언해트 아래로 흘러나와 있었다. 그리고 남자의 등 뒤에는 검을 찬 남녀 경호원이 대기하고 있었다.

미라는 생각했다. 자신과 같은 아름다운 소녀에게 맥락도 없이 말을 걸어오는 남자는 수상하다고.

"갑자기 말을 붙여 죄송합니다. 저는 그림다트에 있는 상회에서 일하는 세드릭이라 하는 자입니다."

"미라다."

뒤가 켕길 만한 것은 아무것도 없다는 투로 세드릭은 자기소개를 했다. 그 태도를 본 미라는 아주 조금 경계를 풀고 짧게 대답했다. 세드릭의 등 뒤에 있던 경호원 둘도 살짝 고개를 숙였다. 키가 크고 다부진 체격을 지닌 남자는 뚱한 표정을 지은 채 가만히 서 있었지만, 여자 쪽은 미라와 눈이 마주치자 살며시 웃었다.

"해서, 무슨 일이지?"

경호원 둘의 역량을 확인한 미라는 시선을 다시 돌려, 올려다보는 자세로 그렇게 물었다.

"조금 전에 우연히 조자의 팔찌를 다루는 모습을 보았습니다. 미라 님은 상급 모험가이신 듯하군요. 퍼스트 클래스를 이용하는 모험가 분은 흔치가 않아 이렇게 말을 붙이고 말았습니다. 허허, 궁금한 일이 있으면 꼭 물어야 직성이 풀리는 좋지 못한 버릇이 있어서 말이죠."

"흐음~ 그러한가?"

"네에, 상급 모험가 중 퍼스트 클래스를 타는 것은 사정이 있는 분이나 타인과의 접촉을 극단적으로 꺼리는 자들밖에 없다 보니."

"그래서 이 몸이 신경 쓰였다 이거로군. 하지만 유감이구만. 이 몸에게는 사정 같은 게 없다. 첫 철도 여행이었기에 조금 분발해 본 것뿐이니 말이지."

"그것 참 멋진 이야기로군요. 제가 돈을 제대로 쓸 줄 아는 분을 만난 것 같습니다."

미라의 답을 들은 세드릭은 목소리 톤을 반음 높이더니 코트 안에서 손바닥 크기의 케이스를 끄집어냈다.

"저는 이런 사람입니다."

그렇게 말하며 내민 손에는 한 장의 카드가 쥐어져 있었다. 디누아르 상회라는 단체명과 말과 창이 들어간 문장, 그리고 남자의 이름인 세드릭 디누아르라는 글씨가 거기 적혀 있었다.

"디누아르라……. 못 들어본 이름이로군. 아니 가만, 최근에……?"

카드, 요컨대 명함을 받아든 미라는 거기 적힌 글씨를 눈으로 훑고는 생각한 바를 그대로 입에 담았다.

"들어보신 적이 없으십니까. 이거이거, 제가 그만 자만에 빠져 있었던 모양입니다. 실은 저희 상회에서는 주로 모험가용 상품을 취급하고 있습니다만, 당신처럼 즐겁게 돈을 쓸 줄 아는 분이시라면 본 상회의 상품을 분명 마음에 들어해주실 것 같아 인사를 드린 것입니다."

"오호라. 모험가용 상품이라……."

세드릭의 말을 들은 미라는 에메라 일행이 썩은 내를 완화시켜 준다며 취향약을 사용했던 일을 떠올렸다. 미라는 현실이 됨으로 인해 수요가 생겨난 도구를 이 세계에 일어난 커다란 변화 중 하나로 인식하고 있었다. 요컨대 매우 관심도가 높은 요소라는 뜻이었다.

"어라, 관심이 생기셨습니까. 그렇다면 한 발 더 나아가 인연을 맺게 된 증표로 장래 유망한 미라 님께 저희 디누아르 상회의 신상품을 드리도록 하지요."

여보라는 듯 가방을 펼친 세드릭은 거기에서 눈이 휘둥그레지도록 커다란 무언가를 끄집어냈다. 그것은 다다미 한 장 정도 크기로, 겉면은 파란 천으로 뒤덮여 있었지만 뒷면은 검고 튼튼해 보이는 소재로 만들어져 있었다. 얼핏 보기에는 두꺼운 널빤지처럼도 보였지만 적절히 장식이 되어 있었고, 자세히 보니 주머니 형태로 된 듯했다.

"이건, 무엇인가? 아니, 그보다 그 가방은 아이템 박스인가?"

분명 그것은 가방에서 튀어나왔다. 하지만 세드릭은 조자의 팔지를 차고 있지 않으니 아이템 박스는 이용할 수 없을 터. 그러나 아이템 박스의 기능이 탑재된 조자의 팔찌는 인간의 손으로 만든 것이다. 그렇다면 그 기술로 가방을 제작하는 것도 가능하리라.

미라는 눈앞에 가로놓인 신상품보다 세드릭이 가진 가방 쪽에 주목했다.

"네에, 바로 보셨습니다. 상급 모험가 분들이 이용하고 계신 조자의 팔찌의 기술을 응용한 물건입니다. 뭐어, 특수 제작품인지라 이것 하나밖에 없습니다만."

"호오, 특수 제작품이라."

모험가들이 이용하고 있는 조자의 팔지는 대여라는 형식으로 공급되고 있었다. 그 이유는 생산 비용이 상당하기 때문이다. 세드릭은 그런 값비싼 물건을 개인적으로 소지하고 있었다. 그렇다고는 하나 미라는 그 가치를 정확히 알지 못하는지라 그것이 얼마나 귀중한 것인지 알아채지 못했다.

"그보다 저로써는 여기 있는 신상품에 주목해주셨으면 합니다."

"그러했지. 해서, 이게 대체 무엇이지?"

"이건 말입니다, 최신형 침낭입니다."

신제품은 땅바닥에 드러누운 채 당당히 침묵을 지켰다. 미라가 의문의 물체를 쳐다보고 있자 세드릭은 의기양양하게 말하며 틈새에 손을 넣었다. 그리고 살짝 들어 올려 젖히자, 눈 깜짝할 새 푸른 널빤지처럼 생긴 물체가 침대 매트 같은 형상으로 변모했다. 이어서 조금 더 만지작거리자 이번에는 베개가 형성되었다.

"호오…… 이것 참 재미있군."

"흥미가 동하신 모양이군요. 그러면 자세히 설명해드리도록 하지요."

그렇게 세드릭은 한 달 후에 발매될 예정인 신상품, 상급 모험가 전용 침낭의 특징을 자랑스럽게 설명하기 시작했다.

"보시다시피 이 침낭은 직접 들고 다니기에는 무척 불편합니다. 이처럼 부피가 큰 물건을 이용할 모험가는 없을 테지요. 하지만 조금 전처럼 아이템 박스를 이용하면 어떨까요. 저는 상급 모험가 분들이 사용하시는 조자의 팔찌에 주목했습니다. 이 가방은 편리성을 검증하기 위해 만들었다 해도 과언이 아닙니다. 그리고 저는 이 근사한 기술에 감명을 받았지요. 이건 상품이 되리라는 느낌이 왔다 이 말씀입니다."

새로운 발상을 얻은 세드릭이 도달한 신상품. 그것이 바로 아이템 박스의 이용을 전제로 한 모험가 용품이었다.

미라는 정련 이외의 생산스킬을 알지 못했다. 그것도 누군가에게 도움이 되었으면 하는 이유에서가 아니라 단순히 자신을 위해 생각하고 행동한 결과, 우연히 생겨난 기술이었다. 세드릭의 상인으로서의 지칠 줄 모르는 열의에 미라는 어느샌가 귀를 기울이고 있었다.

"저는 이런저런 연줄을 통해 정보를 모았습니다. 모험가 분들이 원하는 것은 무엇인지를. 그를 집대성하여 제1탄으로 개발한 것이 이번에 보여드린 침낭입니다. 이것은 미라 님처럼 유망한 모험가 분을 위한 상품입니다."

상당히 긴 서론을 마친 세드릭은 지금부터가 본론이라는 듯 입담을 발휘해 신형 침낭의 특징을 열거해나갔다.

우선 조자의 팔찌에 내장된 아이템 박스의 용량은 무게에 좌우되기에 철저히 경량화를 꾀했다는 점을 들었다. 확실히 평범한 술사 정도의 힘밖에 없는 미라라도 들어 올릴 수 있을 만큼 가볍기는 했다.

다음으로 청결감. 세드릭은 실제로 침낭을 부품별로 분해해 보였다. 그렇게 함으로써 개별적으로 세척할 수 있다는 점을 증명하기 위해.

이어서 모험가들에게서 얻은 정보를 통해 착안해낸, 방충 가공에 관해 설명했다. 이는 특히 많은 여성 모험가들의 입을 모아 지적한 점이라 했다. 아침에 일어나 보니 그로테스크한 벌레가 들어있다면, 썩 기분이 유쾌하지는 않으리라. 세드릭은 디누아르 상회에서 취급하고 있는 다양한 도구의 동력원으로도 사용되고 있는 마동통(魔動筒)을 이용한 방충 장치를 침낭에 장착했다고 했다. 세드릭은 이 역시 직접 보여주었다. 하지만 아무리 그래도 눈으로 확인할 수 있는 효과는 아닌지라 그다지 인상적이지는 않았다.

"저의 자신작이기는 합니다만, 장래가 유망하신 모험가인 미라 님의 눈에는 이 침낭이 어떻게 보이십니까?"

설명을 마친 세드릭은 표정을 수습하고는 한 마디도 놓치지 않겠다는 듯 귀를 기울였다. 그에 반해 미라는 애초에 모험가다운 모험을 해본 적이 없는지라 쓴웃음을 지은 채 말을 머뭇거렸다.

"흐음~ 쾌적해 보인다만—."

"정확히 보셨습니다! 역시 미라 님이십니다. 디누아르 상회가 여러분의 기대에 부응해 쾌적한 수면을 약속드리겠습니다!"

필요하다 여긴 적이 없었던지라 뭐라 할 말이 없군. 미라는 그렇게 말을 하려 했지만 '쾌적해 보인다'는 단어를 들은 세드릭이 잽싸게 반응해 반색하는 바람에 그 이상의 말은 자아내지 못했다.

하지만 딱히 신경 쓰는 눈치가 아니기에 미라는 말을 목구멍 속으로 밀어넣고 그 침낭의 촉감을 확인해보았다. 표면은 튼튼해 보이는 천으로 뒤덮여 있고, 틈새로 손을 넣어 보니 부드러운 기모가 손을 감쌌다. 바닥은 탄력 있는 재질로 되어 있어 싸구려 침대보다는 훨씬 낫다는 사실을 알 수 있었다.

"이걸 정말로 받아도 되는 겐가?"

"물론입니다. 그리고 모험가들이 모이는 중계 지점 등에서 사용해주시면 저로서는 더 바랄 바가 없을 것 같습니다."

"오호. 그런 속셈이 있었군."

현재 세드릭은 철도로 대륙을 일주하며 각지에 위치한 모험가 종합조합을 방문하고 있는 도중이었다. 그 목적은 신상품을 선전하는 것으로, 특히 유명한 모험가에게는 이번에 발매되는 신상품이라 소개하며 배포하고 다니고 있었던 것이다.

상급 모험가에 퍼스트 클래스에 탈 정도로 씀씀이가 크고 아름다운 소녀. 이토록 눈에 띄는 선전 요원은 흔치 않으리라. 세드릭은 그러한 계산도 염두에 두고 미라에게 말을 붙였던 것이다.

미라 본인도 대충 눈치채기는 했으나 딱히 다른 조건을 달지도 않았던지라 그대로 감사히 신상품을 받기로 했다.

"디누아르 상회에서는 그밖에도 수많은 상품을 취급하고 있습니다. 이렇게 만난 것도 인연이니 부디 미라 님께서 저희 상회가 자랑하는 여러 상품들을 이용해주셨으면 합니다. 아, 이건 우대권입니다."

"음……. 뭐어, 필요해지면 생각해보도록 하지."

쿡쿡. 웃음을 주고받는 두 사람의 모습을 바라보는 여성 경호원의 뺨이 약간 경직된 듯 보였다.

『지금 좌순환선 7호차가 도착합니다. 기다리고 계신 승객 여러분께서는 흰색 안전선 안으로 물러나시기 바랍니다.』

다소 귀에 익은 방송에 이어 주의를 재촉하는 종소리가 울려 퍼졌다. 그 음색은 미라의 기대감을 부채질했고 세드릭은 그런 미라의 모습을 보고 살며시 미소를 지었다.

"분명 미라 님은 열차를 타는 것이 처음이라 하셨죠? 도착하는 순간을 한 번 직접 보시지 그러십니까. 저도 몇 번인가 봤습니다만, 참으로 박력이 넘치더군요."

포교 활동을 마친 세드릭은 상인이 아니라 개인으로서 순수하게 자신이 느꼈던 놀라움을 경험해주었으면 하여 그렇게 말했다.

"호호오, 그렇다면 한 번 보도록 할까."

부드러운 미소를 지은 세드릭과 여성 경호원의 모습에 미라도 홈으로 들어오는 열차의 박력이라는 것에 관심이 생겼다.

"그럼 이만 실례하지. 침낭은 고맙게 쓰도록 하마."

"네, 언젠가 또 뵙지요. 수리, 수선이 필요하거나 방충용 마동통의 효과가 끊어지면 각 점포에서도 취급하고 있으니 잘 부탁드립니다."

미라는 부랴부랴 손을 흔들어 작별 인사를 하고는 대합실 안쪽 문을 통해 홈으로 뛰어나갔다.

세드릭은 인상적인 미라의 뒷모습을 배웅한 뒤, 가방에 든 재고를 확인했다.

"어쩌다 보니 분위기에 휩쓸려 건네주기는 했는데, 어떤 결과가 나올런지."

세드릭은 이 우연스러운 만남에서 요상한 달성감을 느끼며 다음 신상품에 대한 고찰을 하기 시작했다.

아직 열차가 도착하지 않은 역의 홈으로 나온 미라는 상상했던 것 이상의 광경에 탄성을 흘렸다. 하늘을 뒤덮은 아치는 한참을 올려다봐야 할 정도로 높았고 퍼스트 클래스용으로 할당된 홈 앞은 절벽처럼 끊어져 있었으며 그 앞에는 방송에서 말했던 굵직한 흰 선이 검게 칠해진 바닥 위에 그어져 있어 한눈에 들어왔다.

'어째 규모가 지나치게 큰 것 같다만…….'

그곳은 군용 병기 창고라 해도 덜컥 믿어버릴 정도로 광대한 장소였다.

미라는 기억에 있는 역의 인상과 달라도 너무도 다른 그 공간에 위화감을 느끼며 곧 도착한다는 것이 정말로 열차가 맞을지 싶어 눈살을 찌푸렸다.

그로부터 잠시 후, 제복을 입은 한 역무원과 함께 열차가 도착하기를 기다리던 중, 홈 전체에 날카로운 종소리가 울려 퍼졌다. 그리고 무언가의 신음소리 같은 중후한 땅울림이 공기를 진동시키며 바닥을 기듯 퍼져나가 홈을 뒤덮기 시작했다.

옆쪽에 자리한 프리미엄 클래스와의 사이에 놓인 칸막이 탓에 그 앞은 보이지 않았지만 압도적인 중압감을 띤 무언가가 접근하고 있음을 미라는 피부로 느꼈다.

힘차면서도 어쩐지 따뜻한 기적(汽笛) 소리가 멀리서 들려왔다. 그보다 다소 늦게, 압축된 공기가 뿜어져 나오는 소리와 금속과 금속이 마찰될 때 나는 새된 비명 같은 소리와 함께 열차가 모습을 드러냈다.

그것은 그야말로 거대한 쇳덩이였다.

차체에 밀려난 바람이 거꾸로 휘몰아쳐 홈을 쓸고 지나갔다. 미라의 은발머리는 바람에 날리는 가랑눈처럼 나부끼다 열차가 눈앞에서 멈춤과 동시에 본래의 자리를 되찾았다.

"이게, 열차란 말인가……?"

홈에 도착한 그것은 거대하고 까마득히 높았으며, 검은 차체로 묵직한 존재감을 주장하고 있었다. 전체적인 형상은 증기기관차와 비슷했다. 선두에는 검은 굴뚝이 우뚝 솟아 정차한 지금도 약간의 증기를 피워 올리고 있었다. 하지만 그 크기가 심상치 않았다. 그야말로 3층짜리 맨션에 바퀴를 달아놓은 듯했다.

『좌순환선은 한 시간 후인 10시 정각에 발차합니다. 시간에 늦지 않도록 주의해 주십시오. 다시 한 번 말씀드립니다—.』

방송과 동시에 차체의 문이 소리를 내며 열리더니 말끔하게 차려입은 소녀가 펄쩍 뛰어 홈에 내려섰다.

"내가 1등이네. 그래서 고든, 다음은 뭘 타야 해?"

"네, 아가씨. 이 도시에서는 마차로 이동해야 합니다."

"또 마차야?! 어휴, 지겨워."

째지는 목소리로 떠들어대는 소녀의 뒤를 고든이라 불린 백발 신사가 따랐다. 연륜이 느껴지는 깊은 주름은 젊음과는 다른 남자의 매력으로 가득했다.

"당신, 뭐야?"

"…………."

"당신 말이야, 당신!"

"음, 이 몸 말인가?"

스쳐 지나가려던 찰나, 갑자기 소녀가 미라 앞에서 언성을 높였다. 치올라간 그 눈썹에는 노기가 가득했다. 미라는 그 소녀를 흘끔 쳐다보았다. 긴 금발머리가 사이드에서 돌돌 말려있는 데다 프릴이 잔뜩 달린 옷을 걸친 것이, 척 보아도 유복한 집안의 아가씨 같은 모습이었다. 굳이 말하자면 전형적인 아가씨 같다고나 할까.

"당신, 아까 나 쳐다봤지? 난 말이야, 그런 건 딱 질색이거든. 그러지 말아주겠어?"

금발 소녀는 팔짱을 낀 채 가슴을 편 자세로 말했다. 그 말을 들은 미라는 고개를 갸웃했다.

'뭐라는 게야……?'

미라는 그런 말을 들을 정도로 주시한 적이 없었다. 조금 전의 기억을 더듬어 자신의 행동을 되짚어 보았다. 그리고 무엇을 두고 한 말인지 짐작해냈다.

"아아, 그대가 아니다. 그쪽에 있는 자를 보고 있었지. 실로 차분한 행동거지 하며. 신사란 이런 자를 가리키는 것일 테지, 싶어서.”

미라는 소녀의 뒤를 따르던 고든을 보고 있었다. 그 고상한 모습은 자신의 이상에 가까웠고, 단안경이며 옷맵시, 자연스럽게 악센트를 준 소품 등, 나이에 걸맞은 차림새는 아직 어린 미라에게 무척 참고가 될 듯했던 것이다.

“뭐…… 뭐…….”

“어라, 저 말씀이십니까. 당신처럼 아름다운 여성이 그렇게 말씀해주시니 어째 쑥스러우면서도 기쁘군요.”

고든은 눈에 띄게 당황한 소녀를 다정하게 달래며 미라에게 신사의 예를 갖추어 부드러운 미소로 답했다.

“신경이 쓰였다면 미안하구나. 그럼 이만.”

미라는 살짝 고개를 숙인 뒤, 두 사람 옆을 지나쳐 열차에 올라탔다. 그러던 도중, 고든을 은은히 감싼 향기가 코를 스쳤는데, 그 향기가 또 기가 막혀 감탄했다.

‘방금 그건 향수인가……. 지나치게 튀지 않는 은근한 향까지. 훌륭하군그래.’

겉치레뿐이 아니라 타인을 배려할 줄 알아야 비로소 신사라 할 수 있는 법. 미라는 그 사실을 알아챔과 동시에 옷깃을 들춰 자신의 체취를 확인하듯 코를 들이댔다.

“으~음, 모르겠군.”

이리저리 옷을 들추며 코를 킁킁거리는 미라의 모습을, 차내에서 대기 중이던 담당 직원이 거북한 눈으로 바라보고 있었다.

〈6〉

"표를 회수해도 되겠습니까."

체취 확인 작업을 끝낼 기미가 보이지 않는 미라에게 담당 직원 한 명이 조용히 말을 걸었다. 그제야 담당 직원의 존재를 알아챈 미라는 고개를 듦과 동시에 시선을 마주치지 않은 채 거북해하며 인장이 찍힌 표를 건넸다.

'담당 직원이 이렇게 많았을 줄이야……. 이 몸을 변태라 생각할지도 모르겠군…….'

"이용해주셔서 감사합니다. 좌차량과 우차량 중 희망하는 좌석이 있으십니까?"

실제로 어떨지는 둘째 치고, 담당 직원은 개의치 않는 듯한 투로 그렇게 안내 문구를 읊었다.

"음, 무슨 차이가 있지?"

"네. 좌차량은 웅대한 산맥을 바라볼 수 있으며 우차량은 광활하게 펼쳐진 풍경을 즐실 수 있습니다."

"오호, 그런 뜻이었나."

머릿속으로 대륙의 지도를 떠올리고 납득한 미라는 "우차량으로"라고 대답했다. 딱히 이유는 없었고, 기분에 따라 결정한 것뿐이었다.

"알겠습니다. 그럼 방까지 안내해드리겠습니다."

"음."

미라는 영업용 미소를 얼굴에 철썩 붙인 담당 직원의 안내를 받아 대리석 무늬가 선명한 계단을 올랐다.

'이것 참, 호화롭군.'

수치심을 떨쳐낸 미라는 퍼스트 클래스의 차내를 다시금 둘러보았다.

아기 피부처럼 때 묻지 않은 흰색을 띤 벽. 집기품은 보이지 않았지만 그 대신 정교하게 세공된 램프가 현란하게 밝혀져 내부를 구석구석 비추었으며 통로에 깔린 융단은 마치 장미가 깔려있는 듯, 선명한 붉은색으로 물들어 있었다. 왕성에도 뒤지지 않을 정도로 고급스러움을 추구한 듯 보였다.

"이 방입니다."

"음, 수고 많았다."

복도를 따라 걸어 나뭇결이 뚜렷하게 새겨진 문 앞까지 안내를 받았다. 담당 직원이 전용 카드키로 문을 열더니 손은 그대로 둔 채 들어가라는 듯 고개를 숙였다.

미라는 살며시 고개를 끄덕이고는 유도에 따라 객실 안으로 발을 들여놓았다.

"퍼스트 클래스 최상층에 플레이룸이 있습니다. 오락시설 외에 식당 등도 있으니 들르실 일이 있으시면 언제든 불러주십시오. 그럼 편안한 여행 되십시오."

정중하고도 차분한 목소리와 함께 등 뒤에서 문이 닫히는 소리가 났다. 하지만 미라는 그런 소리 같은 것은 들리지도 않는지 눈앞에 펼쳐진 광경을 보며 미소를 짓고 있었다.

"과연 퍼스트 클래스로구나!"

가장 먼저 눈에 들어온 것은 벽 한 면을 걷어낸 듯 웅장한 전망이었다. 하늘에서 역 홈까지 모두 내다보이니, 주행 중에는 그야말로 절경이 차례로 흘러가는 일대 파노라마가 연출될 듯했다.

실내 설비 역시 충실하여 창가에는 솔로몬의 집무실에 있는 것과 같은 가죽제 소파며 중후한 분위기를 풍기는 테이블이 설치되어 있었다.

미라가 시선을 옆으로 돌려보니 다른 문이 있었는데, 그곳은 화장실이었다. 열차의 부속 설비라는 것이 믿기지 않을 정도로 번쩍번쩍 빛이 났다.

테이블 위에는 눈에 익은 종이 설치되어 있어, 담당 직원을 부를 수 있도록 되어 있었다.

미라는 소중히 품에 안고 있던 마쿠노우치 도시락을 테이블에 내려놓고는 본격적으로 실내를 확인하기 시작했다.

선반에는 수많은 음료가 비치되어 있었고, 하나 같이 별도 요금을 치르게끔 되어 있었다. 이런 부분도 과연 퍼스트 클래스라 해야 할지, 그에 상응하는 물건들뿐이었다. 하지만 미라는 그런 방면의 지식은 없었던지라 속된 말로 이벤트 가격 같은 것이리라 생각하기로 했다.

선반에는 그밖에도 요금표며 선로도 등의 철도 관련 서류, 유명한 이야기책이며 성서 등이 비치되어 있는 듯 했다.

이렇게 대충 확인을 마친 미라는 소파에 앉아 종이봉투에서 마쿠노우치 도시락을 끄집어냈다. 하지만 거기서 손을 멈추고는 창밖으로 시선을 던졌다.

'분명 흘러가는 풍경을 보며 먹는 편이 더 맛있을 테니…….'

그렇게 생각한 미라는 도시락을 테이블에 올려놓고 메뉴를 띄워 출발하기까지 남은 시간을 확인했다.

"30분이라……."

그냥 기다리기만 하기에는 미묘한 시간이라 미라는 살짝 신호를 보내오는 배 속을 달래기 위해 애플오레를 마시고자 아이템 창을 열었다.

"음, 이건."

아이템 창의 적당한 장소에 있는 꾸러미 하나가 눈에 들어왔다. 그것은 출발하기 전에 아마라테에게 받았던 물건이었다.

발차할 때까지 할 일이 없는 미라는 마침 잘 됐다며 애플오레와 함께 그 꾸러미를 끄집어내서 포장을 뜯어보았다.

"그 녀석은, 이 몸을 어떻게 하고 싶은 게야……."

펼친 종이꾸러미에서 나온 것은 건너편이 희미하게 비쳐 보이는 팬티, 전체가 레이스로 된 뷔스티에, 니삭스에 가터벨트까지, 어른스러운 검은 속옷 세트였다.

그 요염한 디자인을 보고 엉겁결에 그것을 걸친 자신의 모습을 상상한 뒤, 종이꾸러미에 재봉인한 미라는 이건 아직 이르다 생각하며 누가 볼 새라 아이템 박스 구석에 다시 집어넣었다.

그 후 딱히 아무 것도 하지 않고 그저 홈을 내려다보며 세드릭 일행이 승차하는 모습을 바라보거나 하며 시간을 보내고 있자니, 이내 귀에 익은 종소리가 울려 퍼지더니 방송이 시작되었다.

『좌순환선, 발차합니다. 흔들릴 수 있으니 가까운 곳에 있는 손잡이 등을 붙잡아주십시오. 다시 한 번 말씀드립니다—.』

방송이 끝나자 얼마 안 있어 홈과 마을 전체에 전해질 듯 요란한 종소리가 울려 퍼졌다. 이어서 그 소리에 질세라 기적이 큰소리로 외쳐 발차를 알렸다.

막대한 양의 증기에 밀려난 실린더가 노래를 하듯 박자를 탔다. 차체가 덜컹 흔들리더니 정(靜)에서 동(動)으로 전환되었다. 바퀴는 실린더에 장단을 맞추듯 천천히 속도를 높여갔다.

미라는 기분 좋은 음색을 귀로 들으며 높은 시점에서 흘러가는 도시 풍경을 바라보았다.

'둔중하게 생긴 것치고는 의외로 빠르구먼.'

열차는 겉으로 보이는 규모로는 상상도 못할 정도의 속도로 레일 위를 주행했다. 창밖으로 보이는 바닥은 육안으로 좇을 수 없을 정도로 눈 깜짝할 새 후방으로 흘러갔다.

몇 분 만에 실버 사이드를 벗어난 열차는 순식간에 자연이 넘치는 영역으로 뛰쳐나갔다. 레일 근처는 땅고르기 작업이 이루어진 것으로 미루어 사람들의 손으로 관리가 되고 있는 듯했지만 조금 떨어진 곳에는 아직 마물과 야생이 활개를 치는 영역이 펼쳐져 있었다. 차체에는 동물을 물리는 **특수 가공** 처리가 되어있어, 주행 중에는 그냥 달릴 때보다 바람 가르는 소리가 더 크게 나도록 되어 있었다. 모르는 자들의 눈에는 거대한 철로 된 맹수처럼 보일 것이다.

그런 열차의 차내에서는 청색과 녹색의 경계가 뚜렷하게 구분

되는 경치가 보였다. 한없이 맑은 하늘색에는 얼룩 한 점 없는 흰색이 떠올라 있었고, 지평선 너머까지 펼쳐진 대지라는 이름의 캔버스는 탄성이 절로 나올 정도로 풍부한 색채로 넘쳐나고 있었다.

미라는 때때로 하늘로 날아오르는 새들의 모습을 눈으로 좇으며 그토록 기대했던 마쿠노우치 도시락을 집어 들었다.

"감개무량한 순간이로군."

만면의 미소를 지은 채 미라는 그 뚜껑을 열었다. 갇혀 있던 향기가 순간적으로 콧구멍을 가득 메우는 바람에 저도 모르게 배에서 꼬르륵 소리가 났다.

미라는 기대로 가득한 표정으로 창문 너머로 보이는 경치를 즐기며 마쿠노우치 도시락을 먹기 시작했다.

반찬을 이로 베어 문 채로 쌀밥과 함께 씹으며 음료수로 손을 뻗던 참에 미라의 움직임이 정지했다.

"애플오레와는 안 맞잖아!"

사과의 신맛이 벌꿀, 그리고 우유의 달콤함과 적절히 조화를 이룬 일품, 애플오레. 평소 음식 궁합 같은 것을 잘 신경 쓰지 않는 미라였지만 이번만큼은 다소 예민해져 있었다. 그만큼 기대가 컸었기 때문이다.

역에서 차를 사오는 것을 깜박한 일을 후회하며 애플오레를 한 차례 집어 들기는 했지만, 미라는 그대로 다시 내려놓고 자리에서 일어났다.

'비치되어 있는 음료가 많았지. 차가 있으면 좋으련만.'

별도 요금을 치르고 구입하도록 되어 있었던 음료가 있었던 사실을 떠올린 미라는 선반으로 향했다. 커다란 유료 음료 선반에 진열된 병들이 마치 모자이크 그림처럼 선반을 장식하고 있었다.

"으음……."

미라가 대충 훑어보았지만 그곳에는 차 종류는커녕 주류밖에 비치되어 있지 않았다. 잠시 생각한 끝에 미라는 애플오레보다는 낫겠다 결론을 내리고는 에일 계열의 술과 잔을 집어 들었다. 그리고 요금표를 확인하고는 코발트화 한 닢, 천 리프를 트레이에 놓고 테이블로 돌아왔다.

'혼자 마시는 술도 운치 있고 좋지.'

미라는 잔에 에일 계열의 술을 따라서, 홀로 잔을 기울여 건배하고는 경치와 도시락을 안주 삼아 여정을 즐겼다.

『잠시 후 이 열차는 리버풀 역에 도착합니다. 두고 가시는 물건이 없도록 주의해주십시오.』

"으음……."

소파에 드러누워 있던 미라는 차내 방송 소리에 정신을 차리고 상체를 들어 올리는 모양새로 비틀대며 일어났다.

"이게 무슨 소리야……."

은근히 달아오른 뺨을 복숭아색으로 물들인 미라는 잠에 취해 몽롱한 상태로 창밖으로 시선을 돌렸다. 그곳에는 희미한 불빛을 받아 밝혀진 자신의 모습이 허공에 떠있었고, 그 너머는 먹물을 쏟은 듯한 어둠으로 뒤덮여 있었다.

빛 한 점 없는 어둠 속을 거침없이 달리던 열차는 머지않아 속도를 늦춰 다음 역에 도착했다.

『이용해주셔서 감사합니다. 다음 좌순환선은 내일 아침 여덟 시에 발차할 예정입니다.』

딱히 짐이 없는 미라는 세 개의 빈 병을 잽싸게 정리하고는 차내 방송에 귀를 기울이며 눈 아래 자리한 홈에 시선을 던졌다. 해가 저문 밤이 되어도 그곳은 대낮의 빛이 가라앉기라도 한 듯 밝았다. 그곳을 걷는 승객들의 뒷모습을 배웅하던 미라도 곧 자리에서 일어나 열차에서 내렸다.

역 구내를 지나 밖으로 나선 미라의 눈에 실버 사이드에 있던 것보다 다소 널찍한 광장이 비쳤다. 이곳도 역 앞에는 무수히 많은 숙소가 난립해 있었는데, 조금이라도 눈에 띄기 위해 기발한 간판을 내걸고 있는 여관도 보였다.

"오늘은 어디에서 묵어볼까나!"

열차에서 흘러나온 사람들은 일단 광장으로 나와 숙소를 찾아 곳곳으로 흩어졌다. 미라는 풀어진 뺨을 수습하지도 않고 어슬렁어슬렁 그 인파에 합류했다.

숙소를 찾기 시작한지 약 20분. 미라는 극장이 있다는 여관에 체크인했다.

주역인 극장은 식당과 인접해 있어 식사를 하며 연극을 감상할 수 있도록 되어 있는, 다소 점잖은 분위기의 여관이었다.

어쩐지 클래시컬한 파티 회장을 연상케 하는 식당 끄트머리에 단상처럼 된 무대가 있고, 그곳에서 밤마다 연극이 상영되고 있다는 모양이었다.

오늘 연극은 아홉 현자에 관한 이야기라는 것이, 미라가 이 여관을 선택한 이유였다. 자신이 어떤 식으로 전해지고 있는지가 궁금해진 것이다.

미라는 현재 식당 중앙 근처 자리에 앉아, 연극이 시작되기를 이제나저제나 하며 기다리고 있었다.

그러다 보니 어느새 관객들이 모여들기 시작했고 빈자리가 눈에 띄지 않게 되었을 즈음, 서서히 장중이 조용해지기 시작했다.

잠시 후 식사가 나오고 나서 식당을 가득 메웠던 불빛이 빨려들기라도 한 듯 무대로 옮겨가자, 일제히 박수 소리가 터져 나왔다.

"지금으로부터 30년 남짓을 거슬러 올라가, 박해받던 술사들이 한 나라에 모여들어 연명하던 시대. 이는 훗날 경의와 경외심을 담아 아홉 현자라 칭송받게 되는 영웅들의 이야기다."

해설자 특유의 억양을 띤 낭랑한 목소리에 공연장 전체가 고요해졌다. 연주가 시작되자 흐르는 음표에 밀려 올라가듯 막이 오르더니 왕의 의상을 걸친 청년과 로브를 두른 아홉 명의 사람이 당당히 무대 위에 자리한 모습이 눈에 들어왔다.

"역시 쳐들어 왔군. 그렇다면 요격할 뿐. 이번 전쟁은 우리나라의 이름을 온 대륙에 널리 알릴 전초전이 될 것이다. 술사의 힘을 마음껏 보여주도록 하자."

"왕의 뜻대로 하겠나이다."

왕 역할을 맡은 청년이 가늘게 뜬 눈으로 날카로운 눈빛을 내쏘며 오른손을 휘둘렀다. 나머지 아홉 명은 오른손을 가슴에 대고서 목소리를 모아 말하며 고개를 숙였다. 알카이트 왕국의 군대식 경례였다.

오늘 연극은 아홉 현자의 이름을 온 대륙에 알리게 된 알카이트 왕국의 첫 전투, 엘더워드 방어전의 양상을 연극으로 만든 것인 모양이었다. 그리고 이 제1장은 왕과 훗날 아홉 현자라 불리게 되는 아홉 명이 첫 전투에 임하기 전, 작전 입안과 책모를 꾸미는 장면으로 전개되었다.

'처음 선전포고를 당했을 당시 솔로몬의 말은 이렇게 당당하지 않았지만 말이지!'

미라는 고기를 썰면서 내용 군데군데에 딴죽을 걸어가며 신이 나서 무대를 감상하고 있었다.

실제로 솔로몬이 했던 말은 '우와, 역시 와버린 모양이야. 어쩌지? 다들 분발해주고 있기는 하지만 역시 술사만으로 싸우기에는 전위(前衛)가 힘들려나? 병사들도 별로 못 키웠는데'였다.

'하지만 뭐어, 연극에서까지 그 경례가 나올 줄이야…… 젊음의 소치라는 말은 이런 경우를 두고 하는 말이로군…….'

게다가 아홉 명이 했던 경례는 엘더워드 방어전에서 승리를 거뒀을 때, 한껏 들뜬 멤버들이 그 자리에서 설정한 것으로 사실 이 타이밍에서는 아직 형태를 갖추지 못한 상태였다.

그러나 그런 부분은 당사자가 아니면 알 방도가 없는 일이었다. 미라는 그 부분을 상상으로 채우는 것도 연극의 묘미라 생각하며 기분 좋게 그 무대를 즐겼다.

연극은 계속되어 제4막. 클라이맥스 중 하나인 덤블프의 홀리 나이트가 전선을 유지하고 후방에서 루미나리아가 화염의 비를 쏟아내는, 방어전 당시 가장 술사들의 힘이 크게 발휘되었던 장면으로 넘어갔다.

'이 몸, 멋있어!'

무대용으로 전개된 술구와 음악으로 연출된 그것은 손에 땀을 쥐는 전개였고, 주변에 자리한 관객들도 환호성을 질렀다. 하지만 미라는 그보다는 덤블프 역할을 맡은 연기자에 주목했다. 초로를 넘긴 듯 보이는 연령대에 베테랑다운 풍격을 갖추어 몹시 역할에 잘 어울렸다. 그 일거수일투족은 몹시 당당하여 노련한 술사라는 역할을 정말이지 완벽하게 연기하고 있었다. 그야말로 덤블프였던 시절의 미라보다 더 그럴 듯해 보인다 해도 과언이 아니리라.

미라는 덤블프의 연기에 맞춰 성원을 보냈다. 그러자 연기자는 그 목소리에 응하듯 자연스럽게 미라에게 시선을 보내주었다. 말 그대로 관록과 여유, 쌓아올린 경험에서 비롯된 자연스러운 시선 처리였다.

미라로 말하자면 오늘은 이상형을 두 번이나 만났다는 생각에 신이 나서 잔을 기울였다. 그리고 자신도 언젠가는 저렇게 되리라고 의지를 불태웠다.

연극은 박수갈채 속에서 막을 내렸다. 조명이 다시 켜진 식당에서 미라는 디저트로 나온 케이크를 만면의 미소를 띤 채 먹고 있었다.

무대에서는 현재, 연극의 분위기를 돋웠던 악단이 흐르는 물처럼 온화한 곡을 연주하고 있었다. 그것은 뜨겁게 달아올랐던 마지막 장면의 여운과 어우러져 서서히 식당의 분위기를 가라앉혔다.

그런 가운데 조금 전까지 연극을 했던 자들이 전단지 같은 것을 배포하기 시작했다. 그것을 받아들어 시선을 떨군 미라는 "호호오~"하고 즐거운 듯한 탄성을 흘렸다.

그것은 이 도시에 있는 대극장에서 다음 주부터 공연할 연극의 선전이었다.

전단지에 의하면 아무래도 극단에서 처음으로 시도하는 대무대 공연인 모양이었다. 그리고 그 제목은 '루즈드랜드 결전'이라 적혀있었다.

'오오, 그것을 연극으로 공연한다는 말인가!'

루즈드랜드 결전. 미라는 그 전투를 생생히 기억했다. 아닌 게 아니라 이 역시 아홉 현자가 활약한 전투였던 동시에 유일하게 알카이트 왕국측에서 진군하여 벌인 전쟁이었기 때문이다.

이에는 다소 특수한 경위가 있었다.

사건은 루즈드랜드국(國)의 왕족을 살해한 악마가 그 자의 모습으로 둔갑한 일로부터 시작되었다. 그 후 루즈드랜드국은 모든 실권을 악마에게 빼앗겨 마(魔)가 만연한, 그야말로 지옥 같은 나라가 되어갔다.

그런 가운데 알카이트 왕국이 일어선 것이다. 루즈드랜드국을 악마의 손아귀에서 구해내기 위해, 솔로몬이 아홉 현자를 이끌고 전투에 임했다. 그리고 격렬한 전투 끝에 악마를 쓰러뜨려 나라는 다시 평화를 되찾았다.

루즈드랜드 결전이란 이러한 내용의 악마 관련 국가 퀘스트 중 하나였다.

'분명 그때가 첫 공작급 악마와 전투를 벌였을 때였던가. 심지어 왕성 여기저기서 레서 데몬이 쏟아져 나와서 솔로몬이 허둥댔었지. 그립구나. 지금 돌이켜 봐도 터무니없는 격전이었어.'

전단지를 한 손에 들고 어쩐지 까마득하게 느껴지는 추억에 젖은 채 케이크를 먹어치운 미라의 머릿속에 문득 최근에 있었던 일이 떠올랐다.

'레서 데몬이라 하니 생각이 났지만, 그 하얀 기둥에 관해서는 뭔가 알아냈을는지.'

미라는 현실이 된 이 세계에 온지 얼마 되지 않았을 무렵. 레서 데몬의 지휘로 하얀 기둥이 있는 꽃밭을 향해 진격하던 마물 무리가 있었다. 이 일에 관해서는 일단 해결을 하기는 했으나 어째서 그 장소를 목표로 했던 것인지, 그 장소에 무엇이 있는지는 아직 판명되지 않았다. 현재 조사 중이라는 모양이다.

'조사 중이라 해서 말이지만, 고대신전 지하에 있었던 그 악마에 관해서도 아직 알아낸 것이 없다 했지.'

소울하울의 정보를 얻기 위해 향했던 그곳에서 미라는 악마와 조우했다. 그대로 교전상태에 돌입해, 당연히 토벌하기는 했으나 그래도 그곳에 악마가 있었다는 사실에 대한 의문은 남았다.

악마란 의미도 없이 나타나는 존재가 아니기 때문이다. 고대신전 지하에서 무엇을 하고 있었던 것인지. 카라낙에서 발생한 좀비 사건과는 어떤 관계가 있는 것인지. 그러한 사안들에 관해서는 솔로몬과 진혼도시 카라낙의 술사 조합장인 레오닐이 공동으로 조사하고 있다는 모양이었지만 이 역시 상세한 내막이 밝혀지지 않은 상태였다.

'뭐어, 어려운 일은 솔로몬에게 맡겨두면 되겠지.'

이래저래 신경 쓰이는 일이기는 했지만 아무리 열심히 생각을 한들 솔로몬보다 빨리 답을 내지는 못하리라는 것을 아는 미라는 오로지 보고만 담당하기로 속으로 정해둔 터였다. 까놓고 말하자면, 아주 떠맡겨버린 것이다.

조사결과는 언제쯤 나올까. 그런 생각을 하며 잔을 기울이던 참에 미라는 잔이 비었음을 알아채고는 눈살을 찌푸렸다. 그리고 대신 애플오레를 끄집어내서 단숨에 들이켰다.

"우음…… 그러했지."

미라는 입술을 비죽거리며 애플오레의 빈병을 뚱한 눈으로 노려보며 그 재고가 얼마 남지 않았다는 사실을 기억해냈다. 그래서 테이블에 두 손을 짚고 일어나 식당 카운터에 몸을 기댄 채 요리사에게 말을 걸었다.

"말 좀 묻지~. 여기서 이러한 병에 든 애플오레는 취급하고 있지 않은가?"

미라는 그렇게 말하며 조금 전에 비운 애플오레의 병을 카운터에 내려놓았다. 바쁜 시간이 지나 설거지에 전념하고 있었던 한 여성이 미라의 목소리를 듣고 고개를 돌리더니 다소 당황스러운 표정을 지은 채 달려왔다.

"너, 괜찮니?"

"음?"

"얼굴이 꽤 빨간데, 열이라도 있어?"

여성은 걱정스러운 표정으로 미라의 이마에 손을 가져다 댔다. 하지만 딱히 뜨겁지는 않았는지 고개를 갸웃했다.

"이 몸은 지극히 건강하다~. 그보다 애플오레는 없는 게야?"

"애플오레는 취급 안 하는데. 하지만 이 일대에서 파는 스위트 베리 오레도 맛있어."

"호오호오, 그건 병에 담아 팔고 있나? 얼마 정도나 하지?"

미라는 평소보다 약간 톤이 높은 목소리로 말하며 병을 집어 들어 여성에게 힘차게 들이밀었다.

얼굴이 벌개져서 표정이 오락가락하는 미라를 본 여성은 그제야 그 원인이 무엇인지 짐작해냈다. 아아, 이거 주정뱅이구나.

"팔기는 하지만 오늘 분량은 다 팔았어. 하지만 병에 든 건 내일 아침에 한 병당 300리프에 파니까 떼어놓을 수는 있어. 어쩔래?"

여성은 고주망태라 할 정도는 아니고 상당히 귀엽게 취한 미라에게 다정하게 말했다. 미라는 아이템 창을 열어 애플오레의 잔고를 확인하고는 세차게 고개를 들었다.

"그럼, 20병 부탁하지."

"알았어, 20병이라고 했지? 그러면 내일 가지러 와."

"음!"

미라는 애플오레를 대신할 스위트베리 오레를 주문하고는 그대로 자신의 방으로 돌아갔다.

오늘 숙박할 방은 매우 평범하기는 했지만 더없이 말끔한 방이었다.

돌아온 미라는 그대로 비치된 샤워실로 향해 옷을 아무 데나 벗어놓고 머리부터 뜨거운 물을 뒤집어썼다.

취한 탓인지 평소보다 들뜬 미라는 거울에 비친 자신의 모습을 보고 달콤한 미소를 짓고는, 그대로 자신의 미모를 감상하다 잠자리에 들었다.

이른 아침. 한 시간 후에 발차한다는 철도 운행 정보 방송 소리에 미라는 소스라치게 놀라며 눈을 떴다. 실오라기 하나 걸치지 않은 상태로 침대에서 일어나, 열이 있기는 했지만 취기가 싹 가신 정신 상태로 비몽사몽간에 들었던 소리의 잔향을 명료하게 인식해 나갔다.

"한 시간이라……."

그렇게 중얼거린 미라는 아무렇게나 벗어둔 옷가지를 회수하여 가방에서 갈아입을 속옷을 꺼내들었다.

그렇게 몸단장을 마치고 계단을 내려간 미라는 그대로 식당으로 향했다.

그러자 그곳은 전장이 되어 있었다. 식당에 있던 이들 대부분이 열차 승객으로 미라와 마찬가지로 방송을 듣고 일어나 식당으로 쇄도한 것이다.

카운터에 늘어선 미라는 6천 리프를 건네어 어제 주문했던 스위트베리 오레 20병과 아침 식사를 받아들었다.

발차까지 남은 시간은 20분. 미라는 역 앞을 사방팔방으로 오고가는 인파를 누비며 역으로 향했다.

'붐비는군.'

리버폴 역은 실버 사이드 역보다 넓어, 여러 블록으로 나뉘어 있었는데 출입구 근처는 토산물 판매점이 잇달아 늘어서 있었다. 몸집이 작은 미라는 인파에 시달리면서도 간신히 역 도시락을 파는 가게를 찾았다.

그리고 소란스러운 구내 깊은 곳으로 들어가 찾아낸 가게에서 간신히 밤 영양밥과 녹차를 구입해 황급히 홈으로 향했다.

아직도 승객들로 붐비는 이코노미 클래스와는 달리 퍼스트 클래스는 꽤나 조용했다. 5분을 남겨두고 승차하는 데 성공한 미라는 차량 내에 늘어선 담당 직원들 중 한 명에게 자진해서 표를 건넸다.

"오늘은 이용해주셔서 감사합니다. 좌차량과 우차량 중 희망하는 좌석이 있으십니까?"

"글쎄, 그러면 좌차량으로 하지."

"알겠습니다. 그럼 방으로 안내해 드리겠습니다."

담당 직원들은 아직 두 번째였지만 짐짓 익숙한 양 대답하는 미라를 흐뭇한 표정으로 배웅했다.

좌차량에서는 폭 넓은 레일 너머로 비어있는 홈이 보였다. 퍼스트 클래스와는 달리 자연 상태의 돌로 지어진 그곳은 소박하지만 광대하여 시간이 되면 사람들로 넘쳐나리라는 것을 쉽사리 상상할 수 있었다.

그 장소는 우순환선용 홈이었다. 앞쪽에 깔린 레일은 통나무처럼 두꺼워서, 그 위를 달리는 열차의 힘을 대변해주고 있는 듯 보이기도 했다.

'이만큼 크면 토대도 상당히 튼튼해야 할 테니.'

어제와는 다른 대기 시간의 풍경이었다. 미라는 때때로 작업을 하기 위해 비어 있는 홈을 지나가는 역무원들의 모습을 눈으로 좇으며 발차까지 남은 시간을 느긋하게 보냈다.

이윽고 열차가 움직이기 시작해, 풍경이 차례차례 흘러가기 시작했다. 좌차량에서 보이는 산맥은 자연 그 자체를 체현한 듯 웅대했다.

'음……? 속도가 떨어진 겐가?'

리버폴에서 출발한지 세 시간 정도가 경과했을 즈음이었다.

아침과는 또 다른, 오후의 햇살이 찬연하게 쏟아져 광채가 더해진 풍경을 바라보던 미라는 문득 그것이 흘러가는 속도가 느려졌음을 알아챘다.

미라가 무슨 일인가 하고 의아해하기 시작한 찰나, 그 이유가 차내 방송을 통해 밝혀졌다.

『지금부터 이 열차는 도선하(桃扇下) 대교를 통과합니다. 그 다리 위에는 절경삼십선으로 손꼽힐 정도로 수려한 경치가 펼쳐져 있습니다. 열차의 속도를 늦춰 통과하겠사오니 부디 마음껏 감상해주십시오.』

아무래도 속도가 떨어진 이유는 절경 스폿의 광경을 즐길 수 있도록 서비스를 하기 위함인 듯했다. 관광열차 등을 타고 가다 보면 자주 있는 일이라 곧장 납득한 미라는 그 즉시 창문에 달라붙었다.

잠시 후, 열차가 다리 위를 건너기 시작했다. 그 아래에는 깊은 골짜기와 웅대하게 흐르는 대하. 그리고 미라의 정면에는 그 대하의 수량을 책임지는 거대한 폭포가 그야말로 슬로모션처럼 보일 정도로 호쾌하게 용소(龍沼)를 향해 떨어지는 모습이 펼쳐져 있었다.

폭포까지의 거리가 100미터는 더 될 텐데도 창문에는 마치 비라도 내린 듯 쏟아진 물방울이 햇빛을 받아 반짝반짝 빛나고 있었다.

'호오……. 삼십선(三十選)이라 했으니 이 정도의 풍경이 아직 스물아홉 곳은 있다는 뜻인가. 다른 곳도 보고 싶구나!'

절경 스폿을 실컷 만끽한 미라는 아직 보지 못한 절경을 상상하며 미소를 지었다.

"음? 저건 사람, 인가?"

그때였다. 미라는 폭포와 다리 사이에 자리한 절벽의 녹음에 몇몇 사람이 있는 것을 발견했다. 관광객일까. 처음에는 그렇게 생각했으나 그중 한 명이 부자연스러울 정도로 검은 것이 눈에 띄어 눈길이 갔다. 멀어서 생김새까지는 알 수 없었지만, 차림새는 간신히 알아볼 수 있었다. 검은 양복에 검은 중절모를 쓴, 흔한 말로 건실하지 않은 일에 종사하는 자의 차림새였다.

"관광……? 아니, 저건 저격 지점을 확인하는 것이로군!"

그 자는 폭포를 올려다보거나 대하를 내려다보느라 여념이 없었다. 관광객에 섞인 히트맨. 장난 반으로 멋대로 상상의 나래를 펼치던 미라는 다른 자들과 담소를 나누는 듯 보이는 히트맨을 보이지 않을 때까지 계속 관찰했다.

절경 스폿에서 몇 시간을 더 달린 열차는 다음 역인 벨로체 시티에 도착했다. 정차 시간은 한 시간으로 길 것 같으면서도 구내를 견학하기에는 짧아서, 미라는 책장에 놓인 책을 집어서는 팔랑팔랑 넘겨보았다.

'호오, 역 도시 여관 특집인가. 모처럼의 여행이니 좋은 여관을 골라보는 것도 나쁘지 않겠지.'

그렇게 생각해 그 책을 들고 소파로 돌아가던 도중, 문을 두드리는 작은 소리가 났다. 마침 앞에 있던 미라는 그대로 문을 열었다. 그러자 그곳에는 객실까지 안내해 주었던 담당 직원이 미소를 띤 채 서 있었다.

"실례합니다. 벨로체 시티에 도착했습니다만, 손님께서는 다음 역까지 가실 예정이십니까?"

"음, 그럴 예정이다만…… 아아, 그렇군."

미라는 대답하며 표를 구입했을 때 들었던 말을 떠올렸다. 표한 장으로는 한 정거장만 갈 수 있으며 다음 역에 가려면 한 장이 더 필요했던 것이다.

"표는 가지고 있다만, 일단 나가서 인장을 찍어와야만 하는 겐가?"

웨스트 파우치에서 퍼스트 클래스 표를 꺼낸 미라가 그렇게 묻자,

"아니요, 가지고 계시다면 이 자리에서 바로 접수할 수도 있습니다."

담당 직원은 다정한 투로 대답했다. 그 말을 들은 미라는 "그럼 다음 역까지 부탁하지" 하고 표를 내밀었다.

"좋은 여행 되십시오."

담당 직원이 묵례를 하고 떠나간 뒤, 미라는 소파에 몸을 맡기고서 손에 든 책을 펼쳐 다음 역 도시에 있다는 취향에 맞는 여관을 찾기 시작했다.

그리고 그 다음 날 밤. 미라는 아리스파리우스 성국의 땅을 밟게 되었다.

7

아리스파리우스 성국. '아크 어스 온라인'의 무대가 되는 양대 대륙이 자리한 슈메고페 지방에서 신앙되고 있는 삼신 중 하나인 자애의 여신을 섬기는 대국이다.

그런 나라에 있는 역 도시는 수도에 비하면 젊어, 갓난아기라 해도 과언이 아닐 역사밖에 없었지만 철도의 현관문에 해당되는 곳인지라 온 도시에 활기가 넘치고 있었다.

명색이 성국이라 가게며 민가 등, 어디를 보아도 여신의 상징인 요람을 본뜬 인장이 새겨져 있었다. 조금만 돌아다녀도 성당을 몇 개나 찾아볼 수 있다는 것도 특징 중 하나였다.

전날 밤, 역 도시 홀리게이트에 도착한 미라는 그대로 역 앞에 있는 여관에서 밤을 보내고, 지금은 역 앞 광장에서 설경(雪景)을 보는 듯 하얀 빛이 내린 아침의 도시 풍경을 내다보고 있었다.

곳곳에 성당 종탑이 불쑥 튀어나와 있었으며 역을 비롯해서 그 종탑을 넘는 높이의 건조물은 보이지 않았다. 미라는 그런 성당 중 하나를 바라보며 새로 생긴 성당에서도 성술을 습득할 수는 있을까 하는 생각을 했다. 언젠가 분명 이 나라를 찾을 소년 타쿠토의 모습을 상상하며. 아리스파리우스 성국은 그만큼 성술과 관련된 장소가 많았다.

다음에 성술의 탑의 대행자에게라도 자세히 물어보자는 생각을 하며 미라는 사람이 적은 장소로 이동해 페가수스를 소환했다.

마법진에서 나타난 페가수스는 주변을 가볍게 둘러본 직후, 미라의 품으로 돌진했다. 페가수스는 평소보다 훨씬 얼굴을 죽죽들이댔다. 최근 들어 매일 같이 소환하다가 갑자기 며칠 공백이생기자 걱정을 했던 모양이었다.

하지만 미라는 그 마음을 알아채지 못하고 어리광이 늘었구나하며 갈기를 쓰다듬어줄 뿐이었다.

참새 지저귀는 소리만 요란한 골목길에서 미라를 태운 페가수스가 날아오른 것은 그로부터 얼마쯤 지난 뒤의 일이었다.

눈 아래에는 바람을 받아 물결치는 초원이 시야 가득 펼쳐져 있고, 까마득히 먼 전방에는 희끗한 산맥이 지평선 끝까지 이어져있었다. 이번 목적지인 천상폐도(天上廢都)는 그 산맥 너머에 자리한 분지에 있었다.

미라를 등에 태우고 역 도시 홀리 게이트에서 북쪽으로 날고 있는 페가수스는 척 보아도 신이 나 보였다. 평소에는 미라와 함께하늘을 달리는 동안, 다가오는 새들에게 지금 이 순간을 방해하지말라는 듯한 행동을 취했지만 현재는 곳곳에서 모여든 무수한 새들이 주변을 자유롭게 날고 있었다. 그 울음소리는 높고도 맑아,페가수스 일행은 퍼레이드를 하는 악단처럼 하늘을 거닐었다.

"오늘은 어째 동행자가 많구나. 이번에도 즐거운 여행이 될 것같아."

미라가 무심히 그렇게 말하자 페가수스가 울었다.

그러자 새들이 종별로 편대를 이루더니 날개를 크게 펼쳐 하늘 높이 날아올랐다가 공중제비를 돌아 활공했다. 새들은 연거푸 위치를 바꾸면서도 대열을 흐트러뜨리지 않고 훌륭한 편대비행을 선보였다.

"참으로 훌륭하구나!"

보기 드문 합동 항공 쇼였다. 미라는 신이 나서 자유자재로 하늘을 노니는 새들에게 박수를 보냈다. 페가수스는 그런 미라의 모습을 확인하더니, 이번에는 자신의 날개로 힘껏 빛을 뿜었다. 넘쳐난 빛은 금가루처럼 반짝이며 주변으로 퍼져나가, 방울소리 같은 여운을 남기고 자잘하게 허공에 녹아들어 새들에게 스며들었다.

그것은 성수가 내리는 가호의 빛이었다. 주인을 기쁘게 해준 상으로 페가수스가 새들에게 가호를 내린 것이다.

"예쁜 빛이었다. 그대도 제법이구나!"

성수가 가호를 내리는 일을 본 적이 없는 미라는 그것도 새들과 함께 노닐고 있는 페가수스 나름의 놀이라 생각했다. 이 말을 듣고 더욱 기분이 좋아진 페가수스가 가호의 빛을 마구 뿌려댄 결과, 새들의 가호는 더욱 강고해져 몇 대에 걸쳐 안녕을 누리게 되었음을 미라는 알지 못했다.

산맥에 다가가 숲 깊은 곳으로 들어갈수록 상공을 선회하는 마물들이 늘어갔다. 새들은 조금 전에 페가수스가 이 앞은 위험하다며 해산시켰다. 지금은 미라와 페가수스 둘이서 느긋하게 하늘 높이 솟은 산맥을 뛰어넘고자 상승하던 도중이었다.

그곳은 죽음조차도 굴러 떨어져버릴 것만 같은 급경사를 이루고 있어, 천상폐도와 이어진 정규 루트는 아니었지만 미라는 페가수스로 뛰어넘으면 아무 문제도 없으리라 생각했다.

'이거…… 괜찮은 겐가……?'

하지만 그 절벽은 한없이 높아, 이미 산기슭에 펼쳐진 숲이 흐릿하게 보일 정도로 까마득해져 있었다. 고도를 높이면 높일수록 냉기가 방한을 위해 걸친 모피를 뚫고 피부에 꽂혔다.

그도 그럴 만했다. 앞길을 가로막은 벽은 어스 대륙 사대 산맥 중 하나로, 지금까지 날아본 그 어떤 곳보다 높았다. 구름 위에 자리한 산의 정상은 아직도 모습을 보이지 않고 모든 것을 거절하듯 미라를 내려다보고 있었다.

그런 가혹한 환경 탓인지 결국 미라는 경미한 두통을 느낌과 동시에 시야가 흐려져 저도 모르게 페가수스에게 온몸을 기대었다.

"페가수스여, 일단 귀환하자꾸나. ……잠시 아래로 내려가 다오."

미라는 머리가 욱신대는 통에 얼굴을 찡그리며 페가수스에게 그렇게 말했다. 그러자 미라의 상태를 알아챈 페가수스는 미라보다 훨씬 괴로운 듯한 빛이 깃든 눈을 한 채 숲으로 급강하했다.

산기슭에 자리한 숲의 다소 탁 트인 장소에 내려선 페가수스는 자신에게 몸을 맡기고 드러누운 미라를 날개로 감쌌다. 그러자 유달리 눈부신 무지개빛 베일이 그 날개에서 흘러나왔다. 페가수스가 지닌 최대급의 치유 능력을 발휘하자 어슴푸레한 숲의 일부가 순식간에 빛으로 뒤덮였다. 주변에 가득한 빛의 입자는 막대하여, 그곳에 사는 동물들의 어둠을 걷어낸 데서 그치지 않고 상처까지 치유해주었다.

하지만 미라의 증상은 극적인 변화를 보이기는커녕 다소 기분이 나아진 정도에 그쳤다.

"조금은 편해졌다. 걱정 끼쳐 미안하구나."

아마도 게임이 현실이 된 탓에 일어난 증상이리라. 그렇게 생각한 미라는 일단 마음을 가라앉히고 이제 어떻게 할지 생각하며 눈을 감았다.

아무래도 하늘을 날아서 천상폐도에 가지는 못할 듯했다. 그렇다면 남은 길은 지상에 자리한 던전을 통과하는 정규 루트뿐이다.

미라가 그렇게 예정을 세우던 중,

"뭐, 뭐냐. 무슨 일이야?!"

페가수스가 걱정스러운 투로 얼굴이며 입으로 미라의 몸을 세차게 흔들기 시작했다.

긴급사태인가 싶어 퍼뜩 눈을 뜨고 주변을 살폈지만 미라의 눈에는 오로라로 뒤덮인, 어쩐지 몽환적인 숲이 비출 뿐이었다.

몸 상태가 썩 좋지 않았지만 미라가 몸을 일으키자 페가수스는 그나마 좀 마음이 놓이는지 미라의 가슴에 얼굴을 묻었다.

"흐음~ 역시 어리광이 늘었구나."

이렇게 미라는 얼마간 페가수스와 서로 몸을 기댄 채, 상태가 호전될 때까지 그대로 느긋하게 쉬었다.

'던전을 통과하려면, 통행증이 필요하지 않으려나…….'

천상폐도로 가기 위해서는 '하늘로의 계단'이라 불리는 던전을 통과할 필요가 있었다. 던전은 조합이 관리하고 있는지라 그 통행증을 발행받아야만 한다. 그렇다면 조합이 있는 도시로 돌아갈 필요가 있다.

페가수스가 내뿜은 빛도 가라앉아, 숲은 평소의 음울한 얼굴을 되찾았다. 컨디션을 회복한 미라가 맵을 펼쳐 인근 도시를 물색하던 그때였다.

잔물결 같은 벌레 울음소리가 찌륵찌륵 새어 나오던 나무들 틈새에서, 느릿하기는 했지만 일정한 템포로 무언가의 기척이 나타났다가 사라지기를 반복했다. 미라는 생체감지를 통해 그곳에서 사람 크기 정도의 반응을 둘 포착했다.

'이러한 장소에 사람이라. 예상컨대 모험가나…… 키메라, 이스즈 연맹 녀석들이려나. 사냥꾼일 수도 있지만서도.'

경계심 때문인지 페가수스가 날개에 미세한 전광(電光)을 두른 채 미라의 앞으로 나섰다.

귀를 기울여보니 숲에서 또렷하게 형태를 이룬 발소리가 들려왔다. 그것은 지금 있는 장소로 똑바로 다가오고 있었다.

"이게, 무슨……."

모습이 보일 거리까지 기척이 가까워졌을 즈음, 발소리의 주인 공 중 한 명이 종종걸음으로 숲에서 뛰쳐나와 그 앞에 선 페가수 스 앞에서 그런 말을 흘렸다.

남자는 검은색을 기조로 한 갑주를 걸쳤고 허리에는 그보다 훨 씬 눈에 띄는 피처럼 붉은 칼집에 든 칼을 차고 있었다. 그것은 그야말로 사무라이의 표본이라 할 수 있는 모습이었다. 중년을 앞둔 듯한 그 얼굴은 깎아진 바위보다 투박했으나, 눈은 비교적 둥글둥글해서 이상하게도 썩 나쁜 인상을 주지는 않았다. 하지만 그런 것과는 상관없이 페가수스는 그 남자를 노려본 채 미라를 감싸듯 몸을 비틀었다.

"이봐, 갑자기 뛰어가지 말라고. ……어이쿠, 내 뭐랬어. 경계 하고 있잖아."

"음, 미안하군."

남자 사무라이 뒤에서 민첩함을 중시한 무구를 장비한 또 한 명 의 남자가 얼굴을 내밀었다. 심록색 가죽 갑옷으로 급소만을 뒤 덮고 있었으며, 허리에 찬 화살통에는 살깃이 보였지만 수십 대 는 될 화살은 활로 쏘기에는 굵고 길었다. 얼핏 보면 사냥꾼처럼 생겼으나 날카로운 얼굴 생김새에 지성이 엿보이는 차분한 눈을 하고 있었다.

"당장에라도 공격당할 것 같은데. 너, 무슨 짓 했어?"

"아니, 성스러운 이 모습에 감복했을 뿐이다."

"페가수스는 천성이 온화하다고 들었는데 말이지."

경계심을 훤히 드러낸 채 위협하는 페가수스 앞에서, 남자 둘은 살며시 후퇴하는 동시에 대화를 나누며 상황을 살폈다. 미라는 그런 두 사람에게 "그대들은 누구냐?" 하고, 경계심이 가득한 목소리로 물었다.

"방금 전 그 목소리는…… 혹 페가수스 님의."

"아니…… 그 뒤야."

사무라이가 경의를 표하듯 페가수스에게 고개를 숙이던 도중, 사냥꾼이 그제야 페가수스의 보호를 받듯 등 뒤에 서 있는 미라의 모습을 발견했다. 페가수스의 정면에 서 있던 사무라이에게는 완전히 사각이라 보이지 않았던 모양이었다. 그 말을 듣고 몸을 옆으로 비튼 사무라이는 사냥꾼이 말한 위치에 있던 미라의 모습을 보고 눈이 휘둥그레져 말했다.

"이럴 수가…… 선녀님이신가…….."

재가 축적된 듯 어슴푸레한 숲인데도 그것을 떨쳐내 버릴 것만 같을 정도로 윤기 넘치는 은발 머리, 감히 손을 대기가 주저될 정도로 하얀 살결, 그리고 무엇보다도 겁이 날 만큼 아름답고도 사랑스러운 그 얼굴을 본 사무라이는, 이곳은 인간의 세상이 아닌 것이 아닐까 하는 착각에 사로잡혔다.

"아니, 이 몸은 미라다. 모험가지. 해서, 그대들은?"

페가수스를 달래듯 그 등에 손을 얹은 미라는 한 걸음 앞으로 나서며 말했다. 꿈인가 생시인가 하고 있었던 사무라이는 고막을 또렷하게 울린 그 목소리를 듣고서야 퍼뜩 정신을 차렸다.

"소인은 하인리히라 한다. 마찬가지로 모험가지."

"길베르트야. 나는, 글쎄…… 학자 같은 거라고나 할까."

세 사람은 그렇게 자기소개를 마치고 다시금 서로 마주 보았다.

페가수스는 두 남자의 태도에 다소 경계를 다소 풀기는 했으나 아직도 걱정이 되는지 미라를 날개로 감싸고 있었다. 그 모습을 본 길베르트는 과연, 하고 납득했다. 본래는 온화한 페가수스가 예민해져 노골적으로 경계심을 드러낸 것은 단순히 미라라는 소녀를 지키고자 하는 의지 때문이었다.

"놀라게 해서 미안해. 우리는 목적지로 가던 중에 갑자기 숲속에서 빛이 퍼져 나오는 것이 보이기에 그 원인을 확인하러 온 것뿐이야."

길베르트는 적의가 없음을 표하기 위해 두 손을 가볍게 든 채 경위를 설명했다. 미라 역시 그것이 무엇을 두고 한 말인지 짐작이 갔다. 두 사람이 봤다는 빛은 틀림없이 페가수스가 흩뿌린 치유의 빛이리라.

"그래서 확인을 하고자 하는데, 그 빛은 역시 거기 있는 성수(聖獸)가?"

"음, 그렇다. 이 몸을 치유하고자 한 듯했지."

길베르트의 질문에 답한 미라는 감사인사를 하듯 살며시 페가수스의 목에 팔을 둘러 끌어안았다.

어리광을 부리듯 작은 소리로 우는 페가수스의 모습에 하인리히는 가늘고도 길게 탄식하며 시선을 미라에게로 옮겼다.

"과연 페가수스 님이시군."

"치유? 그만한 빛을 내뿜을 정도면 어지간히 중상이었다는 뜻일 텐데? 지금은 괜찮은 거야? 뭣하면 가진 약이 좀 있으니 나눠줄게."

납득한 듯 하인리히가 고개를 끄덕이는 가운데, 길베르트는 멀리서도 눈이 부실 정도로 엄청났던 빛의 양을 통해 큰 부상을 입은 것인가 하고 추측하고는 진지한 표정으로 제안했다.

하지만 물론 미라는 부상을 당한 것이 아니었다. 때문에 겸연쩍은 듯이 눈을 내리깔며 말을 받았다.

"아~ 부상을 당한 건 아니다. 페가수스를 타고 이 산을 넘으려 했다만 중간에 몸이 안 좋아져서 말이지. 급히 내려와 쉬던 참이다. 이 녀석은 그런 나를 걱정해 준 게지."

"날아서 산을? 그런 무모한 짓을……. 그거 아마 고산병일 걸. 이 산은 표고가 5000미터도 더 되니까. 이걸 날아서 넘는 건 무리야."

"역시 고산병이었나……. 으음~ 까맣게 잊고 있었군그래."

천상폐도를 둘러싼 산맥의 표고는 가장 낮은 곳이 약 5500미터. 페가수스에 타면 평범하게 산을 오르는 것보다 압도적으로 빠른 속도로 공기가 적은 하늘로 올라가게 되는지라 미리 대책을 세워두지 않으면 고산병에 걸릴 수밖에 없었다.

미라는 천상폐도를 몇 번이나 찾았었다. 한 번 갔던 지역이라면 부유도로 직접 갈 수 있었기 때문이다. 하지만 이번에는 그 경험 탓에 표고라는 것의 존재를 까맣게 잊고 말았다.

게임이 현실이 된 지금은 이런저런 요소가 뒤섞여, 과거에는 당연했던 일이 그렇지 않게 변해버렸다. 제아무리 미라라 해도 대자연의 변화에는 저항할 수 없었다. 아닌 게 아니라 게임이었던 시절에 없었던 요소에 대처할 뾰족한 수는 딱히 없기 때문이다.

　"소인은 잘 모르겠다만, 산을 넘고 싶다면 성도(聖道)와 이어진 터널을 지나면 되지 않나. 통행세쯤, 모험가라면 그리 대단한 액수도 아닐 터."

　하인리히는 기본적으로 어려운 이야기는 길베르트에게 맡겨두기로 하고 있었다. 하지만 이번에는 높고 험준한 산을 위로 넘어갈지, 지상에 난 터널을 통과할지에 관한 문제였고, 둘 중 어느 쪽이 간단한 방법일지는 누가 보아도 뻔했다. 때문에 하인리히는 머리에 떠오른 바를 그대로 말로 옮겼다.

　그 물음에 돌아온 답은, 하인리히에게는 예상치 못한 것이었고 길베르트에게는 예상 범위 내에 있는 것이었다.

　"이 몸의 목적지는 산맥 너머가 아니라 천상폐도라 말이지. 날아갈 수 있었으면 빨랐을 터인데. 뭐어, 마침 잘 되었다. '하늘로의 계단'의 통행증은 어느 도시의 조합에서 발행하는지 아느냐?"

　이 주변에서 활약하는 모험가라면 분명 자신보다 자세히 알 것이라 생각한 미라는 그렇게 물었다.

　"하늘로의 계단의 통행증을 발급하는 곳 중 가장 가까운 건 이곳에서 남동쪽에 있는 로윈의 조합이지. 하지만 필요 랭크가 B인데, 괜찮겠어?"

"뭣……이라……."

길베르트의 마지막 한 마디를 들은 미라는 어정쩡하게 맥이 풀린 표정을 지었다. 미라의 현재 랭크는 C였다. 던전 통행증을 발급받기 위해 받아둔 것이라 랭크를 올리는 작업은 지금까지 전혀 하지 않았다. 솔로몬의 권력을 등에 업어도 C랭크가 한계였다.

앞길이 막막해진 미라는 그 작은 입술을 비죽거리며 턱 끝에 손가락을 댄 채, 시든 꽃처럼 힘없이 고개를 푹 숙였다.

D에서 C랭크로 올라가는 것이 어렵듯, C에서 B로 올라가는 데도 상응하는 시련이 주어졌다. 결코 쉬운 길이 아니었다.

길베르트는 미라의 반응을 통해 랭크가 부족하다는 사실을 짐작해내고는 문득 그녀의 팔을 주목했다. 조자의 팔찌가 있었다.

"미라 양은, C랭크야?"

"음, 그렇다만."

무언가를 가늠하는 듯한 표정으로 길베르트가 그렇게 말하자 미라는 시선만 든 채 살며시 고개를 끄덕였다. 그러자 길베르트는 하인리히를 가리키며,

"나도 C랭크지만 여기 있는 하리는 A랭크야. 그리고 우리도 마침 하늘로의 계단을 지날 예정이거든. 통행증도 있어. 괜찮다면 동행하겠어?"

그 길베르트의 제안은 그야말로 하늘에서 떨어진 동아줄이었다.

"이 몸으로서는 고마운 제의이기는 하다만, 정말로 그래도 되겠는가?"

미라는 덥썩 받아들일까 싶었지만 잠시 뜸을 들이다 눈치를 살

피듯 그렇게 말했다.

"그래, 보면 알겠지만 우리는 둘 다 전사 클래스거든. 아무리 A 랭크가 있다지만 B랭크 던전에 도전하기에는 다소 불안하다고 생각하던 참이었어. 보아하니 미라 양은 술사 같은데. 그것도 C랭크 술사. 둘이 가는 것보다는 훨씬 전력 보강이 될 것 같아서."

"흠, 과연."

솔깃한 말에는 함정이 있다는 말도 있었지만, 길베르트가 댄 이유에 미라는 납득했다. 현재까지 아무런 방법이 없는 미라에게는 그 제안을 받아들이는 것 역시 선택지 중 하나라 할 수 있었다.

"그러고 보니 무슨 술사야? 마술사나 성술사라면 더 바랄 게 없겠는데."

길베르트는 희망사항을 읊으며 미라에게 기대 섞인 시선을 던졌다. 몇 번째 들은 것인지 모를 그 질문에 미라는 평소처럼 당당하게 "소환술사다!"라고 선언했다.

얼빠진 벌레 울음소리가 어디선가 들려오더니, 기분 탓인지 비웃는 듯한 새 울음소리가 하늘을 가로질렀다.

"그렇구나, 소환술사구나. 그 클래스로 C랭크라니, 노력 많이 했구나. ……혹시 그 페가수스도 소환술로?"

길베르트의 말투가 갑자기 애매해지기는 했지만 미라 곁에 선 영수의 모습을 보고 가능성을 찾아냈다. 페가수스쯤 되면 그야말로 A랭크에 필적할 만한 힘을 지녔기 때문이다. 그리고 미라는 그 기대에 부응하는 답을 내놓았다.

"음, 그렇다."

미라는 페가수스의 갈기를 손으로 훑듯 쓰다듬었다. 그러자 페가수스는 안개를 흩뜨리려는 듯 날개를 퍼덕여 기쁨을 표현했다.

상당히 온순하게 잘 따르는 성수의 모습은 미라가 그만큼 대단한 술사임을 말해주고 있었다.

"그렇구나. 믿어도 될까 싶었지만 문제없을 것 같네."

"페가수스 님을 소환하다니, 참으로 훌륭하군."

길베르트는 다시금 페가수스에게 시선을 보내며 안심한 표정을 지었다. 하인리히로 말하자면 페가수스와 눈이 마주칠 때마다 송구스러워 하며 고개를 숙였다.

"최소한 자기 몸은 지킬 수 있다는 뜻이구나."

"걱정할 것 없다. 뭣하면 그대들도 지켜주랴."

"든든하기 그지없군."

길베르트는 미라의 자신만만하고도 대담한 미소를 바라보며 가볍게 어깨를 으쓱했다.

"대충 결론이 났군. 그럼 가자. 여기서 하늘로의 계단까지는 30분 정도만 가면 될 거야."

주변을 둘러보던 길베르트는 지도를 바라보며 적당한 지점을 지표 삼아 목적지인 던전까지의 소요시간을 산출해냈다.

"흠, 미묘한 거리로군."

미라는 그렇게 말하며 송환을 하고자 페가수스에게 손을 내밀었다. 그 직후, 페가수스가 그것을 거부하듯 미라의 손을 되밀었다.

"음…… 무어냐, 왜 그러는 게야."

손을 내밀려 할 때마다 페가수스는 좌로 우로 돌며 미라에게 얼굴을 비벼댔다.

"으음~ 정말로 어리광쟁이구나. 허나 아무리 그래도 셋은 못 타지 않느냐."

미라는 난감하게 됐다는 듯 중얼거렸지만 페가수스는 그런 뜻이 아니라며 고개를 가로저었다.

"짐작컨대 페가수스 님은 소인들을 아직 의심하고 있는 것이 아닐까 싶군. 주인을 걱정하는 정 같은 것이 엿보이는데."

한 사람과 한 마리의 모습을 보고 있던 하인리히는 그렇게 말하면서도 목소리에 반응한 페가수스와 눈이 마주쳐 다시 고개를 숙였다.

당사자인 페가수스는 그 말을 수긍하듯 미라를 가만히 쳐다보았다. 그 눈은 애정에 굶주린 어린애의 그것이 아니라 강한 의지가 깃든 사파이어 같은 광채를 광채를 띠고 있었다. 미라가 "그런 게냐?" 하고 묻자 페가수스는 무겁게 고개를 끄덕였다.

"뭐어, 그럴 만도 하지. 이런 숲속에서 여자아이 한 명에 정체 모를 남자 둘. 솔직히 말해서 누가 봐도 수상한 조합이니까. 나라도 의심할 거야. 걱정하는 마음도 이해가 되기는 해."

길베르트는 팔짱을 낀 채 근처에 있던 나무에 다가서서는 눈을 내리깐 채 자학했다.

"흐음~ 그런 이유였나. 허나 그런 사소한 일은 걱정할 것 없다.

이런 녀석들에게 당할 이 몸이 아니지 않으냐. 안 그러냐?"

미라는 페가수스의 미간에 손을 댄 채 타이르듯이 힘을 주어 말했다. 요컨대 길베르트도 하인리히도 큰 위협거리가 아니며 혼자서 어떻게든 할 수 있으니 문제없다는 뜻이었다.

길베르트는 그 설득을 듣고 "확실히, 그렇다면 걱정 없겠군" 하고 웃었지만 사무라이로서 자신의 실력에 자부심을 가지고 있는 하인리히는 가만히 있지 않았다.

"그건 그냥 넘기기 어려운 발언이군. 페가수스 님의 실력은 의심할 나위 없을 듯하나, 소인도 그럭저럭 실력에는 자신이 있다. 아녀자 한 명쯤은 어떻게든 할 수 있지."

그렇게 대항 의식을 불태우며 말한 것이다.

"나 참, 그런 건 지금 아무래도 좋잖아. 게다가 대항하려는 부분도 좀 이상한 것 같고."

어이없다는 투로 중얼거리며 길베르트는 또 안 좋은 버릇이 나왔구나 하고 하늘을 올려다보았다. 하인리히는 거짓말이나 농담으로라도 자신의 실력이 과소평가되는 것이 그 무엇보다도 싫은 모양이었다.

하인리히는 바위 같은 얼굴이 더욱 딱딱해졌지만, 그런 태도를 취해놓고도 페가수스와 눈이 마주치자 또다시 고개를 숙였다.

"흠, 분명 실력은 좋을 듯하군. 해서, 어떻게든 할 수 있으면 이 몸을 어떻게 할 셈이냐?"

하인리히의 능력치를 가볍게 확인해보니 모두 다 평균 이상이었다. 자신만만할 만하구나 하고 납득한 직후, 미라는 농담을 하는 투로 말을 받았다.

"그건 그게, 그러니까, 거시기⋯⋯."

하인리히는 처음 봤을 때 선녀 같다고 느꼈던 미라의 모습을 흘끔거리며, 수상하게 손을 움직이면서 설명하기 시작했다. 그것을 본 미라는 무언가를 입에 가득 머금었다가 뿜어내는 듯한 소리를 냈다.

"하리. 완전히 놀림감이 되고 있다고."

길베르트는 한 차례 한숨을 내쉬더니 더 이상 동료가 창피를 당하지 않도록 귀띔해주었다. 웃음을 참는 듯한 낌새가 역력했지만.

"그러니까 이렇게— 뭣이라고?!"

머릿속으로 미라를 어떻게 하는 상상을 하던 하인리히는 그 말을 듣고서야 현실로 돌아왔다. 그리고 한 방 먹였다는 듯 잔망스러운 미소를 지은 미라의 모습을 본 하인리히는, 점과 선만으로 묘사할 수 있을 듯할 정도로 얼빠진 표정을 지어보였다.

'이 녀석, 꽤나 놀리는 맛이 있을 것 같군!'

한 박자 늦게 상황을 이해한 하인리히가 분통을 터뜨린 가운데, 길베르트는 '대체 무슨 망상을 어떻게 했기에' 싶어 대놓고 웃었다.

미라는 그런 두 사람을 가리키며 이번에는 페가수스에게 작은 목소리로 말했다.

"보거라. 뭐어, 나쁜 녀석들은 아닐 것 같지 않으냐. 그러니 안심하거라."

페가수스는 두 남자를 번갈아 보더니 마지못해 고개를 끄덕이고는 미라의 손에 송환되었다.

"뭐어, 어찌 되었건 나는 그럴 생각 없으니 안심해."

"소인도 마찬가지다!"

길베르트를 두들겨 패기라도 할 기세로 하인리히가 소리쳤다.

"미라 공, 소인은 그저 가장 가능성이 큰 일반적인 견해를 제시했을 뿐이고."

"안다, 알아. 사무라이는 자신에게 엄격하고 성실한 법이니 말이다."

미라는 변명을 하기 시작한 하인리히를 그렇게 감싸주며 시선을 보냈다.

"음, 그렇고말고! 이해하셨다면 되었다. 소인의 이 검에 맹세코 미라 공의 안전을 보장하겠다."

하인리히는 칼집에 손을 가져다 댄 채 의기양양하게 말했다.

이렇게 미라는 천상폐도와 이어진 길, 하늘로의 계단에 들어갈 수단과 모험 동료를 얻게 되었다.

8

천상폐도에 간다는 2인조와 만나 동행하게 된 미라. 그 입구인 하늘로의 계단이라는 던전은 현재 지점에서 도보로 30분 정도 떨어진 거리에 있었다.

페가수스로 이동하는 편안함을 알고 만 미라는 그 사실을 맵으로 확인하고는 그대로 시선을 상공으로 옮겼다. 높디높은 하늘은 안개가 낀 듯한 물색을 띠고 있었고, 느긋하게 시야 끄트머리로 사라지고 있는 새들은 마치 자신들을 따라오라 손짓하는 것 같았다.

"자아, 결론이 났으니 그만 가볼까."

"그러지."

길베르트가 그렇게 말하자 하인리히가 짧게 대답했다. 미라는 그 두 사람을 관찰하듯 다시 시선을 땅으로 돌리고는 다소 장소를 선별한 후, 소환술을 발동시켰다.

[소환술 : 가루다]

두 남자를 사이에 두고 그 건너편에 떠오른 폭 넓은 마법진이 빛의 기둥이 되어 높기 뻗어나갔다. 그러더니 이번에는 빛기둥이 깨져, 그 파편이 날아오른 직후. 봄바람처럼 따뜻한 공기의 흐름이 주변을 휩쓸었다.

길베르트와 하인리히는 느닷없이 일어난 그 변화와 갑자기 밀려든 압박감에 무슨 일인가 싶어 고개를 돌렸다. 그 눈앞에는 각도에 따라 희미한 바람에도 미세하게 일렁이는, 극채색으로 빛나는 깃털을 두른 채 유유히 그들을 내려다보는 대괴조의 모습이 있었다.

"이건…… 마물인가?!"

"아니, 이 깃털은…….."

하인리히는 허리에 찬 검으로 손을 가져갔다. 길베르트는 눈을 가늘게 뜬 채 그 모습을 구석구석 살펴보았다.

미라는 당장이라도 발도할 듯한 하인리히에게 괜찮다고 말하려 했지만 길베르트가 먼저 그 칼자루를 손으로 눌러 제제했다.

"하리, 이 녀석은 문제없어. 아마 미라 양의 소환술일 거야."

"뭣이라?!"

그렇지? 길베르트는 미라에게 눈빛을 던져 물었다. 하인리히도 한 박자 늦게 뒤를 돌아보았고 미라는 쓴웃음을 지으며 "그렇다"라고 대답했다.

"그러했군. 소환술이란 무언가를 이토록 갑자기 불러낼 수 있는 것이었군. 놀라울 따름이야."

"보아하니 가루다 같은데, 어쩌려고 그래?"

예고 없이 소환하는 바람에 일행이 놀라고 말았지만, 이전과는 반응이 달랐다. 미라는 길베르트가 그 즉시 이해해주었다는 사실에 기뻐하며 보란 듯이 가슴을 편 채 말했다.

"날아가는 편이 빠를 것 같아서 말이지."

그렇게 말하며 가루다 앞까지 다가간 미라는 주변에 자리한 나무만큼 크고 단독주택만한 몸집을 지닌 가루다를 올려다보며 말했다.

"오랜만, 이구나. 잘 지냈느냐?"

미라의 그 말에 가루다는 딱히 아무 말도 하지 않고 침묵한 채 매처럼 날카로운 눈으로 미라를 바라보았다. 우뚝 선 거구는 위압감과는 사뭇 다른 긴장감을 자아내었고, 강하게 휘몰아치는 바람은 정적을 더욱 두드러지게 했다.

'설마…… 잊은 겐가?!'

동요한 미라는 허둥지둥 다음 말을 자아냈다.

"그게 말이다……. 여기 있는 이 몸을 비롯한 셋을 그대가 옮겨다 줬으면 한다만……. 아~ 싫으면 됐다. 억지로 하라고 할 수는 없는 노릇이니……."

미라는 어쩐지 서먹한 태도로 가루다에게 시선을 던졌다. 하지만 다음 순간, 가루다의 거구가 불쑥 움직여 바닥에 엎드리더니 미라의 앞에 그 목을 늘어뜨렸다. 그리고 시선만으로 등을 가리키며 타라고 했다.

아무래도 태워줄 모양이었다. 그 태도를 통해 그렇게 이해한 미라는 안도의 한숨을 쉬며 뒤를 돌아보았다.

"그럼 하늘을 날아가도록 하자꾸나!"

뭐라 형용할 수 없는 불안감은 하늘 저편으로 사라져버렸다. 30년이라는 시간은 누군가를 잊기에 충분한 세월이었다. 하지만 가루다는 잊은 것이 아니라 단순히 과묵한 성격이었던 것뿐이었다.

지금까지 소환해왔던 자들이 모두 다 자기주장이 강한 타입이었던지라 미라 역시 무의식적으로 재회했을 때 뭔가 리액션을 보이리라고 굳게 믿었던 탓도 있어, 자신을 잊은 것은 아닐까 하고 착각했던 것뿐이었다.

하지만 이때, 미라는 알아채지 못했다. 바람을 조종하는 힘을 지닌 가루다의 주변을 감싼 봄바람의 파동은 재회를 기뻐하는 가루다의 마음 그 자체라는 사실을.

"잘 부탁하마."

미라는 그렇게 말하며 가루다의 목에 달라붙어, 깃털을 헤치며 그 위로 기어 올라갔다.

"소인, 하늘을 나는 것은 처음이다만."

"뭐어, 시간이 단축된다면 더 바랄 게 없지."

하인리히는 그 바위 같은 얼굴을 무너뜨려 미소를 지은 채 당당한 발걸음으로 가루다에게 다가갔고, 길베르트도 소환술의 편리함에 내심 혀를 내두르며 뒤를 따랐다.

그리고 하인리히가 손을 뻗어 그 등에 올라타려 한 순간, 가루다가 늘어뜨렸던 목을 다시 들어 일어섰다.

"엇차차, 미라 공. 이게 대체?"

하인리히가 목이 아파올 정도로 한참을 올려다보며 당황스러운 목소리로 물었다.

"모르겠다. 왜 그러는 게냐, 가루다여."

미라가 가루다의 목덜미에 파묻힌 채 다시 한 번 두 사람을 태우라고 말하려던 순간, 가루다의 몸이 살짝 기울어지더니 통나무 같은 그 다리를 움직여 눈 깜짝할 새 길베르트와 하인리히를 능숙하게 발톱으로 집어 올렸다.

"우오오오오! 이게 대체 무슨 짓인가?!"

"흐음~ 주인 이외의 사람은 등에 태우지 않겠다는 거겠지. 가루다는 온화한 성격을 지녔지만 자존심은 세다고 들었으니."

당황한 하인리히는 아랑곳 않고, 길베르트는 자신이 지닌 지식으로 냉정하게 그 상황을 추측했다.

그리고 가루다는 한발로 선 채 날개를 활짝 펼쳐 날갯짓을 하여 주변에 자리한 나무들을 요란하게 흔들어놓고 도약하듯 하늘로 날아올랐다.

"이거 참으로, 절경이로군. 하지만 발 디딜 데가 없으니 영⋯⋯."

온몸을 때리는 바람은 거세었지만 상쾌했고, 하늘에서 전방위로 펼쳐진 녹음을 보는 것은 처음인 탓도 있어 하인리히는 눈이 동그래져서 그 광경을 둘러보았다. 하지만 유감스럽게도 공중에 매달린 것이나 다름없는 상태인 탓에 하인리히는 온몸을 긴장시킬 수밖에 없었다.

넓은 하늘을 선회하는 가루다의 깃털은 햇볕을 받아 무지개빛으로 반짝였다. 그것은 마치 한데 뭉친 빛을 풀어헤쳐 광륜(光輪)을 그리고 있는 듯했다.

"그럼 가루다여. 목적지는 하늘로의 계단. 저쪽이다."

가루다의 탑승감은 페가수스와는 또 달랐다. 그 깃털은 민들레 씨앗처럼 부드러우면서 손으로 쥐어도 끊어지지 않을 정도로 튼튼했다. 미라는 그런 깃털을 고삐처럼 쥔 채 한 손으로 행선지가 있는 방향을 가리켰다.

그러자 가루다의 궤도가 조용히 선회에서 직선으로 바뀌더니 더욱 속도를 높여 비상했다.

"먹잇감으로 잡힌 기분인 걸."

가차 없이 날아드는 바람 속에서 흐릿해 보일 정도로 빠르게 흘러가는 숲을 마냥 쳐다보며 길베르트가 중얼거렸다.

몇 분 후, 무사히 바위에 뻥 뚫린 동굴 앞에 도착했다. 도보보다 압도적으로 빠른 이동수단이기는 했으나 가루다를 치하하고 송환한 미라는 그 즉시 뒤로 돌아 시선을 슬쩍 피한 채 "미안하게 됐다……" 하고 사과했다.

"뭘, 문제없어. 머리카락이 좀 흐트러진 것뿐이니까."

길베르트는 그렇게 대답하며 바람에 날린 머리카락을 가다듬었다. 하인리히도 별 불만은 없는지, 별난 체험을 했다고만 말하고는 던전을 눈앞에 두고 무구를 점검하기 시작했다.

바로 뒤까지 바짝 다가와 있는 숲 사이에 자리한 공터. 세 사람의 눈앞에는 절벽과도 같은 산이 까마득한 상공까지 뻗어 있었다. 깎아지른 듯한 산기슭은 자신을 오르는 것을 용납지 않았지만 그 대신 모든 것을 받아들이겠다는 듯, 정면에는 커다란 동굴이 입을 벌리고 있었다. 빛이 닿지 않는 안쪽까지 이어진 검은 구멍에서는 신음소리 같은 바람소리가 메아리치고 있었다.

던전 '하늘로의 계단'의 입구였다.

"그럼, 출발해볼까?"

그 동굴을 바라보며 길베르트가 말하자 하인리히는 점검용 기구를 정리하고서 일어났다.

그렇게 미라를 비롯한 세 명은 전위인 하인리히를 선두로 그 동굴에 발을 들여놓았다.

스멀스멀 밀려드는 차가운 공기로 가득한 길은 어둠에 파묻혀 있었고, 랜턴과 술법에 의한 불빛이 간신히 주변을 비추고 있었다. 폭은 너무 좁지도 넓지도 않았고, 상하좌우의 벽은 부드러운 빛을 받아 옅은 잿빛 피부를 드러내고 있었다.

"한 사람에게 맡겨둬도 될는지 모르겠군."

"괜찮아. 여긴 아직 던전조차 아니니까. 하리 혼자서 충분히 해결할 수 있어. 나는 화살을, 미라는 마나를 절약해뒀다가 진짜 전투가 벌어지면 그때 활약해도 돼."

"그렇다. 이 정도는 소인 혼자서도 충분하다."

동굴을 걸어 나가기를 약 30분. 때때로 습격해 온 마물은 하인리히의 일격에 몸이 두 동강났다.

A랭크라 했던 하인리히의 실력은 과연 대단했다. 귀가 좋은 것인지 희미한 소리에 반응해 사정권 안에 들어옴과 동시에 베어버리는 그 모습은, 그야말로 사무라이 그 자체였다. 미라는 그런 하인리히를 감탄스럽다는 눈으로 바라보았다.

그렇게 별다른 문제없이 동굴을 거닐다 보니 문득 조명으로 밝힌 빛의 끄트머리가 어둠으로 덧칠되었다. 아무래도 넓은 공간으로 나온 모양이었다. 빛이 반사되어 돌아온 것은 정면뿐이었다. 인공물이 분명한, 풍화되어 허물어진 문이 똑똑히 보였다.

암반과 일체화한 듯한 돌로 된 문 중 한쪽은 닫혀 있었지만, 나머지 한쪽은 부서져 땅바닥에 드러누워 있었다. 그런 문의 한 구석에 언젠가 보았던 결계수정이 놓여 있었다.

"그럼, 준비됐나?"

하인리히가 통행증을 끄집어냈다.

"그래."

"언제든 출발할 수 있다."

결계 앞에서 대기 중이던 길베르트는 살짝 고개를 끄덕였고 미라는 당연하다는 투로 대답했다. 그것을 확인한 하인리히는 통행증을 결계수정에 갖다 댔다.

비눗방울처럼 얇게 쳐져 있던 결계가 바람이라도 맞은 듯 크게 일렁였다. 처음으로 미라가 진입하고 길베르트, 하인리히가 뒤를 이었다.

한 걸음 발을 디디자 그곳은 지금까지의 동굴과는 명백히 공기부터 달랐다. 그들을 거절하는 듯한 바람이 정면에서 불어 내려왔다.

하늘로의 계단. 그것은 산간 깊숙한 곳에 자리한 천상폐도로 가는 길로, 열 층에 달하는 플로어와 장대한 계단으로 구성된 길고도 험한 던전이었다.

입구인 작은 방에서는 파리하게 일렁이는 불꽃이 밝혀져 있으며, 그것은 바위를 깎아낸 것뿐으로만 보이는 안쪽으로 이어진 계단에도 같은 간격으로 점점이 자리해 어둠에 떠있었다. 그 광경은 천국은커녕 하늘도 아닌, 땅속 깊은 곳으로 떨어지는 것이 아닐까 싶을 정도로 으스스했다.

'아아, 그러고 보니 이런 곳이었지…….'

정규 루트에는 이게 있었다. 미라는 그 계단을 바라보며 올라가기 전부터 피곤에 절은 듯한 표정을 지은 채 한숨을 내쉬었다.

"자아, 지금부터 진짜 시작이야. 소문에 의하면 꽤 길다고 하니 피곤하면 말해줘. 나도 그렇게 할 테니까. 계단에는 마물이 안 나오는 모양이지만 그 끝에 있는 각 층에는 무수히 생식하고 있다고 들었어. 지칠 대로 지친 상태로 플로어에 돌입했다가는 뼈도 못 추릴 수도 있으니까."

"음, 명심하지."

"알겠다."

하인리히는 역시 보이는 바대로 체력에 자신이 있는 것인지 중간에 전투를 치렀음에도 불구하고 전혀 호흡이 흐트러지지 않았다. 그러기는커녕 저 멀리까지 이어진 계단을 앞에 두고서도 기가 죽은 기색이 없었다. 그에 반해 길베르트는 상상했던 것 이상이었던 모양인지 슬그머니 쓴웃음을 짓고 있었다. 미라로 말하자면 아주 넌더리가 난다는 표정을 짓고 있었다.

하늘로의 계단을 오르기 시작한지도 어언 한 시간 정도. 둔탁하고도 무거운 금속음이 잇달아, 연거푸 울려 퍼지고 있었다.

"후우……. 꽤 많이 올라왔군. 이제 곧 제1플로어에 도착할 거야. 여기서 잠시 쉬자."

"알겠다."

길베르트가 그렇게 지시를 내리고서 바로 엉덩이를 깔고 앉자, 하인리히도 허리에 찬 검을 풀고 천천히 앉았다. 희미하게 불어 내려온 바람이 싸늘하기는 했지만, 길베르트와 하인리히는 땀을 흘린지라 그것이 오히려 기분 좋게 느껴질 정도였다.

"흠, 역시 길군그래. 귀찮은 곳이야."

미라로 말하자면 그렇게 투덜대며 여유롭게 선 흑기사의 어깨에서 뛰어내린 참이었다.

그렇다. 미라는 자기 다리로 올라간다는 육체노동을 호화스러운 방법으로 회피한 것이다. 소환체에 탈 수 있다면 계단도 대신 오르게 해버리면 그만이다. 그렇게 생각한 끝에 스태미너면에서는 한계가 없을 듯한 다크나이트를 소환하여 그 어깨에 기어 올라간 것이다. 그러고서 걷도록 지시를 내리면 하염없이 계단을 오르는 머신이 완성된다. 미라는 스태미너면에서 육체파인 두 사람에게 뒤져 있었으나 지금은 두 사람의 페이스에 맞춰주고 있는 상태였다.

미라가 "그대들도 탈 테냐?"라고 물었지만 흑기사의 어깨에 앉은 미라의 모습을 본 두 사람은 그 즉시 고개를 가로저었다. 흑기사의 덩치가 좋기는 했지만 그 어깨에 탈 수 있는 것은 어디까지나 미라의 몸집이 작기 때문이었다. 성인 남자는 업히거나 안기거나 목말을 타는 것이 고작이리라. 효율은 좋아지겠지만 아무리 그래도 두 사람은 그렇게까지 남자의 자존심이나 체면 같은 것을 내버리고 싶지 않은 모양이었다.

"그나저나 둘은 천상폐도에 무슨 일로 가는 게냐?"

휴식을 취하던 중, 휴대식량이며 물을 섭취하며 피로를 회복하던 두 사람에게 미라가 물었다. 그러자 길베르트는 씹던 육포를 물로 삼키며 "처음에도 말했지만, 난 학자야" 하고, 전제를 깔고서 목적을 말하기 시작했다.

"식물 전공인데, 천상폐도에 인접한 대삼림을 조사하는 게 목적이야. 하리는 그런 내 조수 겸 경호원 같은 거고."

"흠, 그러했군."

길베르트가 말한 숲은 천상폐도 주변, 나아가 산맥 사이에 광범위하게 펼쳐져 있었다. 지상과는 격리된 생태계를 지닌 탓에 동식물 역시 특수한 진화를 이룬 신비한 숲이었다.

"좀 더 정확하게 말하자면, 그 숲에서 일어난 기괴한 현상을 조사하러 왔지. 그래서 말인데, 너는 일상적으로 소환술을 써서 하늘을 나는 거야? 만약 그렇다면 그 도중에 이렇게, 커다란 스푼으로 퍼낸 듯 부자연스러운 구멍이 남은 숲을 본 적 없어?"

길베르트는 그렇게 말하며 두 손을 그릇처럼 모아 보였다.

그러한 구멍이 숲속에 있다면 하늘에서 찾기 쉬우리라. 하지만 미라는 그런 부자연스러운 구멍은 본 적이 없었고, 굳이 말하자면 천공성을 찾아 구름만 쳐다보고 있었다.

"뭐어, 일상적이라 말하지 못할 것은 없다만…… 부자연스러운 구멍이라……. 본 적은 없다만 그것이 기괴한 현상이라는 것과 관계가 있는 게야?"

"그래, 맞아. 우리 사이에서는 대지포식—어스이터라 불리는 현상이야. 본 적이 없다면 별수 없지. 설명하는 수밖에."

못 말리겠다는 듯 어깨를 으쓱한 길베르트는 다음 순간, 사냥감을 발견한 짐승처럼 엷은 미소를 띤 채 장광설을 쏟아내기 시작했다. 하인리히는 그 옆에서 "딱하기도 하지" 하고 중얼거리고는 본격적으로 무구를 손질하기 시작했다.

"지금으로부터 25년 정도 전의 일이야. 그림다트 북쪽에 자리한 대삼림의 일부가 하룻밤 만에 소멸했어. 그 자리는 아까 말했듯이 크레이터처럼 패여 있었지. 크기는…… 글쎄, 대충 직경 500미터 정도 될까. 마침 질 좋은 허니애플 같은 게 채취되던 지대였어. 당시에는 그야말로 난리가 났었지. 하지만 이 현상은 그 한 번으로 끝나지 않았어. 같은 일이 대륙 각지에서 여러 차례 일어났거든. 오즈슈타인에 있는 산간의 숲, 아리스파리우스 남쪽에 펼쳐진 스위트베리 초원, 대륙 남쪽에 있는 신자의 숲, 그밖에도 수많은 숲과 초원이 하룻밤 만에 사라졌어. 나는 그 현상의 수수께끼를 쫓고 있지."

"어스이터라. 참으로 신기한 현상이로군."

미라가 생각한 바를 솔직하게 입에 담자 길베르트의 미소가 더욱 짙어졌다.

"그래, 가슴이 막 두근거리지? 그리고 얼마 전, 천상폐도 옆에 있는 숲에서 이 어스이터가 발생했다는 최신 정보가 들어왔거든. 우연히 근처에 있던 나는 '이거 누가 가기 전에 선수 쳐야겠다'고 생각했고 지금 이곳에 와 있는 거지."

연구에 관한 이야기만 했다 하면 흥분하는 길베르트는 그렇게 말을 쏟아내더니 품속에서 연구 노트를 끄집어내서 펼쳤다. 거기에는 갈겨 적은 메모 같은, 질서도 법칙성도 보이지 않는 반점의 나열이 끝없이 이어져 있었다. 적은 본인이 아니면 해독하지 못할 물건으로 보였다. 길베르트는 그런 노트를 미라에게 떠밀다시피 해서 보여주며 자기 나름의 고찰이며 예상, 목적, 그 밖의 많은 것들을 이야기했다.

이리하여 공연히 긁어 부스럼을 만들고 만 미라는 뱀처럼 끈질기게 엉켜 붙는 학자 길베르트의 강의를 억지로 듣게 되었다.

"그래서 말이지. 연구 결과, 나는 제창했어. 모든 일은 그림다트 북쪽에 자리한 대삼림에서 사건이 벌어지기 1년 전에 시작되었다고. 그때 무슨 일이 있었는지 알아?"

"아니…… 모르—."

"—그럼 가르쳐줄 수밖에!"

"아~ 딱히."

"모든 일은 어스 대륙 남부에 떠 있는 군도—."

"—이제 그만 좀 해다오~!"

복잡한 강의가 계단을 오르던 시간에 필적할 정도로 길게 이어지는 바람에 결국 참을 수 없게 된 미라는 다크나이트에 달라붙어 그대로 도주했다.

"지금부터가 본론인데."

길베르트는 다소 불만스러운 표정으로 팔짱을 끼었다. 하인리히는 강의가 끝났음을 확인하고는 무구 손질 도구를 정리하고서 "끝난 모양이로군. 그럼 전진하도록 하지" 하고, 아무 일도 없었다는 듯 일어났다.

"너도 그렇고 미라 양도 그렇고, 왜들 이렇게 관심을 안 가져주는 건지 원."

"너무 어려워서가 아닐까. 그리고 길어. 길은 교사 체질이 아닌 것 같다."

"흐음~."

늘 그랬듯 그런 농담을 주고받은 두 사람은 미라의 뒤를 쫓아 계단을 뛰어올랐다.

휴식 지점에서 조금 전진한 곳에서 합류한 세 사람은 그대로 어슴푸레한 계단을 올라갔다. 강의를 이어서 하려 드는 길베르트에게 적당한 이야깃거리를 대서 얼버무리며 전진하기를 10분 남짓. 맞은편이 보이지 않을 정도로 광대한 플로어에 도달했다.

첫 번째 플로어는 넓고 긴 오르막길로 되어 있고, 바위를 쌓아 만든 요새가 점재해 있었다. 곳곳에 화톳불 같은 붉은 빛이 일렁이고 있었지만 플로어 전체를 비추기에는 부족했고, 구석에서 태동하는 어둠의 낌새는 숨을 죽인 채 이쪽의 상황을 살피고 있었다.

예상했던 대로 그곳에는 무수한 마물들이 존재했다. 미라가 생체감지로 감지해낸 것만 해도 서른은 넘었다. 하지만 이 플로어를 통과해야만 2층으로 이어진 계단이 나오므로 피해갈 수 없었다.

"어디, 정리해볼까나."

미라는 흑기사의 어깨에서 펄쩍 뛰어내리며 그렇게 말했다.

"갈 길이 머니 그래야겠군. 가루다 공 덕분에 빨리 도착하기는 했으나 길의 강의 덕분에 시간을 낭비했으니. 빨리 끝내도록 하지."

하인리히는 그렇게 말하며 칼을 뽑아들었다. 하지만 곧장 움직이지는 않고 길베르트에게 시선으로 신호를 보냈다.

"그건 필요한 일이었다고. 지식이란 숭고한 거야. 하지만 뭐어, 됐어. 평소처럼 내가 선제공격을 할게. 미라 양은 잠시 동안 지켜봐 줘."

길베르트는 그렇게 말하더니 허리에 찬 화살통에서 화살 한 대를 움켜쥐었다. 하지만 길베르트는 그 화살을 메길 활을 휴대하고 있지 않았고, 조자의 팔찌에서 꺼낼 낌새도 없었다.

길베르트가 움켜쥔 화살은 다소 두꺼웠다. 그 화살을 오른손으로 집은 길베르트는 오른발을 한 발짝 무르고 얼굴 옆, 귀 뒤쪽에 오도록 치켜들었다. 그 자세는 완전히 투창 동작의 그것이었다.

미라가 설마설마 하며 지켜보는 가운데, 순간적으로 부풀어 오른 듯 보인 육체를 발사대 삼아, 한 대의 화살이 얇은 막처럼 일렁이는 붉은 빛을 꿰뚫고 멀고도 먼 곳에서 작은 분수를 연상케 하는 물보라를 뿜어냈다.

이어서 두 번째, 세 번째 화살이 포대가 된 길베르트의 오른팔에서 사출되었다. 그 모든 것이 희미한 바람 가르는 소리를 두르고 사냥감을 노리는 매처럼 마물들을 급습했다.

백발백중. 화살은 표적을 놓치지 않고 마물들의 미간을, 목을 꿰뚫어 자비를 베풀 듯 일격에 숨통을 끊어놓았다.

차례차례 쓰러지는 동족의 모습을 본 곰처럼 생긴 마물이 증오 섞인 괴성을 내질러 대기를 진동시켰다. 하지만 다음 순간, 머리를 관통당해 아무런 소리도 내지 못하게 되었다.

"오호라, 훌륭하구나."

길베르트의 화살통에 담겨있던 것은 투척 화살이라 불리는 투척무기였다. 손으로 직접 던지면 활은 필요 없다. 단순한 이치였다.

미라가 그런 수법으로 차례차례 마물들을 제거해 나가는 길베르트의 수완에 감탄하여 중얼거리자, 하인리히가 조용히 투지를 불사르기 시작했다.

"알아챈 모양이야. 하리, 부탁해."

"걱정 마라!"

열 마리에 가까운 수의 희생을 치르고서야 그 원인이 무엇인지를 이해한 마물들은 거친 함성을 내지르며 앞 다투어 달려 나왔다. 멀리서도 살갗이 저릿저릿할 정도의 살의가 공기를 붉게 물들이자 전투의 막이 올랐다.

가장 먼저 뛰어든 것은 하인리히였다. 선두를 달리던 민첩한 호랑이 비슷한 마물을, 치켜든 팔째 사선베기로 양단했다. 교차하는 찰나에 이루어진 일이었다. 하인리히는 이어서 칼을 거둬들이는 동작 도중에 그 후방에 자리한 마물도 베고, 칼을 옆구리에 붙인 채 자세를 낮추고서 투기를 끌어올렸다.

극한까지 끌어올린 투기가 집속되자 하늘을 찢을 듯 쳐올린 검격이 날카로운 칼날이 되어 대기를 밀어젖히며 마물들을 덮쳤다. 그것은 마치 작은 폭풍 같았고, 폭풍권에 휘말려든 마물은 원형도 알아볼 수 없는 고깃덩이로 모습을 바꾸어갔다.

"호오, 기본적이지만 숙련도는 상당하군."

하인리히의 검술을 바라보던 미라는 감탄스럽다는 말투로 그렇게 중얼거렸다.

각 술사 클래스에 각종 술법이 있듯, 전사 클래스에는 투술(鬪術)이 있었고 양쪽 모두 쓰면 쓸수록 숙련도가 올랐다.

하인리히는 일격으로 충분히 그 실력을 증명해 보인 셈이었다.

"이 몸도 가만있을 순 없지!"

그렇게 의욕이 충만하여 달려 나가려던 직후, 미라는 그 자리에 멈춰 섰다. 딱히 발치에 꽃이 피어 있었기 때문은 아니었다. 지금까지의 경험을 통해 얻어진 반성점을 떠올린 것이다.

'후우, 큰일날 뻔했군. 또 메이린의 평판을 올려줄 뻔했어.'

선술로 싸우면 또 평소처럼 '선술 굉장해'라는 소리를 듣는 사태가 벌어질 수도 있다. 그 사실을 몇 차례에 걸쳐 학습한 미라는 아슬아슬하게 멈추고는 말없이 선 흑기사에게 오랜만에 지시를 내렸다.

"섬멸하라!"

늠름한 목소리에 호응하여 다크나이트를 뒤덮은 어둠이 더욱 깊어졌다. 일렁이는 불꽃처럼 붉은 눈동자가 진홍빛으로 물듦과 동시에 다크나이트는 그 몸을 구부렸고 다음 순간, 탄환처럼 도약했다.

직후, 비명조차 되지 못한 성대의 울림만이 단말마가 되어 울려 퍼졌다. 흑기사의 검이 아니라 그 몸에 짓눌린 마물의 것이었다. 다크나이트는 전장에서도 격이 다른 투기를 내뿜으며 압도적인 살육으로써 그 일대를 지배했다.

"생긴 것 답지 않게 잔인하네."

그 광경을 목격한 길베르트가 쓴웃음을 지은 채 중얼거렸다.

"이것 참……."

멋진 모습을 보이고자 뛰쳐나갔던 하인리히는 용맹하게 싸우는 다크나이트를 보고 "소인도 질 수야 없지!" 하고 의욕을 북돋웠다.

근접전투가 개시된 지 불과 몇 분 만에 압도적인 한 명과 한 개체로 인해 전투는 싱겁게 종료되고 말았다.

9

"뭐어, 1층은 이 정도로 끝인가. 위로 갈수록 마물도 강해지는 모양이니 끝까지 방심하지 말라고."

"문제없다. 무엇이 나오건 베어 쓰러뜨릴 뿐."

길베르트는 투척했던 화살을 회수하며 말했고, 하인리히는 당연한 소리를 한다는 투로 대답했다.

하늘로의 계단이라는 던전은 10층으로 되어 있으며, 윗층으로 올라갈수록 마물도 강해진다는 특징이 있었다. 첫 번째 층에 있는 것은 기껏해야 C랭크나 D랭크 정도였지만 최상층에 가면 통행증의 발행 조건인 B랭크에 상응하는 마물이 출현하게 되는 것이다.

"뭐어, 미라 양의 실력은 상상했던 것 이상이었어. 이번 던전은 꽤 편하게 갈 수 있겠는걸. 소환술이라는 거 정말 굉장한데?"

길베르트는 가볍게 피를 닦아낸 화살을 화살통에 넣으며 그렇게 순수하게 느낀 바를 입에 담았다. 그 정도의 말이었다. 하지만 미라는 벼락이라도 맞은 듯 경직되어 눈을 연신 껌벅거리더니 문자 기대로 뛸 듯이 기뻐하며 길베르트에게 다가갔다.

"방금, 무어라 했느냐?! 한 번 더, 한 번 더 말해다오!"

"뭐…… 뭐야, 갑자기. 미라 양의 실력은 상상했던 것 이상이라고 했던 거?"

키가 턱 밑에도 미치지 못하는 소녀가 마치 처음으로 관람차를 올려다보는 듯한 기대감으로 가득한 눈동자로 그를 똑바로 쳐다보았다. 길베르트는 무슨 일인가 싶어 흠칫 몸을 뒤로 젖힌 채, 좀 전에 자신이 했던 말을 되풀이했다.

하지만 미라가 원한 말은 그것이 아니었는지 호소라도 하듯 주먹을 쥔 채 계속 물고 늘어졌다.

"마지막에 한 말 말이다, 마지막에! 무어라 했지?!"

"마지막에? 으음~ 소환술이라는 거 정말 굉장한데?"

"그거다~!"

미라는 꼭 들어맞는 정답이라는 듯 전에 없이, 활짝 핀 꽃을 연상케 하는 미소를 피운 채 "그렇지, 그렇지?" 하고 만족스러운 투로 말을 이었다. 그토록 바라던 소환술이 인정받은 순간이었다.

"왜 그러는지는 모르겠지만, 길을 서두르자. 하늘을 날아온 덕에 빨리 도착하기는 했지만 이제 첫 번째 층을 통과했을 뿐이야. 당초 예정대로였다면 지금쯤 2층에 도착했어야 했다고."

길베르트는 그렇게 말하며 언덕을 오르기 시작했다. 나머지 둘은 내심 그 강의 때문이라고 생각했지만 입 밖에 내지 않고 그 뒤를 따랐다.

첫 번째 층 안쪽에는 이번에도 높은 곳으로 떨어질 듯한 계단이 돌벽 사이로 고개를 내밀고 있었다.

다시 기나긴 계단을 오르는 작업이 시작되었다. 누가 먼저랄 것 없이 한숨을 흘렸다.

미라는 피를 뒤집어쓴 다크나이트를 송환하고는 새 다크나이트를 재소환해서 그 어깨에 올라탔다.

두 명과 한 개체는 끝이 지워진 듯 보일 정도로 까마득하게 뻗은 계단의 첫 번째 층계에 발을 내디뎠다.

미라뿐 아니라 길베르트와 하인리히의 실력도 출중하여 두 번째 층, 세 번째 층을 무난하게 통과했다. 네 번째 층에서 버티고 있던 소의 모습을 한 대형 마물도 치켜 올린 팔을 길베르트의 화살에 관통당했고, 내딛은 발은 하인리히에게 베였으며 노기를 띤 고함을 지르던 목은 다크나이트에게 꿰여 눈 깜짝할 새 절명했다.

전투보다 계단을 오르는 시간이 압도적으로 더 길 정도였다.

"이로써 네 번째 층까지 공략 완료로군. 간신히 지연된 시간도 만회했고. 예정대로 다섯 번째 층에서 밤을 보내기로 하자."

길베르트는 하인리히와 함께 조금 전에 쓰러뜨린 대형 마물을 해부하며 시각을 확인하고는 그렇게 예정을 말했다.

던전인 하늘로의 계단은 일렁이는 푸른빛이 밝혀져 있을 뿐, 바깥 상황을 알 수 없기 때문에 오랫동안 있다 보면 시간 감각이 애매해지기 일쑤였다. 능숙한 솜씨로 해부되는 대형 마물의 모습을 곁눈질하며 메뉴를 띄운 미라는, "벌써 8시였나" 하고 중얼거렸다.

"이 부위의 고기가 맛있어 보이는군."

"옆구리라. 확실히 때깔이 좋은걸?"

이곳까지 오는 도중에 쓰러뜨린 대부분의 마물은 소형이었던 탓에 딱히 해체도 하지 않고 방치해두고 왔다. 단순히 대단한 소재도 나오지 않는다는 이유와 시간 단축을 위해서였다. 하지만 대형 마물은 달랐다. 덩치가 큰 만큼 강인했고, 그 소재의 유용성역시 높았다.

이를 테면 이번에 쓰러뜨린 소 같은, 판타지 세계관에서 말하는 미노타우로스에 가까운 모습을 지닌 마물은 가죽이며 뿔뿐 아니라 그 고기도 식재료로써 모험가들에게 사랑받고 있었다.

전투 직후, 길베르트의 "오늘 저녁 밥 걱정은 없겠네"라는 말을들은 미라는 이 세계의 주민들은 생활력도 강하다는 감상을 떠올리기도 했다.

"그럼, 가볼까."

길베르트는 마물의 고기를 커다란 천으로 감싸, 조자의 팔찌에내장된 아이템 박스를 이용하여 수납했다. 깔끔하게 해체된 마물은 뼈만 남긴 채 바닥에 널브러져 있었다. 그야말로 완전 범죄 현장이 따로 없었다.

주범 세 명은 뒤도 안 돌아보고 밝은 웃음소리를 남긴 채 다섯번째 층으로 이어진 계단을 올라갔다.

네 번째 층을 뒤로 하고 약 30분. 미라 일행은 5층에 도착했다.그곳은 지금까지의 플로어와는 달리 꽤나 좁았다. 중앙에는 돌기둥이 서있고, 그 정점에 황황히 밝혀진 붉은 불꽃이 자리해 있었다. 뜬금없이 다른 세상처럼 떠올라 있는 그곳은 여행자를 위한 난로처럼 따스했고, 주황빛으로 물든 플로어에는 마물들이 숨어 있을 틈새도 존재하지 않았다. 귀를 기울여 보아도 누군가의 속삭임 같은 물의 목소리가 희미하게 반사되어 들려올 뿐이었다.

하늘로의 계단의 다섯 번째 층은 안전한 휴게 지점이 되어 있었다.

"좋아, 문제없이 다섯 번째 층에 도착했어. 오늘은 여기서 쉬자."

길베르트는 돌기둥 옆에 앉아, 노숙용 도구 한 세트를 아이템 박스에서 끄집어냈다. 주로 조리도구를.

"제법 중노동이었군. 하루에 이렇게 많은 계단을 오른 것은 처음이었다."

체력에는 자신이 있어 보였던 하인리히도 지친 모양인지 차고 있던 칼을 벗어 털퍼덕 주저앉더니, 그대로 벌렁 드러누웠다.

"무어냐, 한심하게스리. 이 몸은 엉덩이가 좀 아픈 정도이건만."

미라는 입꼬리를 씩 치올리며 다크나이트의 어깨에서 하인리히 옆으로 뛰어내렸다.

그야 당연한 일 아닌가, 하고 항의하려던 하인리히였으나 직후, 꿰매어 붙이기라도 한 듯 입을 다물었다.

올려다본 그의 시선 끝에. 중력의 굴레에서 해방되어 크게 벌어진 불가침의 경계가. 그 안쪽에 펼쳐진 성역에 감춰진 한 점의 때도 묻지 않은 궁극의 하얀색이 한 줄기 빛처럼 비쳤기 때문이다.

하인리히는 인간의 말을 아무리 늘어놓은들 형용할 수 없을 듯

한 절경을 보고야 말았다. 그 뇌리에 떠오른 말은 냉정과 정욕의 틈새로 가라앉아 순식간에 사라지고 말았다.

"왜 그러느냐?"

다크나이트를 송환한 미라는 어째서인지 허둥지둥 일어나 허리를 뻣뻣하게 편 하인리히의 모습을 보고 고개를 갸웃했다. 그 말에 하인리히는 "아무것도 아니다"라는 말만을 반복하며 보이지 않는 벌레라도 쫓듯 시선을 이리저리 돌리더니 도망치다시피 "길베르트를 돕고 오겠다"라고 말하며 종종걸음을 쳐서 떠나갔다.

몇 분 후, 요리와는 거리가 멀었던 모양인지 하인리히는 물 기르기밖에 할 일이 없었고, 그것도 몇 번 왕복하자 끝나는 바람에 별 수 없이 다시 주저앉았다.

"어째 태도가 이상하군그래. 화가 난 게야? 불만이 있으면 말을 해야 알 것 아니냐."

미라는 그런 하인리히의 곁으로 다가와 정면에 책상다리를 하고 앉아, 그대로 똑바로 노려보듯 시선을 날렸다.

마치 그 시선에 꿰인 듯한 착각을 느낀 하인리히는 결국 단념하고는 고개를 숙이고서 속을 털어놓았다.

"미안하군, 미라 공. 조금 전에 미라 공이 검은 기사에서 뛰어내릴 때, 그게…… 말이지……. 속옷을, 보고 말았다. 면목이 없다!"

그것은 정말이지 완벽한 엎드려 빌기였다. 심지어 갑주를 걸치고 있는 만큼 더더욱 그럴싸해 보이기까지 했다.

뜻밖의 말을 들은 미라는 자신의 하복부로 고개를 돌려 미니스커트로 분류될 원피스 자락을 다시금 확인하였다. 그러고서야 이해가 되어 웃었다.

"그렇게 된 것이었나. 신경 쓸 것 없다. 닳는 것도 아니고, 이러한 것을 보인들 뭐가 어떻게 되는 것도 아니니."

미라는 그렇게 말하며 하복부를 손바닥으로 두드렸다. 그런 미라의 모습을 본 하인리히에게서 비난의 말이 쏟아져 나왔다.

"미라 공, 그렇지 않다. 나이가 찬 처자의 속옷은 그야말로 금기. 소인이 보기에 그토록 길이가 짧은 옷은 그야말로 언어도단. 하지만 그것은 소인이 왈가왈부할 문제가 아니다. 그렇다면 하다 못해 자신을 아끼라 말하는 것이 도리일 줄 안다!"

"아~ 음…… 그렇군. 기억해두마."

미라는 본래부터 속옷을 남에게 보이는 일 자체를 수치스럽게 여기지 않았다. 나아가 어떤 것이 여성다운 것인지조차 알지 못하는 무관심함은 그 둔감함에 박차를 가했다. 하인리히의 말을 통해 이번에 그 사실을 자각하기는 했으나 그다지 중대한 일이라는 생각은 들지 않았다.

"미안해, 미라 양. 하리는 고지식하거든."

그러한 말과 함께 길베르트가 두 사람의 곁으로 다가왔다. 그 표정은 몹시 밝아, 여성에 면역이 없는 하인리히의 모습을 즐기고 있었던 것이 분명해 보였다.

"무슨 소리. 미라 공처럼 아름다우면 좋지 못한 생각을 하는 자도 많이 있을 터. 문제가 일어나기 전에 대처해야 옳지 않겠나."

"하지만 너도 봤잖아. 미라 양의 실력은 일품이야. 게다가 모험

155

가니 자기 몸 정도는 혼자서 지킬 수 있을 거라고."

"으음…… 분명 그렇기는 하다만."

첫 번째 층부터 네 번째 층을 지나며 펼친 전투에서 미라는 소환술사로서의 힘을 여과 없이 증명한 바였다. 소환된 다크나이트의 용맹함을 보고 있자면 하인리히도 무의식중에 전의가 솟구칠 정도였다. 미라를 상대로 문제를 일으킬 수 있을 듯한 사람의 모습은 좀처럼 상상이 되지 않았다.

"자아, 그보다 저녁밥을 먹자고. 슬슬 딱 알맞게 구워졌을 테니까."

길베르트가 그렇게 이야기를 매듭지으며 가리킨 돌기둥 옆에는 작은 대에 풍로 비슷하게 생긴 통이 설치되어 있었다. 그 중앙에서 솟구친 불이 쇠꼬챙이에 꿰인 고깃덩이를 지글지글 굽고 있었다. 배어난 기름이 중앙에 깃든 열원에 떨어지자 홍련의 알갱이가 되어 명멸했다.

가만히 살펴보니 정말로 딱 먹기 좋게 익은 듯했다.

"호오, 이것 참 맛있을 것 같군."

오렌지색으로 일렁이는 불빛 속에서, 노릇노릇한 빛깔이 먹기 좋은 때를 나타내는 표식처럼 퍼져 나갔다. 미라는 그 군침 도는 색을 보고 미소를 지으며 벌떡 일어났다.

스커트 자락이 눈높이 위로 올라가려 하자 하인리히는 허둥지둥 일어나 그 딱딱한 얼굴을 더욱 딱딱하게 굳힌 채 한숨을 내쉬었다.

소의 형상을 한 마물의 고기는 흔한 고기와는 달리 다소 단단하기는 해도 맛은 좋아, 길베르트가 만든 채소 스프와 잘 어우러졌다.

그렇게 식사를 마친 세 사람은 미라가 내놓은 스위트베리 오레를 디저트 대신 마시며 담소를 나누었다. 주로 길베르트와 하인리히의 모험담이었지만 중간부터 미라의 소환술에 관한 언급이 시작되었다.

"그나저나 참 이상하기도 하지. 요즘 세상에 미라 양 정도의 실력자가 있었다면 소문 정도는 들려왔을 법도 한데, 내가 아는 소환술사에 관한 소문이라 하면 덤블프의 제자가 나타났다는 것 정도밖에 없거든."

길베르트는 그렇게 에둘러 말하고는 반응을 살피듯 시선만 미라에게로 돌렸다. 그 눈빛의 대부분은 흥미로 채워져 있었고, 나머지를 차지하고 있는 것은 학자로서의 통찰력을 시험해보려는 의도인 듯 보였다.

"덤블프라 하면 아홉 현자였던가. 또 가짜 아닌가?"

"그게 말이지. 소문에 의하면 아무래도 이번에는 진짜인 모양이야. 그리고, 그 제자는 귀여운 소녀라고들 하더라고."

아홉 현자의 제자를 자칭하는 술사는 과거에도 몇 차례 나타난 적이 있었다. 하지만 그들 모두 그에 걸맞은 편린도 보여주지 못한 채 어느샌가 거품처럼 사라져버렸다. 하인리히는 그 사실을 떠올리며 가짜일 가능성을 입에 담았지만 자세히 알아본 길베르트는 지금까지의 소문과는 다른 측면도 있음을 꿰뚫어보고 있었다.

소문 속에 유명한 길드인 에카르라트 카리용이며 알카이트 왕국의 국왕 솔로몬, 그리고 현자 대행자인 크레오스와 아마라테와 같은 쟁쟁한 이름이 함께 거론되었던 것이다.

"그러했나. ……음? 귀여운 소녀라 했나……?"

하인리히도 그제야 그 가능성을 알아챘는지 미라에게 시선을 돌렸다.

"소문이란 참으로 빠르기도 하군. 그것은 이 몸에 관한 소문이 맞다."

미라는 살며시 가슴을 편 채 다소 의기양양하게 말했다. 하인리히는 몹시 놀라 눈이 휘둥그레져서 반사적으로 미라의 온몸을 확인하다, 스커트 아래로 보이는 탐스러운 허벅지가 눈에 들어오는 바람에 그 즉시 시선을 돌렸다.

길베르트로 말하자면 예상이 맞았다는 사실에 관해서는 별다른 반응을 보이지 않고, 당황해 허둥대는 하인리히의 모습을 보고 살며시 미소를 지어 보였다.

"최근 화제에 오르내리는 인물이 이런 곳에서 뭘 하고 있는 것인지는 신경 쓰이지만, 뭐어 눈치 없이 그걸 캐묻지는 않을게. 어쨌든 예정보다 훨씬 여행이 편해졌다는 건 사실이니까. 되도록 기분 상하는 일이 없도록 주의하도록 할게."

길베르트는 그렇게 말하며 목제 식기를 정리하기 시작했다.

"진짜 현자의 제자라니 이것 참. 하지만 그 기사의 실력도 그렇고, 확실히 지금까지의 가짜와는 비교도 되지 않는 것 같군."

하인리히는 시선을 미라의 상체에 고정시킨 채 전투를 치르던 다크나이트의 모습을 떠올리며 그렇게 말했다. 소문으로 듣거나 실제로 봤던 제자를 자칭한 자들은 다들 술사로서 우수하기는 했으나 특필할 만한 부분이 없었던 자들뿐이었다.

하지만 함께 싸워본 하인리히는 미라의 소환술이 심오한 경지의 것임을 몸소 느꼈다. 그것이 이번에 길베르트의 추측을 납득하고 받아들일 수 있었던 요인이 되기도 했다.

그런 이야기를 하던 도중, 미라는 하복부에 천천히 밀려드는 저항하기 어려운 감각에 몸을 배배 꼬았다.

"그러고 보니, 아무리 그래도 변소는 없을 테지. 구석에서 일을 보는 수밖에 없으려나."

그렇게 중얼거리며 주변을 둘러보았다. 하인리히가 그 즉시 입을 굳게 다물었고, 길베르트는 플로어의 구석을 가리키며 "저 근처에 개울이 있으니 거기서 하도록 해"라고 말하고는 가리킨 방향의 반대쪽으로 몸을 돌렸다.

"오호라. 그럼 다녀오마. ……엿보지 말거라."

"그, 그런 짓을 할 리가 없잖나!"

상대를 지목해 던진 말도 아니었건만 하인리히는 화들짝 놀라 약간 갈라진 음역의 목소리로 외치며 얼굴을 찌푸리더니 두 손으로 얼굴을 가린 채 길베르트와 같은 방향으로 몸을 돌렸다.

'역시 놀리는 맛이 있는 녀석이로구만.'

그 순수한 반응은 다른 사람의 눈에는 우스꽝스럽게 보여, 미라와 길베르트는 작은 웃음소리를 흘렸다.

미라가 돌아오자 이어서 남자 둘도 개울가 쪽에서 일을 보았고, 길베르트는 그대로 상류 쪽에서 조리 기구를 씻기 시작했다.

먼저 돌아온 하인리히는 두 다리를 내던진 채 쉬고 있는 미라의 모습을 흘끔 쳐다보더니 잠자리를 준비했다. 준비라 한들 바닥에 깔린 작은 돌들을 치운 것뿐이지만.

잠시 후 설거지를 마친 길베르트가 돌아오자 두 사람은 어떠한 일로 상담을 하기 시작했다.

"저번에는 소인이 먼저였지. 미라 공은 빼는 방침으로 해도 되겠나?"

"그래, 이건 당초 계획대로 나랑 하리 둘이서 돌아가면서 하자고. 특히 너는 미라 양이 깨어 있으면 잠도 못 잘 것 아냐?"

컵과 커피콩을 갈아 만든 가루가 든 병을 끄집어낸 길베르트는 물을 끓일 준비를 하며 대답했다.

"당연하지. 그럼, 그렇게 하도록 하지."

"이봐라, 무슨 소리냐?"

대화 도중에 자신의 이름이 나오는 바람에 미라는 힘껏 고개를 끄덕인 하인리히에게 무슨 일인지를 물었다.

"불침번을 어떻게 할까 하고 있었어. 뭐, 미라 양이 신경 쓸 일은 아니야."

"음, 소인들이 번을 서면 그만이니."

불침번. 요컨대 무방비하게 잠들어 있는 동안 누군가가 깨어서 경계를 하자는, 그런 뜻이었다.

'그렇군. 그런 것도 필요하겠어.'

현실로 변한 것에 따른 영향을 또 한 가지 알게 된 미라는 앞으로도 노숙을 할 일은 몇 번이고 있으리라 생각했다. 하지만 그때,

일행이 없으면 누가 자신을 보호한다는 말인가.

그러한 문제점이 떠오름과 동시에 한 가지 가능성이 미라의 머리를 스쳤다.

"시험 삼아, 이 녀석에게 번을 서게 해보는 건 어떨까."

그 말과 동시에 미라의 옆에 마법진이 떠오르더니 오렌지빛으로 물든 갑옷이 유유히 나타났다. 홀리나이트였다. 아무런 의지를 지니지 않은 채 미라의 옆에 선 홀리나이트는 그 존재 이유를 상징하는 듯한 커다란 타워실드를 들고 있었다.

페가수스 등의 소환술과 달리 무구정령 소환은 체재시간을 정해둘 수 있다는 특징이 있었다. 소환시 소비된 마나는 무구정령을 형성하는 내부 마나로 치환되며 파괴, 혹은 재생될 때마다 그것이 소비되어 바닥이 나면 소멸된다. 그 외의 소멸 조건이 소환자에 의한 송환과 체재 시간 경과였다.

이 체재 시간이라는 것은 임의적으로 조정할 수 있도록 되어 있었다.

"체재 시간을 연장해뒀으니 아침까지는 여유롭게 버틸 게야."

"흐음~ 과연. 그나저나 검은 기사와는 꽤 분위기가 다른데, 이 기사도 역시 강한 것인가?"

하인리히의 눈에, 방어에 특화된 홀리나이트는 다소 박력이 떨어져 보였다. 길베르트로 말하자면 그 홀리나이트가 지닌 방패에 주목하고는 감탄한 듯 고개를 끄덕였다. 그는 이야기를 통해 들은 적이 있었기 때문이다. 소환된 홀리나이트의 실력을 나타내는 지표는 그가 지닌 방패라는 이야기를.

"그럼 시험해보지 그래?"

"흠, 그래. 그거 재미있겠구나."

길베르트의 제안에 미라가 흔쾌히 승낙하자 하인리히는 신이 나서 무사로서의 기백으로 넘쳐나는 표정을 짓더니, 플로어 중심에서 떨어진 곳에서 칼을 뽑아들었다.

"자아, 시합이로군! 정정당당히 승부하지!"

쌍방이 제 위치에 서자 길베르트의 신호를 기점으로 시합이 시작되었다.

홀리나이트와 대치한 하인리히의 검격은 더욱 날카로워졌지만 번번이 그 절대방벽에 가로막혔고, 결과적으로 한참동안 공격을 퍼부었음에도 그 방어를 뚫지 못한 채 시합이 끝나고 말았다.

"현자의 제자…… 설마 이 정도 실력을 지녔을 줄이야."

하인리히는 자신하던 검이 모조리 무효화되어 의기소침해져 주저앉았다. 분명 쉼 없이 공격을 쏟아 부었음에도 단 한 방도 통하지 않았으니 무리도 아니리라.

하지만 미라의 눈에는 달라 보였다. 홀리나이트는 방어에 특화되어 철벽같은 방어력을 자랑했으나 방어만 할 수 있는 것은 아니었다. 공격수단 역시 가지고 있었다. 하지만 하인리히의 맹공에 밀려 방어에 치중할 수밖에 없었던 것이다.

"기죽지 말거라. 이 몸의 홀리나이트를 이렇게까지 방어에만 급급하도록 봉하지 않았느냐. 훌륭한 실력이었다."

미라는 하인리히의 등 뒤에서 공기 빠진 풍선처럼 축 처진 그의 어깨에 손을 얹으며 마치 어린애를 달래는 부모처럼 온화한 표정으로 말했다.

미라의 따뜻한 마음이 투박한 갑주 너머에서 스며들어온 듯하여 고양된 하인리히는 그 바위 같은 얼굴을 용암처럼 붉히며 "그, 그러한가?" 하고 물었다.

"음, 훌륭한 검술 솜씨였다."

"그렇군, 그래 보였단 말이로군!"

그렇게 말하며 자신감을 되찾은 하인리히는 기분이 좋아져 하늘을 올려다보았다. 길베르트는 미라라는 소녀에게 칭찬을 받은 것이 썩 싫지 않아 보이는 친구의 모습에 쓴웃음을 짓고 있었다.

"소인의 검을 그만큼 막아내었으니, 번을 맡기기에는 충분할 테지."

하인리히는 의기양양한 얼굴로 홀리나이트를 올려다보았다. 방금 전까지 의기소침해 있었던 사람은 어디로 가버렸는지, 지금은 투박한 미소를 짓고 있었다.

"뭐어, 그건 그러네. 방침이 정해졌으니 빨리 자도록 하자. 내일 해가 저물기 전에는 천상폐도에 도착해야 하니까."

길베르트는 그렇게 말하며 가죽 갑옷을 벗고 화살통을 내려놓더니 침낭을 꺼내 그 자리에 펼쳤다. 그 옆에서는 하인리히도 마찬가지로 갑주를 벗고 칼을 옆에 놓고서 돌을 걷어낸 땅바닥에 침낭을 펼쳤다.

그 모습을 지켜보던 미라의 머리에 문득 실버 사이드 역에서 있었던 일이 떠올랐다. 상인 같은 남자에게 신상품이라던 침낭을 받았던 일이.

'벌써 요긴하게 쓰일 때가 온 것 같군.'

다소 부피가 큰 탓에 미라는 약간 떨어진 위치에서 그 침낭을 끄집어냈다. 그 넓은 면적을 뒤덮는 침낭을 땅바닥에 내려놓자 바람이 일어 두 사람의 등을 쓸었다.

다섯 번째 층은 여정의 중간에 해당하는 중계지점으로, 위층에서 불어 내려오는 가시처럼 싸늘한 기류는 그대로 계단 양 옆으로 흘러나가 플로어 중앙까지는 닿지 않았다.

온화하고 따스한 공간에 잊고 있던 공기의 흐름이 일어나자 길베르트와 하인리히의 고개가 자연히 그리로 돌아갔다. 그리고 척 보아도 그 장소와 어울리지 않는 물체를 보고는 그것의 주인일 미라에게로 시선을 옮겼다.

"미라 공, 이것이 무엇인가?"

한 걸음 두 걸음 다가온 하인리히가 흥미진진한 눈으로 쳐다보며 물었다.

당당히 그 자리에 드러누운 침낭은 다다미 한 장 너비쯤 되는 크기였고 겉면은 푸른 천으로 뒤덮여 있었다. 미라도 그러했듯 얼핏 봐서는 그것이 무엇인지 판단하기가 어려운 모양이었다.

"이건 이 몸의 침낭이다. 뭐어, 사용하는 건 처음이지만 말이지."

"오호, 이게 침낭이라니. 전혀 그렇게는 안 보이건만."

그렇게 말하면서도 흥미가 동했는지 뚫어지게 쳐다보던 하인리히는 표면을 만져보기도 했다.

"이 몸도 처음에는 그렇게 생각했다. 모험가용품을 취급하는…… 무슨 상회의 이름을 댄 자에게 받았지. 듣자 하니 이번에 발매될 신상품이라던데."

미라는 다소 자랑을 하는 듯한 투로 말했지만 정작 중요한 상회의 이름을 깜박했다.

"흠, 모험가용품을 취급하는 상회의 신상품이라. 혹시 디노아르 상회 말이야?"

미라의 말을 들은 길베르트가 잠시 생각하다 조심스럽게 입을 열었다.

"오오, 그래, 맞다. 그런 이름이었지."

듣고 보니 그랬다는 식으로, 거의 감으로 때려 맞추듯 기억을 건져 올린 미라는 그때 받았던 명함을 웨스트 파우치에서 꺼내 보였다. 길베르트도 흥미가 동했는지 그것을 들여다보았다.

"세드릭 디노아르. 디노아르 상회의 후계자님인가. 재미있는 사람과 인연이 있네. 그렇다면 이건 견본품 같은 건가."

"그것 참 부러운 일이군. 자세히 좀 봐도 되겠나?"

명함을 보고 감탄한 듯 말하는 길베르트의 옆에서 쾌적한 수면이라는 것에 민감한 하인리히는 순수하게 들뜬 목소리로 말하며 고개를 들이밀었다.

"음, 상관없다."

지금까지 보여 온 무인 기질과는 사뭇 다른 태도이기는 했지만 어쩐지 애교가 엿보이는 그 모습에 미라는 미소를 지은 채 흔쾌히 승낙했다.

미라의 승낙을 얻은 하인리히는 땅바닥에 접촉된 침낭의 뒷면이 보이도록 뒤집어보거나 표면을 만져보거나 하는 등, 차분히 음미하듯 확인해 나갔다. 발매되지 않은 신상품을 만져볼 수 있는 기회는 흔치 않기도 하거니와 침구에 집착하는 하인리히의 흥미는 끝이 없었다.

"표면은 놀라울 만큼 매끈매끈하군. 매우 촉감이 좋아. 게다가 놀랄 만큼 가벼워."

"그러할 테지. 아직 새것이니 말이야."

"안은 어떻게 되어 있나?"

그렇게 말하고는 허가를 구하듯 미라의 얼굴을 바라보았다.

"직접 보도록."

"고맙군. ……근데, 어떻게 하면 되지?"

하인리히는 만져 보고 주머니 형태를 띠고 있다는 것까지는 알아냈으나, 어떻게 여는지 알 수가 없어 미간을 찌푸리며 미라에게 확인을 구했다.

미라는 다소 앞으로 상체를 내밀어 손가락으로 침낭의 틈새를 가리켰다.

"거기 있는 틈새가 벌어지더군. 시험해보거라."

"오오, 이건가. 어디 보자."

하인리히는 미라가 시키는 대로 틈새에 손가락을 넣고서 거기에 있던 돌기를 집어 옆으로 그었다. 그러자 푸른 천이 분단되듯 들추어져 침낭으로서의 진정한 모습을 드러냈다.

"호호~ 이렇게 되어 있었나. 안쪽도 따뜻하고, 무척 부드럽군. 이거 기분 좋겠어."

"그래, 그렇지? 아아, 새것이니 너무 난폭하게 만지지 말거라."

한껏 들뜬 하인리히의 모습을 본 미라는 무언가를 참듯 뺨을 부풀리더니 어째서인지 짓궂은 미소를 지었다.

"물론이다. 난폭하게 할 리가 있나. 오오, 꽤 깊군. 이 정도면 소인이라도 문제없겠어."

"그렇게 펼치다니. 우악스럽기도 하구나."

미라는 침낭 입구를 벌려 깊이를 확인하던 하인리히에게 그렇게 말하며 입가를 일그러뜨렸다.

그런 두 사람의 모습을 지켜보던 길베르트는 땅이 꺼져라 한숨을 내쉬더니,

"미라 양, 그쯤 해 줘. 하리는 둔감해서 끝까지 못 알아챌 테니까."

그렇게 말하며 두 사람의 대화에 끼어들었다.

"흐음~ 이제 겨우 시작한 참인데. 뭐어, 충분히 즐겼으니 그만하도록 하지."

미라가 그렇게 말하며 진지한 표정으로 침낭을 음미하던 둔감남을 흘끗 쳐다보았다. 그 시선을 느낀 것인지 하인리히가 고개를 들었다.

"음, 왜 그러나?"

"아아, 아까 네가 한 말 말인데, 여러모로 간당간당했거든?"

길베르트가 반쯤 어이가 없다는 투로 충고했다. 하인리히는 그 말을 듣고서 잠시 입을 다물었지만, 표정이 험악해졌을 뿐 결국

끝까지 진상에는 도달하지 못했다.

그러한 모습을 본 미라는 이번에도 순진한 미소를 지을 따름이었다.

하인리히는 아침에 일어났을 때 사용감을 들려달라고 부탁하고는 자신의 침낭에 들어갔다.

미라는 코트를 벗어 머리맡에 두고 그 몸을 부드러운 모포 안으로 집어넣었다. 몸을 감싼 기모가 어머니 품에 안긴 듯 포근했다.

이윽고 미라와 하인리히가 고른 숨소리를 내기 시작하자, 길베르트는 그들을 지켜보듯 선 백기사를 올려보고는 신뢰할 수 있겠다는 사실을 재확인하고서 천천히 눈을 감았다.

10

하늘로의 계단이라는 던전에서 하룻밤을 보내고 난 아침. 여덟
시가 조금 지난 시간에 눈을 뜬 미라는 먼저 일어나 있던 길베르
트와 아침인사를 나눈 뒤, 잠에 취한 눈으로 몸단장을 마치고서
준비되어 있던 아침 식사를 먹었다.

아침부터 어젯밤과 마찬가지로 육식이었지만 막상 먹어보니
거리낌 없이 배 속에 들어갔다.

'아침부터 고기를 먹는 것도 색다른 경험이로구나.'

미라는 자신의 몸을 내려다보며 배를 통 하고 두드리고는 감개
무량한 투로 "이것이 젊음인가" 하고 중얼거리며 배를 문질렀다.

조금 늦게 동면중에 눈을 뜬 곰처럼 보이는 하인리히도 멍하니
식사를 하기 시작했다.

"아침 식사는 하루 활력의 근원이지."

식사를 마쳤을 즈음에는 완전히 각성하여 평소처럼 딱딱하면
서도 어쩐지 애교가 느껴지는 얼굴로 돌아와 있었다.

한숨을 돌린 뒤, 잠자리와 캠프 터를 잽싸게 정리한 세 명은 여
섯 번째 층으로 이어진 계단 앞에 섰다.

"자, 목표는 해가 떨어지기 전에 천상폐도에 도착하는 거야. 여
섯 번째 층 이후의 난이도는 B랭크에 상응하니 정신 바짝 차려."

"기대되는구면."

위층에서는 싸늘한 바람이 땅을 기다시피 해서 아래로 흘러내

려왔다. 긴 계단에서 쉼 없이 메아리치던 바람의 속삭임이 다중으로 포개어져 으스스한 선율을 자아냈다.

하지만 세 사람은 그 소리를 그야말로 마이동풍이라는 사자성어처럼 흘려들으며 계단을 오르기 시작했다.

미라 일행은 한 시간 정도 계단을 올라가서는 대형 홀에 자리한 마물을 물리치고, 다시 올라가서는 일소하기를 반복했다. 여섯 번째 층부터 아홉 번째 층까지 가는 동안, 마물의 종류도 풍부해지고 연계도 치밀해졌다. 하지만 그래도 다크나이트의 강검을 견뎌낼 수 있는 개체는 없었고, 하인리히의 칼날은 허공을 그을 때마다 목을 날렸으며, 길베르트의 화살은 투척할 때마다 소리없이 마물들을 침묵시켰다.

냉정하고도 침착하게 전력을 깎아내는 사냥꾼, 상급 모험가로서 단련을 거듭해온 사무라이, 그리고 술사의 최고위인 현자. 이 셋이 뭉쳤으니 B랭크의 전력으로 막을 수 있을 리가 없었다. 특히 미라에게는 어린애 장난이나 다름없는 수준에 불과했다.

그렇게 다섯 번째 층에서 올라가기를 약 여섯 시간. 드디어 하늘로의 계단 열 번째 층에 도착했다.

열 번째 층은 지금까지의 플로어보다 다소 좁았으며 마물의 모습도 보이지 않았다.

플로어에 밝혀진 조명은 수명이 다하기 전의 전구처럼 깜박였고, 그 차가운 빛은 전체가 보이지 않는 퍼즐처럼 부분부분을 때때로 비출 뿐이었다.

그 불안한 빛은 플로어의 벽 부근을 같은 간격으로 둘러싸고 있었고, 벽 부근에서 뻗어 나온 빛의 막은 플로어 중앙까지 제대로 닿지 않아 그곳에 자리한 것의 윤곽이 어렴풋이 보일 정도로밖에 밝혀주지 못했다.

불빛이 법칙도 없이 빛과 어둠을 자아낼 때마다 따로 분리된 공간이 나타났다가는 사라지는 것처럼만 보였다.

"드디어 도착했네. 그럼 작전회의를 해보자. 그나저나 미라 양은 이곳의 보스를 알아?"

"음, 알다마다."

길베르트가 계단 가장자리에 주저앉아 묻자 미라는 다크나이트의 어깨에서 내려와 그 자리에 앉아 다리를 쭉 뻗었다. 미라는 이곳의 보스를 몇 차례나 공략한 적이 있어, 아는 정도가 아니라 익숙한 상대라 할 수 있을 정도였다.

"그럼 설명할 수고는 덜겠군. 이곳의 보스는 움직일 때까지는 무슨 짓을 해도 효과가 없어. 그리고 움직이기 시작하면 하늘을 날아 전격을 떨궈 공격하지. 그동안에는 늘 몸을 움직이며 철저하게 방어태세를 취해야 해. 그러다 활공해서 공격해 왔을 때 땅에 떨구는 거야. 둘 다 알겠지?"

"참으로 갑갑할 따름이지만, 소인은 이의 없다."

길베르트가 제안한 전법은 하늘로의 계단의 보스에 대한 정공법이었다. 방출하는 전격은 빠르지만 쉴 새 없이 돌아다니면 피하지 못할 것도 없었다. 그리고 일정 횟수 이상 전격이 맞지 않으면 하늘에서 활공 공격을 가해온다. 그 순간이 최대의 기회였다.

하지만 이번에는 그 정공법을 뒤집을 만한 인물이 이 자리에 있었다.

"아니, 방어할 필요는 없다. 이 몸이 직접 가서 떨궈버릴 테니. 그대들은 아래에서 준비하고 있거라."

미라는 딱히 표정을 바꾸지 않고 담담하게 그렇게 말하고는 새로 보충한 스위트베리 오레를 입에 대어, 그 새콤달콤하고도 풍부한 맛에 미소를 지었다.

그 말을 들은 길베르트의 머릿속에 미라가 소환했던 페가수스와 가루다의 모습이 떠올랐다. 미라의 실력도 지금까지 충분히 본 터였다. 미라의 말대로 하늘에서 대항할 수 있는 수단이 있다면 그렇게 하는 것도 방법이라 할 수 있겠다고 생각할 정도로.

"그래, 듣고 보니 괜찮을 것 같네. 그게 더 빠르겠어. 그럼 부탁할게."

"음, 맡겨두거라."

이렇게 작전회의를 마치고 잠시 휴식을 취한 뒤, 하인리히를 선두로 한 세 명은 플로어 중심으로 걸어 나갔다.

한 걸음, 두 걸음, 세 걸음.

다가가면 다가갈수록 주변을 비추던 조명이 명멸하는 주기도 짧아졌다.

드문드문 보였던 윤곽이 갈수록 잔광에 비추어 형태를 이루기 시작했다. 어둠 속에 도사리고 있는 그것은 희지도 검지도 않은 회색을 띠고 있었다.

더욱 접근하자 크기를 알 수 있었다. 그것은 세 사람이 턱을 들어 올려다봐야 할 정도로 컸고, 미라의 키보다 세 배는 더 클 듯 보였다.

한 걸음, 두 걸음. 그리고 드디어 중앙부 영역에 발을 들였다. 그 순간, 시끄러울 정도로 짧은 명멸을 반복하던 불빛이 눈꺼풀 뒤에 반짝반짝 잔상만을 남긴 채 사라졌다.

갑작스러운 암전(暗轉). 소리 없는 목소리가 정적이 내린 어둠에 녹아들었다. 그리고 희미한 금속 스치는 소리가 들려왔다.

죽은 듯, 잠든 듯, 하지만 태동을 하는 듯한 무언가가 그곳에 있었다.

어둠은 인간의 본능적인 공포를 자극한다. 시간으로 말하자면 몇 십 초이었을지 몇 분이었을지. 아니면 2, 3초에 불과했을지. 암전됐을 때와 마찬가지로 파리한 빛이 느닷없이 플로어 전체를 가득 메웠다.

지금껏 거쳐 온 곳보다 강렬한 빛은 무방비했던 동공으로 날아들어 뇌를 자극했다.

하인리히는 눈을 가늘게 뜬 채 정면을 노려보았다. 길베르트는 손으로 눈을 가린 채 화살통으로 손을 뻗었다. 미라는 감았던 눈을 천천히 떠서 천상폐도의 문지기를 바라보았다.

그것은 비쩍 마른 산양(山羊) 같기도, 늙어빠진 노파 같기도 했다. 손에는 석창과 돌방패를 들고 있었고, 등에는 새처럼 날개가 돋아나 있었다. 말없는 석상이었다.

"자아, 정신 바짝들 차리자고."

길베르트가 그렇게 말하며 살짝 거리를 좁혔다.

그 직후 석상에서 작고도 작은, 한밤중에 들리는 집이 삐걱대
는 소리와 비슷한 소리가 흘러나왔다.

이윽고 석상 전체가 떨리기 시작하더니 그것이 서서히 증폭되
어, 미세한 금이 가고 파편이 튀었다. 잿빛 표면 아래에서 반지르
르한 검은 가죽이 나타나더니 그 범위가 하얀 천에 먹물이 스며
들 듯 초 단위로 성큼성큼 퍼져나갔다.

파편이 하나, 둘, 그리고 무수히 벗겨지고 떨어져나가 바닥에
굵은 눈송이처럼 쌓여갔다.

널빤지 같은 조각 한 장이 바닥에 부딪혀 요란하게 깨져나갔
다. 얼굴을 뒤덮고 있던 부분이었다.

그리고 다음 순간, 감겨 있던 푸른 눈이 뜨이더니 귀를 찢을 듯
한 포효소리가 대기에 휘몰아쳐 척추까지 찌르르 울렸다.

그 직후, 아직 전신의 절반을 뒤덮고 있던 돌갑옷이 깨지자 하
늘로의 계단의 수호자, 가고일 키퍼는 그 검은 날개를 활짝 펼치
며 도약했다.

"정보대로로군. 그럼 미라 양. 부탁해."

"음, 단단히 준비하고 있거라."

길베르트는 가고일 키퍼를 눈으로 좇으며 투척 화살을 손에 든
채 동향을 주시했다. 하인리히도 두 손으로 검을 쥔 채 칼끝을 적
에게 겨누었다.

가고일 키퍼는 날갯짓을 하며 미끄러지듯 하늘을 날아올랐다.
전광(電光)을 두른 석창을 쥔 그 손이 움직인 찰나, 이번에는 미라

가 하늘로 날아올랐다.

"뭐?!"

길베르트가 긴장으로 가득했던 표정을 무너뜨린 채 마치 물고기처럼 눈을 둥그렇게 떴다. 가고일 키퍼에게 덤벼든 것이 페가수스도 가루도도 아닌 미라 본인이었기 때문이다. 하인리히에 이르러서는 벌어진 입을 다물지 못하고 있었다.

하지만 미라는 당황한 두 사람은 아랑곳 않고 가고일 키퍼를 시야에 둔 채 하늘을 내달렸다. 내딛는 한 걸음 한 걸음이 소녀의 몸을 위로 이끌어 적과의 거리를 좁혀주었다.

가고일 키퍼는 그 즉시 표적을 육박해 오는 미라로 변경하고는 석창의 창부리를 겨누었다.

직후, 카메라 플래시 같은 섬광과 함께 플로어 전체가 뒤흔들릴 듯한 굉음이 일대를 가득 메웠다.

상상했던 것 이상의 전격에 이은 환청과도 같은 귀울림 속에서 하인리히는 정신을 다잡았다.

길베르트는 얼굴을 찌푸린 채 미라의 모습을 찾았다. 이 정도의 전격을 맞았다면 무사하지 못할 것이다. 어떠한 전법을 취할지 좀 더 자세히 이야기해 둘 걸 그랬다는 생각에 후회가 밀려들었다.

하지만 그것은 완전한 기우였다.

미라의 정면에 하얗고 커다란 방패가 떠올라 있었기 때문이다. 그야말로 환각이 아닐까 싶은 광경이었지만 직전에 무슨 일이 있었는지를 증명하듯 티끌처럼 희미한 전광이 그곳을 중심으로 무산되어 갔다. 그것을 보고서야 이해했다. 저 방패가 가고일 키퍼의 전격을 막은 것이다.

희미한 잔향(殘響)이 여운처럼 공간을 떠도는 가운데, 시간이라는 개념이 사라진 듯 느껴지는 공백이 그 한순간을 지배했다.

그곳에 있던 이들 모두. 길베르트, 하인리히, 그리고 가고일 키퍼까지도 전격에 따른 영향을 파악하는 데 의식을 집중하고 있었다.

하지만 단 한 사람, 다음 행동으로 넘어간 자가 있었다.

미라는 전격을 막아냈음을 확인하고는 그 즉시 방패를 뛰어넘어 스커트가 들춰진 것도 개의치 않고 그 방패에 두 다리를 벌린 채 달라붙었다. 부분 소환한 홀리나이트의 방패가 소멸하기까지의 찰나에 이루어진 일이었다.

길베르트가 무엇을 할 생각이지? 하고 생각한 순간, 미라의 모습이 마술이라도 부린 듯 홀연히 사라졌다.

그것은 선술사의 기능 '축지'에 의한 것이었다. 발동조건은 두 발이 발판이 될 무언가에 닿아있을 것. 미라는 방패를 발판 삼아 가고일 키퍼의 품속으로 급격히 접근한 것이다. 그리고 지체 없이 주먹을 내질렀다. 미쳐 날뛰는 폭풍을 두른 '풍전(風纏)'의 일격이었다.

석창을 다시 겨누는 찰나의 순간에 접근을 허용한 가고일 키퍼는 전격을 내쏘지도 못하고 돌방패를 억지로 움직여 막는 것이 고작이었고, 그런 탓에 불완전한 방어가 될 수밖에 없었다.

돌방패의 표면이 대패로 깎아낸 듯 바람의 칼날에 깨져나갔다.

하지만 가고일 키퍼는 방패를 희생해 세차게 날갯짓을 해서 미라의 주먹에서 달아나듯 위로 거리를 벌리는 데 성공했다.

그러나 그것은 예기치 못했던 억지스러운 회피 동작이었고, 천장에 충돌하지 않도록 급제동을 걸 필요가 있는 동작이었다. 그 짧은 찰나, 숨을 한 번 내쉬는 데 걸리는 시간만큼이나 짤막한 경직이 가고일 키퍼에게는 치명적인 빈틈이 되었다.

푸르스름한 빛을 받았음에도 검기만 한 여섯 자루의 대검이 가고일 키퍼를 포위하더니 번개처럼 그를 후려친 것이다.

피할 수 없음을 깨달은 가고일 키퍼는 팔을 내밀어 파괴라는 개념 자체가 형상화한 듯한 검은 검을 받아냈다.

순간, 금속이 서로 맞부딪힌 듯한 날카로운 소리가 여섯 번 포개어졌다. 흉검(凶劍)이 검은 표피를 뚫고 중력을 아군으로 끌어들인 단순한 폭력이 되어 땅바닥으로 박아 넣을 기세로 밀려들었다.

그것은 압도적인 힘이었다. 하지만 가고일 키퍼는 그만한 힘을 지닌 흑검을, 한쪽 팔을 희생하기는 했으나 간신히 막아냈다.

쓸모없어진 한쪽 팔을 축 늘어뜨린 채, 가고일 키퍼는 그 푸른 눈에 분노를 담아 미라를 노려보았다. 그것은 단순한 위협이 아니었다. 그 눈에는 비장의 수인 천상의 번개가 깃들어있었기 때문이다.

가고일 키퍼의 의식이 푸른 눈에 집속되었다.

하지만 다음 순간, 그 몸이 크게 기울어지더니 힘이 바닥난 새처럼 땅바닥으로 빨려들 듯 낙하했다.

"왔어!"

"우리 차례가 왔군!"

원인은 조금 전의 육연격이었다. 흑검 중 한 자루가 가고일 키퍼의 날개 중 하나를 찢어놓은 것이다.

전황을 지켜보던 길베르트가 낙하하는 가고일 키퍼를 향해 달려 나가자 하인리히는 목을 풀 듯 가볍게 고개를 흔들며 낙하지점을 향해 질주했다.

검은 덩어리가 둔탁한 소리를 내며 바닥에 떨어졌다. 상당한 충격을 받았을 터인데도 가고일 키퍼는 푸른 눈을 하늘로 돌렸다. 그리고 자신을 땅바닥에 처박은 가증스러운 침입자를 찾아 이리저리 눈을 굴렸다.

두 남자는 가고일 키퍼의 안중에도 없었다. 그 눈에 남은 것은 흉악한 바람을 자아낸 작은 주먹과 팔을 파고든 검고 묵직한 검. 그리고 빛의 폭포 같은 은발과 찌를 듯 날카로운 눈빛과 숭고한 분위기를 띤 눈을 지닌 소녀의 모습이었다.

미라는 그 존재감으로써 가고일 키퍼의 의식을 끌었다. 그로 인해 길베르트와 하인리히는 여유롭게 자신이 지닌 최대의 일격을 가할 수 있었다.

길베르트는 세 대의 화살을 손에 든 채 크게 준비 동작을 취하고는, 한 박자 동안 힘을 모아 투척했다. 광선처럼 날카롭게 직진한 화살은 두 다리와 석창을 지닌 팔을 모조리 꿰었다.

가고일 키퍼는 의식의 영역 밖에서 날아든 강렬한 충격에 자세가 크게 무너져 무릎을 꿇는 모양새로 엎어졌다.

그때 칼을 상단으로 겨눈 하인리히가 사형집행인처럼 조용히, 하지만 그 한 순간을 집어삼킬 듯한 기백을 담아 칼을 내리쳤다.

반월을 그리는 듯한 검격이 바닥에 닿은 찰나에 멈췄다. 하인리히가 묵직한 손맛을 느낌과 동시에 가고일 키퍼의 몸통이 말끔하게 양단되었다.

죽음을 맞은 몸에 금이 가고 새하얗게 물들더니, 이내 먼지가 되어 무너져 내렸다.

푸른 눈동자는 빛을 머금은 채 흘러내려, 그 어디에도 초점을 맞추지 못하고 자신의 죽음을 지켜볼 따름이었다.

이렇게 하늘로의 계단의 수호자, 가고일 키퍼와의 전투는 종결되었다.

"미라 공은?"

동작을 수습한 하인리히는 이번 전투의 수훈자인 미라의 모습을 찾아 하늘을 올려다보았다. 그러던 중, 시선 끝에 자리한 하늘에서 순백의 천사가 내려왔다.

"처리한 모양이구나. 수고 많았다."

"미라 양 덕분에 정말 편하게 처리했어."

미라가 소리도 없이 스위트베리의 달콤한 향기와 함께 내려섰다. 넋이 나간 듯 하늘을 올려다보고 있는 하인리히의 모습에 쓴웃음을 지으며 길베르트가 미라를 맞이했다.

"그건 그렇고 하늘을 달리던데, 그건 혹시 선술사의 기술이야?"

"음, 바로 보았다."

"그럼 갑자기 나타난 그 방패는?"

"그쪽은 소환술이다."

"……과연. 소환술의 현자 덤블프는 선술도 썼다고 들었는데, 역시 그분의 제자라고 할 수밖에 없겠는 걸."

선술에도 조예가 깊은 길베르트는 덤블프가 스승이라는 사전 정보를 근거로 한눈에 미라의 동작이 선술사의 그것임을 간파했다. 그리고 그 압도적인 숙련도 앞에서 대륙 최고 술사의 제자의 실력은 이 정도란 말인가, 라는 생각이 들어 혀를 내둘렀다.

그러고 나서 길베르트는 하얀 티끌 속에서 돌로 된 창과 푸른 돌을 끄집어냈다.

"이건 미라 양의 몫이야."

그렇게 말하며 던져 건넨 푸른 돌은 포물선을 그리며 정확히 미라의 손에 떨어졌다. 그 돌 중심에서는 때때로 정전기 같은 방전 현상이 일어나 반짝거렸다. 가고일 키퍼의 푸른 눈은 강력한 번개의 힘을 지닌 전광주(電光珠)라는 보석으로, 정련에 이용할 수 있어서 미라에게도 유용하다 할 수 있는 물건이었다.

"괜찮은 게냐?"

"활약에 걸맞은 정당한 대가야. 우리는 이 창이면 족해."

길베르트가 그렇게 말하며 가고일 키퍼가 들고 있던 창의 물미 부분으로 하인리히를 쿡 찔러 현실로 끌고 왔다. 이야기는 들렸던 것인지 하인리히는 얼굴이 새빨갛게 물든 것을 들키지 않고자

세차게 고개를 가로저어 얼버무렸다.

"드디어 목적지에 도착했군."

그 말과 함께 세 사람은 무겁게 닫힌 정면의 문을 올려다보았다.

천장 근처까지 뻗어있는 그것은 세월의 흐름 탓인지 장식이 그을려 있어, 간신히 사람을 모방했다는 사실만을 판별할 수 있을 정도였다.

하지만 그럼에도 천상폐도라는 고대의 도시를 지키기에 걸맞은 위압감은 충분히 갖추고 있었다.

그 옆에 다소 어울리지 않는 상자의 형태를 띤 금속덩어리가 자리해 있었다. 그 앞에 선 길베르트는 중심에 있는 구멍에, 자신이 든 석창을 꽂아 넣었다.

구멍 안쪽에서 마치 태엽을 감는 듯한 드륵드륵드륵 소리가 흘러나오더니 이내 상자 전체가 신음을 하는 듯한 소리를 냄과 동시에 지진이 난 듯한 진동이 세 사람이 딛고 선 바닥에서 전해져 왔다.

그 상자는 장치였다. 석창을 스위치 삼아 기동시키자 상자에서 발생된 빛이 공작의 깃털처럼 뒤쪽 벽으로 퍼져 나가, 종횡무진으로 뻗어나갔다. 그리고 문득 벽 건너편으로 빨려들 듯 사라지더니 문에 떠오른 사람의 모습이 흐려지고 달을 올려다보는 늑대의 모습이 나타났다.

이어서 그 달이 마치 진짜처럼 빛나기 시작했다. 중심을 세로로 쪼갠 듯 선이 그어지더니, 문이 둔탁한 소리를 내며 마치 찢어지듯이 열렸다.

틈새에서 새어 나온 차가운 빛은 날카롭게 플로어에 쏟아져, 마침 중심에 서 있던 미라는 시야를 가득 메운 햇볕에서 달아나듯 눈을 가늘게 떴다.

"그럼 가보자."

길베르트는 그렇게 말하며 거의 다 열린 문을 향해 걸음을 옮겼다. 하인리히는 "음" 하고 짧게 대답하고서 뒤를 따랐다. 그리고 미라도 어슴푸레한 던전에서 햇볕이 가득한 하늘 아래로 나갔다.

하늘로의 계단의 출구는 고지대에 위치하고 있었으며, 넓고도 긴 계단이 아래로 이어져 있었다. 돌아보니 바위산을 도려낸 듯한 문이 있었고, 이미 무언가를 질질 끄는 듯한 소리를 내며 닫히고 있었다.

길베르트와 하인리히는 그런 돌계단 위에서 전방에 보이는 경치를 내다보며 무심결에 탄성을 흘렸다.

돌계단 끝에 버섯 화석처럼 옹기종기 모인 거리 풍경이 멀리, 까마득한 곳까지 이어져 있었다. 사람의 기척은커녕 생물이 존재하는 낌새조차 느껴지지 않았다. 사람의 손길이 미치지 않게 되고서 오랜 세월이 흐르기는 했으나 녹음이 침식한 것 같지는 않은, 신기한 장소였다.

"아직 해가 떠 있네. 예정보다 꽤 빨리 도착한 모양이야."

"미라 공 덕분에 전투가 빨리 끝난 덕분이로군."

"그래, 고마울 따름이지 뭐야."

길베르트는 기울어져 가는 태양을 시야 끄트머리에 둔 채 지도로 현재 위치를 확인했다.

'이곳은, 예전과 변함이 없군.'

눈에 익은 황폐한 도시 풍경을 바라보며 미라는 먼 곳으로 시선을 던졌다. 목적지인 결정 신전이 있는 방향으로.

"빨리 도착하기는 했지만, 바로 조사를 하기에는 미묘하네. 우선 오늘은 거점을 정해놓고 간단히 현장을 확인해두도록 할까."

"음, 그게 좋겠구나."

길베르트는 향후의 예정을 세우더니 지도에서 거점으로 삼을 만한 지점을 산출해냈다. 그러던 중, 문득 고개를 돌려 미라를 바라보았다.

"그런데 미라 양은 이제 어쩔 거야? 천상폐도에 도착했으니, 이대로 목적지로 갈 거야?"

"흠, 글쎄……."

길베르트의 물음에 미라는 잠시 생각했다.

이곳에 온 목적은 결정신전에서 소울하울이 남겼을 신목의 뿌리의 대팻밥을 회수하는 일이었다. 그것은 하늘로의 계단을 공략하는 것에 비하면 비교도 안 될 정도로 쉬운 작업이었다. 이곳에서 페가수스로 날아가면 30분 정도 만에 종료되리라. 이곳에 오기까지의 여정에 비해 너무도 싱거운 목적이었다.

그에 반해 길베르트 일행으로 말하자면 이제 막 출발점에 섰다 할 수 있으리라. 그들의 목적은 숲이 소실되었다는 요상한 현상을 조사하는 일이었다.

게임 속 이벤트가 아닌, 현실이 되어 숨을 쉬는 세계의 약동에 의한 현상이었다. 그것은 아직 이 세계에 온지는 얼마 되지 않았지만 그래도 수많은 현실과 접해온 미라의 관심을 끌기에 충분한 일이었다.

하지만 미라가 신경 쓰이는 것은 그것뿐이 아니었다. 무슨 일이 일어나도 이상할 것이 없는 판타지 세계관이라는 전제로 인해 애매하게 느껴지기는 했지만, 광범위한 대지가 도려낸 듯 사라진다는 현상은 아무리 생각해도 이상한 일이었다.

너무도 이상한 나머지 미라는 인위적인 무언가가 있지 않을까 하는 생각이 들었다. 그리고 악마의 존재를 떠올렸다. 부자연스러운 현상에는 늘 악마의 그림자가 있다. 게임이었던 시절의 교훈이었다.

일개 악마라 해도 그 행동은 천차만별이며 정면으로 덤벼오는 악마가 있는가 하면 교활한 수를 쓰는 악마도 있었다.

가장 성가신 것이 이 교활한 수를 쓰는 악마였다. 관계성이 희박해 보이는 멀리서부터, 천천히 수면 아래서 일을 진행시키기 때문이다. 악마의 그림자가 드문드문 보임에도 큰일이 일어나지 않았다는 것은 그 계략이 아직 진행 도중이기 때문이다. 만약 사태가 일어나기 전에 표면적으로 악마가 움직인다면 그것은 상당히 절박한 상황이기 때문이라고도 말할 수 있었다.

길베르트는 아무 말도 하지 않았지만 이 어스이터라는 현상에 악마가 얽혀 있을 가능성도 충분히 있었다. 조금이라도 수상하다 싶으면 조사하고 보는 것이 악마 예방의 기본이었다.

"모처럼 왔으니 이 몸도 그대들이 조사하는 현상인지 뭔지를 한 번 보고 싶구나. 따라가도 되겠느냐?"

"그럼, 당연하지. 어스이터에 관심이 생긴 모양이구나. 그럼 내가 아는 모든 것을 설명하는 수밖에!"

길베르트는 찬동자를 얻었다고 생각했는지 표정이 확 밝아졌다. 하지만 확인된 장소와 기후를 통해 도출해낸 추리를 늘어놓기 시작한 참에 하인리히가 중단하고 나섰다.

"여기서 이야기할 것은 없잖나. 우선은 거점을 정해야지."

"듣고 보니, 옳은 말이야. 그럼 미라 양, 강의는 그때 다시 하자."

"전문적인 이야기는 사양하고 싶다만……."

그렇게 세 사람은 맑은 바람을 어깨로 가르며 돌계단을 내려가, 실패한 하얀 설탕 공예품 같은 천상폐도 시가지에 들어섰다.

자연히 눈에 들어온 하늘은 속이 후련해질 만큼 푸르러, 맑은 공기와 더불어 몸과 마음을 편안하게 해주는 것만 같았다.

11

폐허 곳곳에는 꾀죄죄한 하얀 결정이 대량으로 흩어져 있었다. 이것은 이 대도시를 밤의 어둠으로부터 해방한 일천수정(日天水晶) 의 잔해였다.

일찍이 천상폐도는 빛의 도시라 불렸다. 밤낮없이 빛으로 가득 하여 사람들의 마음까지도 밝게 비추어주었다.

그런 도시의 상징인 일천수정은 어둠뿐 아니라 마(魔)까지도 물 리쳐, 도시는 성지로 여겨졌다. 그것은 빛을 증폭시키고 담아두었 다가, 암흑에 휩싸이면 그 빛을 해방하는 특성을 지니고 있었다.

이러한 역사는 별난 플레이어가 무수히 남겨진 문헌을 해독한 결과 판명된 바였다.

하지만 지금은 번영했던 당시의 모습은 흔적도 남지 않았고, 가로등으로 쓰였을 낡은 수정은 그 빛을 완전히 잃은 상태였다.

"보아하니 여기는 쓸 수 있을 것 같네. 숲도 가깝고. 이곳을 거 점으로 삼을까."

천상폐도에 도착해서 거점으로 삼을 수 있을 정도로 상태가 좋 은 폐허를 찾아 숲 방면의 구획을 집중적으로 돌아보던 일행은, 그 목적에 적합해 보이는 하얗고 커다란 건조물을 발견했다.

네발 동물을 본뜬 다 무너져가는 석상과 구체가 굴러다니고 다른 폐허보다 다소 높이가 높은 데다 중앙에는 첨탑이 세워져 있었다. 밖에서 봤을 때 대규모 붕괴의 흔적은 없어 보이는 그곳은 길베르트가 말한 대로 거점으로 충분히 이용할 수 있을 듯한 장소였다.

세 사람은 내부를 확인하기 위해 그 건물에 발을 들여놓았다.

정면에 자리한 커다란 공간에는 대리석으로 된 장의자가 줄지어 나란히 늘어서 있었다. 마치 기도를 위한 곳처럼 배치된 의자들의 앞에는 이 건조물의 상징이 장식되어 있었다.

그것은 수정으로 만든 거대한 조각상이었다. 풍화되어 곳곳이 허물어진 잿빛 집기품과 색을 잃은 지 오래인 듯한 건물의 내벽에 둘러싸인 실내에서, 그 조각상만은 홀로 이 세계에 남겨진 듯 퇴색되지 않고 빛나고 있었다.

'음…… 이곳은 결정신전인가?'

거대한 수정 구슬을 들어 올리고 있는 조각상의 모습을 본 미라는 맵을 확인했다. 그 결과, 현재 위치는 목적지이기도 했던 결정신전이 분명하다는 사실이 판명되었다. 신전은 중요한 건조물이니 튼튼하게 지어진 것도 납득이 갔다. 참고로 천상폐도에는 그밖에도 많은 신전이 있었다. 하지만 수정 조각상이 있는 곳은 이곳뿐이었다.

미라는 이대로 의뢰를 곧바로 완수해버릴까 싶었지만 이 장소를 거점으로 삼는다면 언제든지 할 수 있겠다는 생각이 들었다. 게다가 회수해서 바로 천상폐도를 나서면 밤중에 가까운 도시에 도착할 수는 있겠다 싶기는 했지만, 여섯 시간 남짓이나 쉼 없이 계단을 오른 엉덩이에 페가수스로 추가타를 가하는 것은 좀 그렇지 않나 싶어 생각을 바꿨다.

의뢰는 언제든 완료할 수 있을 정도로 간단하다. 게다가 숲에서 일어난 신기한 현상 쪽에 대한 관심이 더 크다는 것도 부정할 수 없는 사실이었다.

"어디, 거점도 정해졌겠다. 현장을 확인하러 가볼까."

신전 안을 둘러보며 적당한 장소를 물색하던 길베르트는 평소보다 약간 고양된 목소리로 말했다. 본격적인 조사는 내일부터 시작한다 해도, 조사 대상이 코앞에 있으니 흥분을 감출 수가 없는 것이리라. 오래 알고 지낸 하인리히는 이미 준비를 마치고 대기 중이었다.

"음, 벌써 출발하는 게냐."

미라로 말하자면 근처에 있던 장의자에 앉아 스위트베리 오레를 마시며 쌓인 피로를 쥐어짜내듯 느긋하게 한숨을 돌리고 있었다.

"그래, 가서 잠깐 확인만 하고 돌아올 거라 지금 출발해서 해가 저물 즈음에 돌아올 거야. 한밤중에 숲을 돌아다니는 일은 되도록 피하고 싶으니까."

"흠, 제법 먼 곳인가 보군. 이번에도 가루다에 타도록 할까? 그편이 빠를 게야."

미라가 그렇게 말하자마자 길베르트와 하인리히의 표정에 그늘이 졌다. 먹잇감처럼 운반되었던 요전의 일이 떠올랐기 때문이다.

"아~ 아니. 여기 있는 숲은 지상과는 다른 생태계를 이루고 있어서 말이지. 그것들을 확인하기 위해서라도 걸어가려고 해."

"그렇다면 별수 없구나."

실제로 천상폐허에 인접한 숲은 일대를 둘러싼 산맥으로 인해 바깥세상과 격리되어 있어, 독특한 진화를 이루었다. 이곳에서만 채집할 수 있는 소재들도 많았다. 그 이야기를 듣고 납득한 미라는 스위트베리 오레를 비우고는 의자에서 일어났다.

길베르트와 하인리히는 남몰래 한숨을 내쉬었다.

결정신전을 나서서 사람은커녕 생명이 존재하는 낌새조차도 없는 텅 빈 도시를 30분 정도 걸어 나간 끝에, 도시의 코앞까지 닥쳐온 숲 가장자리에 도달했다.

숲에서 불어오는 맑은 바람이 시원하게 뺨을 쓰다듬었다. 서로의 잎사귀를 비벼 수런대는 나무들은 마치 이웃과 소곤소곤 귓속말을 주고받는 듯 보이기도 했다.

"이곳에 위험한 생물은 없을 거야. 육식동물도 소형이 대부분이니까. 하지만 때때로 비룡이 나타나니까 주의할 필요가 있어."

길베르트는 그렇게 간단한 설명을 하고는 선두에 서서 안내를 하듯 숲속으로 발을 들여놓았다.

나뭇가지 틈새로 들이친 햇볕을 받은 나뭇잎이 생선 비늘처럼 반짝반짝 빛났다. 기척은 있어도 모습을 보이지 않는 동물들의 목소리만이 곳곳에서 솟아났다가는 나무들 틈새로 사라졌다. 사람의 손길이 닿은 장소는 존재하지 않아, 미라 일행은 길 없는 길을 헤치고 나아갔다.

"이건, 염정초인가. 이야기로는 들었지만 이만한 수가 자생하고 있는 걸 직접 보니 장관인걸. 오, 이 독특한 얼룩무늬는 스필롯 나무구나. 열매도 적절하게 익었어. 멋진걸. 시장에 좀처럼 나오지 않는 과실이야. 모처럼 왔으니 가는 길에 따가자."

어쩐지 삼엄한 분위기를 띤 초목들 사이에, 인격이라도 바뀐 것이 아닌가 싶을 정도로 기운이 넘치는 남자 한 명이 주변을 뛰어다니고 있었다.

가루다를 거절한 이유는 아주 거짓말이 아니었는지, 숲에 들어온 이후 길베르트는 걸음을 옮길수록 신이 나는 눈치였다.

"해가 저물 즈음에 돌아올 거라는 이야기는, 이렇게 샛길로 새는 일도 염두에 두고 한 이야기일 테지?"

"안 했을걸……. 저 상태가 되고서 예정대로 움직인 적이 없으니."

혼자서 먼저 골짜기를 건너가 버린 일행을 보는 듯한 심정으로, 두 사람은 원숭이처럼 나무를 오르는 길베르트의 모습을 바라보았다.

숲을 헤치고 들어간 지 한 시간 남짓이 지났을 즈음. 더욱 숲 깊은 곳으로 들어가자 나뭇가지 사이로, 멀리까지 탁 트인 공간이 살며시 보였다. 갑자기 녹음의 밀도가 옅어진 듯한 숲의 단절을 보고 가장 먼저 반응한 것은 역시나 길베르트였다.

"보인다. 저기야!"

길베르트는 거의 본능적으로 뛰쳐나갔다. 미라와 하인리히는 한 차례 얼굴을 마주보고는 난감하게 됐다는 듯 가볍게 어깨를 으쓱하고서, 작아져 가는 뒷모습을 쫓아갔다.

숲 한복판. 울창했던 자연히 느닷없이 끊긴 그 장소에는, 아무리 보아도 그곳과는 어울리지 않는 크레이터가 만들어져 있었다.

"호오, 이것이 어스이터라는 것인가. 상상했던 것 이상이로군."

정말로 거대한 스푼으로 푹 퍼낸 듯한 부자연스러운 구멍이 뚫려 있었다. 훤히 드러난 대지에는 연륜을 나타내는 듯한 지층이 또렷하게 보였다. 그리고 바닥 쪽에는 엷게 침전된 진흙이 쌓여 있는 듯했다.

그 구멍은 무척 커서 직경은 500미터 정도 되었으며 멀리 보이는 구멍 가장자리는 쏟아지는 햇볕과 극소한 백색 가루가 여러 겹으로 뒤섞이고 포개어져 아지랑이처럼 부옇게 보였다.

이 어스이터 자체가 강제적인 파괴 활동이 아니라는 가정하에, 딱히 누군가가 손을 댄 듯한 흔적은 없었다. 길베르트가 말한 바대로 이곳에 현상이 일어난 것은 지극히 최근의 일인 듯했다.

"여기까지 온 보람이 있었어! 따끈따끈한 현장을 보는 건 역시 멋진 일이야. 본격적인 조사는 내일부터 하겠지만 거점에서 조사할 수 있는 것도 있기는 할 거야. 샘플 좀 채취해 올 테니 여기서 기다려!"

길베르트는 그렇게 말을 쏟아내더니 채 대답을 하기도 전에 크레이터로 뛰어내려가고 말았다.

"이봐라, 해가 저물 즈음에 돌아올 거라는 이야기는, 이렇게 샘플을 채취하는 일도 염두에 두고 한 이야기일 테지?"

"당연히 예정 밖의 일이다."

작은 병을 손에 든 채 어린애처럼 들떠서 돌아다니는 길베르트에게서 살그머니 시선을 뗀 두 사람은 누가 먼저랄 것 없이 깊은 한숨을 내쉬었다.

길베르트의 분위기로 미루어 오래 걸리리라 생각한 미라와 다소 긴장한 듯 보이는 하인리히는 크레이터 가장자리에 앉아 담소를 나누었다.

대화 내용은 자신에 관한 것이 대부분이었는데, 미라는 현자의 제자로서 세웠던 자신의 설정을 몽땅 쏟아냈다. 지금은 하인리히가 자신만만하게 자신의 무용담을 늘어놓고 있었다.

"헌데, 그대의 검술은 상당한 강검(剛劍)이더군. 그건 어디서 배운 게냐?"

"음, 그렇지. 야마토 왕국의 도장에서 배웠다."

그런 이야기를 하던 중, 문득 하늘로의 계단에서 보았던 하인리히의 기술이 미라의 머리를 스쳤다. 일격에 적을 쓸어버리던 호쾌한 검술이 눈에 익은 것이었기 때문이다.

"야마토의 도장이라……. 그대는 야마부키라는 남자를 아느냐?"

"알다마다! 파산육화일도류 도장의 야마부키 사범을 말하는 것 아닌가. 소인의 스승 되시지. 술사인 미라 공도 알 정도라니, 과연 야마부키 사범이로군."

'음, 이렇게 그 녀석의 제자와 만나게 될 줄이야. 신기한 인연도 다 있구나.'

하인리히의 대답을 들은 미라는 살며시 미소를 흘리고는 그리운 벗을 추억했다.

야마부키라는 남자는 무사수행이라는 명목으로 맨몸에 칼 한 자루만으로 던전을 공략한다는, 흔히 말하는 제한 플레이를 즐기던 사무라이였다.

어느 던전에서 만났던 당시에는 미라도 다크나이트 하나로 어디까지 싸울 수 있을까 궁금해 제한 플레이에 가까운 일을 하고 있었던지라, 그 마약과도 같은 친근감 탓에 의기투합했더랬다. 둘이서 어느 수준까지의 보스를 쓰러뜨릴 수 있을지를 시험하는 등의 도전도 했던 사이였다.

"지금도 잘 지내고 있을는지."

미라는 어쩐지 먼눈을 한 채 그리운 투로 중얼거렸다. 그 눈동자는 타인이 보기에는 연인을 그리는 듯 보이기도 하여, 하인리히는 넋을 놓고 그 옆얼굴을 바라보았다.

"기다리게 해서 미안해. 그럼 해가 지기 전에 돌아가도록 할까."

그렇듯 두서없이 말을 나누던 중, 샘플 채취를 마친 길베르트가 장난감을 선물 받은 어린애처럼 신이 난 표정으로 크레이터 바닥에서 올라왔다.

하인리히는 그 말에 허둥지둥 미라에게서 시선을 떼더니 무언가에 쫓기는 사람처럼 벌떡 일어나 가볍게 몸을 풀었다.

"이거 원, 학자니 연구자니 하는 인종들은 분야와는 상관없이 비슷비슷하구나."

"정말 미안해. 자제하려고는 하는데 좀처럼 쉽지가 않아서 말이야."

"딱히 상관없다. 이 몸은 멋대로 따라온 것뿐이니 말이지. 게다가 그대와 같은 인종이 싫지는 않거든."

길베르트는 말로는 사과했으나 반성의 기미는 보이지 않았다. 그 모습을 본 미라는 탑에 있는 연구원들이 떠올랐다. 탑에 있는 연구원들의 지칠 줄 모르는 탐구심은 그녀도 인정하는 바였고, 그런 연구원들과 학자인 길베르트는 어쩐지 닮은 듯했기 때문이다.

미라는 마치 아이의 투정을 받아주는 부모처럼 싫지는 않다 말하며 미소를 지었다.

"미라 공은 그렇게 말해주었지만, 좀 더 주변 사람들 눈치를 살피는 것이 좋을 거다. 해가 저물기 전에 돌아가자고는 했다만, 과연 제때 갈 수는 있을지."

하인리히가 하늘을 올려다보며 말했다. 나머지 두 사람도 그를 따라 시선을 들어 보니 하늘은 희미한 붉은빛이 섞인 푸른색을 띠고 있었고, 높은 하늘을 뒤덮은 구름은 석양을 받아 마치 울퉁불퉁한 화성의 표면이 뒤집어진 듯한 모습을 보이고 있었다.

"이거, 도착하기 전에 해가 저물어버릴 것 같구나."

실제로 해가 지기 직전이었다. 미라는 찍소리도 못하는 길베르트를 흘끔 쳐다보고는 묘안을 내놓았다.

"그렇다면 이 몸이 나서야겠구나. 가루다를—."

"—서둘러 돌아가면 문제없겠지. 미라 공을 번거롭게 할 필요는 없다."

"맞아. 돌아가는 길은 똑똑히 기억하니까. 곧장 돌아가면 시간도 얼마 안 걸릴 거야."

설령 제때 돌아가지 못한다 해도 죽는 것은 아니었다. 그보다 가루다에게 먹잇감처럼 운반되는 쪽이 정신적 대미지가 클 거라 생각한 두 사람은 그 즉시 육로를 제안하고는 잽싸게 숲속으로 발을 들였다.

"딱히 번거로울 것도 없는데 말이지."

미라는 혼잣말을 하더니 아쉬워하며 두 사람의 뒤를 쫓았다.

돌아가는 길. 일행은 길베르트를 선두로 순조롭게 숲속을 나아 갔다. 길베르트는 식물학자의 능력을 유감없이 발휘하여 일반인은 구분하지 못할 숲속 나무들을 이정표 삼아 거점으로 돌아가는 길을 알아보았다. 올 때처럼 샛길로 새지도, 멈추지도 않고 계속해서 걸었다. 그리고 가끔씩 진로상에 있는 풀을 뜯어 주머니에 넣고, 돌멩이를 주워 나무 위로 던져, 돌멩이에 맞아 떨어지는 열매를 스쳐 지나며 낚아챘다.

"오늘 저녁밥은 호화롭겠는걸."

길베르트는 걸음을 멈추지 않고 채취 작업을 계속했다. 그런 숲 걷기의 달인의 말을 들은 미라는 "그거 기대되는구나" 하고 사소한 일은 잊은 채 답했다.

하지만 결국 해가 지기 전에는 도착하지 못해 두 남자는 랜턴을 허리에 매단 채, 미라는 빛구슬을 띄워 밤의 어둠을 헤치며 나아가게 되었다.

그럼에도 길베르트는 주저하거나 망설이지 않고 길을 나아갔고, 결국 정적이 깔린 깜깜한 숲을 빠져나왔다.

천상폐도의 거리는 낮에 봤을 때와는 전혀 다른 인상을 풍기고 있었다. 어둠이 내린 폐허에는 달빛을 받은 도시의 윤곽만이 지칠 대로 지친 노인의 허리처럼 희미하게 자리하고 있었다.

하지만 시선을 들어 하늘을 보면 구슬을 흩뿌려놓은 듯한 별하늘이 펼쳐져 있었다.

"하늘이 가까우니 각별해 보이는구나……."

그것은 마치 멀리서 보이는 대도시처럼 빛나고 있었다. 하나하나의 빛은 난립한 가로등 같았다. 그것은 번영을 이루었던 시기의 폐도가 하늘로 올라 과거를 투영하고 있는 듯한 광경이었다.

거점으로 삼았던 결정신전에 도착해보니 그 입구에서 희미한 빛이 흘러나오고 있었다. 엷고 불안정하기는 했지만 어둠 속에서는 무심결에 마음을 의지하고 말 정도로 따스한 색을 띠고 있었다.

그 빛은 신전의 상징인 거대한 조각상에서 흘러나오고 있었다. 일천수정으로 된 그 수정은 일찍이 빛으로 가득했던 폐도의 마지막 잔재 같은 것이었다.

"우선 밥부터 먹자. 준비할 테니 기다려줘."

길베르트는 신전에 도착하자마자 그렇게 말하더니 도중에 채취해온 많은 들풀과 어제 먹고 남은 고기를 늘어놓고 조리 기구를 꺼내기 시작했다. 하인리히는 "알겠다"라고 대답하더니 이미 무구 손질을 시작한 상태였다.

딱히 할 일이 없는 미라는 어쩔까 하고 근처에 있던 장의자에 턱을 괴고 앉았다. 피로가 적절히 풀려가는 듯한 감각에 한숨을 흘리며 눈을 감자 어디선가 물방울이 튀는, 빗소리 같은 소리가 들려왔다.

조금 전까지만 해도 별하늘이 펼쳐져 있었음에도 정말 비가 내리기 시작한 건가 싶어 미라는 자리에서 일어나 밖을 내다보았다. 하지만 밖에 비가 내릴 낌새는커녕 습기 없는 건조한 바람만이 머리카락을 쓰다듬었다. 뒤로 돌아 두 사람을 보니 길베르트는 들풀을 썰고 있는 중이었고 하인리히는 도신을 빛에 비추어보더니 천으로 닦고 있었다. 양쪽 모두 들려온 소리와는 무관한 작업을 하고 있었다.

"이봐라, 어디서 물소리가 들려오지 않았느냐?"

미라가 그렇게 묻자 길베르트가 일단 손을 멈추고 귀를 기울였다.

"이 소리는 아마도 분수일 거야. 아까 둘러볼 때 저쪽에서 발견했었지."

길베르트는 손에 든 나이프 끄트머리로 다른 층으로 이어진 통로를 가리키며 명확한 답을 제시해주었다.

"호오, 분수라."

길베르트의 말에 미라의 머릿속 깊은 곳에서 한 조각의 기억이 떠올랐다. 이벤트로 딱 한 번 찾은 적이 있었는데, 그 내용은 결정신전에 가득한 빛으로 정화된 '정화의 물'을 떠오라는 것이었다. 그다지 중대한 이벤트는 아니었던지라 금방은 기억이 나지 않았지만, 좌우간 길베르트의 말을 듣고 그 사실을 기억해낸 미라는 자신의 몸을 살펴보았다.

검은 코트는 먼지 때문에 약간 잿빛을 띠었고 다리도 제법 흙투성이가 되어 있었다. 하늘로의 계단이라는 던전에서 하룻밤을 보내고서 그대로 숲속을 돌아다녔으니 꾀죄죄할 수밖에 없었다.

'그러고 보니 목욕을 못했더랬지.'

자신의 모습을 보고 그 사실을 떠올린 미라는 그다지 깔끔을 떠는 성격은 아니었지만 아무리 그래도 지금 상태로 있기는 꺼림칙하다 싶어 몸을 씻기로 결의했다.

"흠, 잠시 다녀오마."

미라는 그렇게 말하며 길베르트가 가리킨 통로로 향했다. 그 순간,

"으으음, 이런 시간에 어딜 가려는 것인가?"

검을 손질하는 데 정신이 팔려 이야기를 하나도 듣지 않는 듯했던 하인리히가 유독 미라의 다녀오겠다는 말에만 반응했다.

"아무래도 살아 있는 분수가 있다는 모양이라 말이다. 거기 다녀오마."

"분수라. 흐음~ 마실 수 있을지."

"아아, 마실 수 있어. 수질도 확인했거든."

하인리히의 말을 들은 길베르트가 그렇게 답했다. 미라도 정화의 물은 조리용 물로도 이용할 수 있다고 기억하니 틀림없으리라.

"그럼 조리하는 데도 필요하지 않나? 퍼올까?"

"오~ 그럼 부탁 좀 할게."

하인리히가 그렇게 말하자 길베르트가 빈 냄비를 던져서 건네주었다. 포물선이 아닌 직선을 그리며 날아온 냄비를, 하인리히는 한 손으로 손잡이 부분을 잡아 받아냈다. 미라는 곡예 같은 그 흐름을 보고 두 사람이 여간 오래 알고 지낸 것이 아님을 느꼈다.

통로로 나오니 수정 조각상이 내뿜는 빛이 닿지 않아, 미라는 무형술로 만든 빛구슬로 거대한 뱀의 허물 같은 복도를 비추며 물소리가 들려오는 방향으로 나아갔다.

그리고 복도의 막다른 길에 자리한, 더 이상 제 역할을 하지 못하는 문턱을 지나 분수가 있는 넓은 공간에 도착했다. 분수는 원형으로, 그 직경은 5미터 정도였다. 중앙에는 둥근 구슬이 얹어진 사각뿔 모양의 탑이 세워져 있었는데, 거기에는 복잡한 문양이 빽빽하게 새겨져 있었다. 특별한 술법이 걸린 장치인지 그 정상에서는 끊임없이, 벌컥벌컥 물이 솟구쳐 나오고 있었다. 가장자리로 흘러넘친 물이 주위를 둘러싸듯 자리한 도랑을 타고 작은 구멍으로 흘러내려, 거품이 터지는 듯한 소리를 내고 있었다.

그 분수는 스스로를 빛으로 밝히듯 빛나고 있었다. 그곳에서 흘러나온 빛은 넘실대는 물결을 마치 환등기처럼 사방에서 비추고 있었다. 분수는 수정 조각상과는 또 다른 매력으로 넘쳐나고 있었다.

"참으로 신기한 장소군."

"그러게 말이다."

바다 밑바닥에서 태양을 올려다보는 듯한 광경에 두 사람은 그러한 말을 주고받았다.

"일단 퍼가도록 하지."

넋을 놓고 그 계산된 부자연스러움을 바라보던 하인리히는 분수에서 흘러나온 물에 냄비를 가져다 대어 퍼냈다.

"이 정도면 되겠지."

냄비의 3분의 2정도를 물로 채우고서 고개를 돌린 하인리히는 그 직후, 찍소리도 내지 못하고 그 냄비를 떨어뜨리고 말았다.

"어, 어어어어어어! 어째서 벗은 것인가?!"

간신히 쥐어짜낸 목소리는 완전히 갈라져 있었다. 하인리히는 떨어뜨린 냄비를 집어 들어 그대로 자신의 얼굴을 덮어 가렸다.

"어째서냐고 한들. 몸을 씻으러 왔으니 벗어야지 않겠느냐."

코트를 벗고 신발을 벗고, 원피스 자락에 손을 댄 채 미라는 당연하다는 투로 답했다. 남들 눈에는 여자로 보인다는 자각이 아직 싹트지 않은지라 미라에게는 그런 방면의 수치심이 없었다.

"그럼 그렇다고 미리 말을 했어야지—!!"

지금으로부터 몇 초 후에 벌어질 상황을 상상한 하인리히는 그렇게 외치며 얼굴이 벌개져서 분수가 있는 공간에서 달아나고 말았다.

"흐음~ 이번에는 좀 과하게 놀렸나?"

그렇게 중얼거리며 결국 원피스를 벗은 미라는 어린애 같으면서도 어쩐지 요염한 미소를 지은 채 그 뒷모습을 배웅했다.

물의 온도는 지나치게 차갑지도 않고 다소 미지근한 정도라, 알몸이 된 미라는 분수에 발을 들여놓은 채 여관에서 가져온 세면용품으로 몸을 씻기 시작했다.

이어서 벗어두었던 마도 로브 세트도 분수에 담가, 그대로 세탁까지 하기 시작했다.

개운하게 몸을 씻어 만족스러워진 미라는 속옷과 원피스를 입고 코트는 손에 든 채 두 사람이 있는 장소로 돌아갔다. 원피스도 코트도 머리와 마찬가지로 무형술로 말린 덕에 그 온기가 아직 조금 남아 있었다.

"이거 참, 맛있는 냄새로구나."

미라는 코를 킁킁거리며 기분 좋은 목소리로 말했다.

길베르트가 마물의 고기와 채소를 볶고 있었는데, 무의식중에 위장이 환호성을 지를 정도로 구수한 냄새가 일대에 감돌고 있었다.

"들풀에는 독특한 향을 지닌 것이 많은데, 조리법에 따라 그 향이 더욱 두드러지기도 하거든. 이 페코트잎은 고기와 함께 볶으면 향이 배어 나와 누린내를 없애고 소화를 도와주는 효과가 있어."

식용 식물에도 조예가 깊은지 길베르트는 그렇게 설명을 늘어놓았다.

미라로 말하자면 요리는 굽거나 삶고 볶는, 이른바 단순한 남자의 요리밖에 하지 못하는지라 박식한 길베르트가 존경스러울 따름이었다.

하인리히로 말하자면 미라를 흘끔 쳐다보더니 조금 전의 광경이 생각났는지 얼굴을 붉히며 "그럼 물을 떠오겠다!"라고 말하며 냄비를 손에 들고 미라와 교대하듯 분수가 있는 곳으로 달려갔다.

'흐음~ 자극이 너무 강했던 모양이로군.'

미라는 그렇게 생각하기는 했지만 딱히 죄책감이 느껴지지는 않았던지라 아무 일도 없었다는 듯 아이템 박스에서 침낭을 꺼내 바닥에 내려놓았다. 그러고는 안에는 들어가지 않고 그 위에 드러누웠다.

침낭은 적절한 탄력성을 지니고 있어 깔개 대용으로도 사용할 수 있겠다고 생각했던 것이다. 그리고 실제로 그것은 자신의 집에 있는 침대에서 뒹굴거리는 것과 차이가 없을 정도로 쾌적했다.

'이거 참으로 좋은 물건을 받았구나. 세드릭이라고 했던가. 다음에 만나면 고맙다는 인사를 해야겠어.'

그런 생각을 하며 완전히 자택 대기모드로 이행한 미라는, 식사가 준비될 때까지 드러누운 채 실버 사이드 역에서 구입한 만화책을 읽으며 뒹굴뒹굴 느긋한 시간을 만끽했다.

물을 기르러 갔다가 돌아온 하인리히는 지나치게 편한 자세로 쉬는 바람에 무방비하게 스커트 아래 쪽 공간을 드러낸 미라의 모습에 다시금 동요했고, 그것을 본 길베르트에게 웃음을 선사했다.

"준비 다 됐어~."

떠온 물로 스프를 완성하여 저녁 메뉴가 차려지자 길베르트가
두 사람에게 말했다.

"오늘은 진수성찬이로군."

"훌륭하구나."

하인리히는 여러 자루 늘어놨던 칼을 정리하고 일어났고, 미라
는 만화책을 펼친 채 엎어두고는 식사가 차려진 길베르트의 곁으
로 발걸음도 가볍게 다가가 자리에 앉았다.

이렇게, 어쩐지 가족처럼 따뜻한 분위기를 풍기는 세 사람의
밤은 깊어져갔다.

12

천상폐허 결정신전에서 하룻밤을 보내고 아침 해가 서서히 대지를 물들이기 시작한 시간.

길베르트 일행은 본격적인 조사를 하기 위해 어스이터가 발생한 현장으로 향할 준비를 마치고 출발했다. 미라도 신전 깊은 곳에서 목표물을 회수하면 임무가 완료되니 그대로 귀환할 예정이었다. 요컨대 이별의 시간이었다.

"여러모로 신세가 많았다."

미라가 두 사람에게 그렇게 말하며 손을 내밀자 조사도구 점검을 마친 길베르트가 그 손을 단단히 맞잡았다.

"그건 피차일반이잖아. 이쪽도 미라 양이 없었다면 하늘로의 계단에서 좀 더 고전했을 거야. 준비했던 약이 그대로 남은 건 기쁜 오산이라고."

"음, 여러모로…… 공부가 되었다. 소인도 미라 공과 만난 일은 행운이라 생각한다."

하인리히는 부끄러운 듯 얼굴을 붉히기는 했지만 솔직한 마음을 담아 그렇게 말하고는 미라와 똑바로 마주한 채 악수를 나눴다.

"그럼, 잘들 가거라."

"그래, 미라 양도."

"무사안일을 기도하겠다."

그렇게 길베르트와 하인리히는 결정신전을 뒤로 하여 숲을 향해 걸어 나갔다. 미라는 짧은 시간이었지만 유쾌한 파티였다고 생각하며 두 사람의 등을 향해 조용히 미소를 던져주고는 신전 안으로 돌아갔다.

그 후, 미라도 이번 여행의 목적을 달성하기 위해 지하로 이어진 계단을 내려갔다.

무형술의 불빛이 표정을 잃은 지 오래인 무기질적인 돌벽을 허무하게 비추었다. 한 걸음 한 걸음, 작은 발을 받아들인 돌계단은 까마득한 어둠에 메아리와도 같은 발소리를 무수히 퍼뜨려 나갔다.

지하 2층을 지나 3층. 그곳에는 목적지인 결정신전의 최심부 '광채(光彩)가 교차하는 수정의 방'이 있었고 미라는 현재 그 앞에 존재하는 '재계의 방'에 있었다.

숨이 막혀올 듯한 어둠이 내린 재계의 방 중앙에는 제단이 놓여있었다. 그것은 기둥 중간을 파낸 듯한 형태를 띠었고, 꾀죄죄한 수정구슬이 하나 놓여있었다.

빛구슬의 불빛만을 의지하여 그 제단 앞까지 다가간 미라는 그곳에 있던 수정 구슬을 손으로 꾹 밀어 넣었다.

직후에 장치가 기동하여 둔탁한 소리가 곳곳에서 솟구치기 시작했다.

벽을 기어오른 그것은 이윽고 한곳에 집속되더니 묵직한 가죽

주머니를 바닥에 끄는 듯한 소리가 되었다. 어디선가 재계의 방에 숨을 불어넣기라도 한 듯 바람이 밀려들었다.

미라는 제단에서 떨어져 곧장 안쪽으로 향했다. 돌로 된 블록이 쌓인 벽에 부자연스러운 구멍이 뻥 뚫려 있었다. 크기는 어른 한 명이 지날 수 있을 정도로, 느릿한 바람은 그곳에서 흘러나오고 있었다. 이끼가 돋아난 듯한, 어쩐지 풋풋한 여름 풀 같은 냄새가 바람과 함께 코끝을 간질였다.

구멍 안쪽으로 이어진 통로의 폭은 입구와 거의 비슷했고 깊숙한 곳까지 이어져 있었다. 미라는 그런 통로를 거침없이 나아갔다. 이윽고 그 끝에서 빛이 흘러들고 있는 것이 보였다.

"미묘하게 멀구만."

푸념을 하듯 말한 뒤, 미라는 그 빛의 출처인 최심부에 발을 들여놓았다.

광채가 교차하는 수정의 방은 이름 그대로의 장소였다.

넓이는 약 사방 10미터 정도로, 천장부는 거의 수정으로 뒤덮여 있었고 방 중앙에는 무릎을 끌어안고 앉은 어린애 크기 정도의 수정덩이가 놓여 있었다. 천장에서 쏟아진 눈이 시리도록 짙은 빛은 그 수정 안에서 유리처럼 잘게 부서져 방 구석구석까지 나뭇가지처럼 뻗어나가, 그 끝에 작은 양지를 만들고 있었다.

"어디보자, 어디쯤에 있을지."

미라는 무수한 빛의 선이 교차하는 공간에서, 중심에 자리한 수정덩이를 향해 걸어 나갔다. 바닥에는 이끼가 잔디처럼 점점이 자라나 있고, 천장에서는 때때로 물방울이 떨어졌다.

수정덩이에 쏟아진 빛에 손을 집어넣자 햇볕에 감싸였을 때와 같은 온기가 느껴졌다. 이것이 흑수정을 백수정으로 변화시키는 빛이었다. 효율을 생각하자면 이 빛 옆에서 작업을 했을 가능성이 높을 듯했다.

빛 속에서 손을 뺀 미라는 그 자리에 웅크려 앉아, 모래와 먼지와 이끼투성이가 된 바닥을 뒤지기 시작했다.

언제 깎아낸 것인지조차 알 수 없는, 지저분한 부스러기를 찾아 중심을 기점으로 한 바퀴를 돈 참에 미라는 수정덩이에 팔꿈치를 괸 채 눈을 감고서 손가락으로 턱을 쓸며 잔뜩 찌푸린 얼굴로 "우음……" 하고 신음했다.

그럴싸해 보이는 부스러기가 보이지 않았던 것이다.

하지만 이곳까지 와서 허탕을 친 건가 싶어 다시금 몸을 굽힌 미라의 눈에 부자연스럽게 솟아난 이끼더미가 비쳤다.

지푸라기라도 잡는 심정으로 그리로 손을 뻗어 표면에 쌓인 이끼를 걷어내 보니 그 아래에는 부스러기라고 하기에는 너무도 생생한 색을 띤 대팻밥이 쌓여 있었다. 신자의 숲에서 맡았던 것과 비슷한, 희미한 향이 퍼져 나오는 것으로 미루어 찾아다니던 신목의 대팻밥이 틀림없으리라고 미라는 확신했다.

'이걸로 연대를 특정해내는 게 가능은 할는지 원.'

대팻밥을 통해 소울하울이 이곳을 찾은 연대를 특정할 예정이었다. 하지만 그 대팻밥은 최근 깎아내었다 해도 믿어버릴 정도로 나뭇결까지 또렷하게 남아 있었다. 불안한 마음이 드는 것도 무리는 아니리라.

하지만 뒤덮여 있던 이끼를 보며 미라는 최근은 아니리라 생각했다.

'뭐어, 이런 일은 이 몸의 전문분야가 아니니 해야 할 일이나 하도록 하지.'

미라는 잽싸게 자잘한 일을 생각하기를 포기하고는 회수용으로 맡아두었던 가죽주머니에 그 대팻밥더미를 이끼와 함께 통째로 욱여 넣었다.

그 후 다른 장소도 대충 훑어보아 이끼더미를 하나 더 발견해내서, 그대로 가죽주머니에 집어넣은 미라는 뒤도 안 돌아보고 광채가 교차하는 수정의 방을 나서 결정신전으로 돌아갔다.

"오는 길이 성가셨던 것뿐이었군."

목적이었던 대팻밥도 회수하여 볼일이 없어진 미라는 페가수스에 걸터앉아 눈 아래 조용히 묘비처럼 늘어선 도시 풍경을 바라보며 천상폐도 입구로 향했다. 그 옆에 일방통행으로 된 귀환용 길이 있기 때문이다.

계단이 올려다 보이는 위치로 내려가 페가수스를 송환한 미라는 그대로 오른쪽 옆으로 걸어갔다. 그곳에는 까마득한 계단 뒤에 미라보다 커다랗고 어두운 구멍이 뻥 뚫려 있었다.

그 안으로 들어가자 중앙에 마법진이 새겨진, 돔 형태의 공간이 나타났다.

미라는 망설임 없이 그 중심에 섰다. 약간의 시간차를 두고 마법진이 희미하게 빛나더니 문득 중력이 절반이 된 듯한 부유감이 듦과 동시에 미라의 몸이 바닥째 아래로 가라앉았다.

이렇게 10분 정도 만에 최하층에 도착했다.

타고 온 마법진 이외에는 아무 것도 없는 광장에서 시냇물이 흐르는 듯한 소리가 울려 퍼지는 통로로 걸어 나갔다. 그곳에 발소리로 메아리를 일으키며 계속 나아가자 망가진 문이 좌측에 보이는 옆구멍에서 넓은 동굴로 빠져나올 수 있었다. 귀환 전용 길은 하늘로의 계단의 입구와 연결되어 있었던 것이다.

미라는 다크나이트를 소환해 어둠 속에서 덤벼드는 마물들을 개의치 않고 동굴에서 탈출했다.

숲으로 나오자 괴여있던 따뜻한 공기가 차가워진 몸을 녹이듯 감싸주었다. 숨이 꽉 막혀올 듯 풋풋하면서도 가슴 깊이 들이쉬면 어쩐지 마음이 평온해지는 것만 같은 봄의 숨결이 나뭇가지 사이를 누비다 애매하게 퍼져나갔다.

미라는 다시 페가수스의 등에 올라타, 눈에 각인될 듯 녹음이 넘쳐나는 숲의 상공으로 날아올랐다.

"어디, 어떻게 할까나."

산기슭에 펼쳐진 숲이 끊기고 광활하게 펼쳐진 초원으로 나온 지 몇 십 분이 지났을 즈음. 미라는 향후 예정에 관해 생각하고 있었다. 이대로 역 도시로 향해 돌아갈지, 대륙 삼강(三强) 대국이 어떠한 진화를 이루었는지를 확인할지……라는 명목으로 관광을 할지를 두고.

고민스러운 투로 혼잣말을 하듯 중얼거리고 있기는 했지만, 웨스트 파우치에 든 잔금을 확인하는 미라의 마음은 사실 거의 정해져 있었다.

"가끔은 휴양을 취할 필요도 있겠지. 모처럼 여기까지 왔으니 30년 동안 어찌 변했는지 조사도 할 겸."

그렇게 자신에게 변명을 한 미라는 아리스파리우스 성국의 수도, 성도(聖都) 리델로 진로를 잡았다.

페가수스의 등에 탄 채 만화를 읽을 정도의 발전을 거두며 하늘을 날기를 두 시간 남짓. 멀리 신기루처럼 보이기 시작한 성도 리델은 미라의 기억 속에 있는 것과는 눈에 띄게 달라져 있었다.

"흠…… 장소는…… 맞는 것 같군."

맵을 통해 그곳이 정말 아리스파리우스 성국의 수도라는 사실을 확인한 미라는 옅은 미소를 지은 채 기대감을 끌어올리기 시작했다.

30년이라는 세월의 흐름으로 인한 세계의 변화를 관찰하는 것은 이미 미라의 즐거움 중 하나라 할 수 있을 정도였다.

수도로 이어진 도로는 넓어, 과연 삼신국이라 할 만큼 많은 사람들이 오가고 있었다. 비행 중인 페가수스의 등에서 내려다보기만 해도 사람이 없는 곳이 없어, 어딜 보아도 드문드문 사람들의 모습이 눈에 들어왔다. 수도에 가까워질수록, 도로가 교차되면 교차될수록 사람들의 수도 늘어나고 상공까지 이야기 소리가 들려올 정도로 떠들썩해졌다.

성도 리델을 시야에 둔 채 다소 떨어진 곳에 자리한 초원 한복판에 내려서 도로에 합류한 미라는 주변 사람들과 보조를 맞춰 걸은 끝에 도착한 정문을 올려다보았다.

'가까이서 보니 참으로 신기하군.'

전체가 하얗고 균일화된 돌을 쌓아 외곽을 이룬, 은빛으로 빛나는 문은 현재 활짝 열려 있었다.

안경을 쓴 문지기 몇이 옆에 서서 통행인들을 감시하고 있었다.

하지만 미라가 본 것은 그런 문이 아니었다. 그대로 시선을 옆으로 옮긴 곳에 자리한, 성벽 같은 빛의 막이었다.

미라가 알고 있는 성도 리델에서 가장 눈에 띄는 변화 중 하나였다. 과거 성도를 지키고 있던 성벽은 훨씬 안쪽에서 당당히, 시야가 가득 차도록 버티고 서 있었다. 그리고 현재는 그 성벽 바깥까지 확대된 성도를, 새로운 기술로 만들어낸 결계가 성벽의 역할을 띤 채 도시를 지키고 있는 상태였다.

무지개색의 옅은 빛을 내뿜고 있는 결계는 마치 비눗방울, 혹은 바람에 펄럭이는 여름의 커튼처럼 일렁이고 있어 어쩐지 불안해 보였다.

하지만 미라가 아는 삼신국이라는 것은 절대적인 존재였다.

플레이어들의 나라가 빈번히 교전을 벌이던 군웅활거의 시대, 최강의 플레이어 국가가 삼신국 중 하나인 그림다트에 선전포고를 했다가 처절한 대패를 거둔 적이 있었다. 그 이후, 그 어떤 나라도 삼신국에만은 전쟁을 선포하지 않게 되었다는 역사가 있었다.

미라도 아리스파리우스에서 발생한 퀘스트를 통해 그 힘을 엿본 적이 있었다. 때문에 눈앞에 펼쳐진 광경을 보고 있자니 삼신국이 또 무슨 일을 한 걸까 싶어 가슴이 설레었다.

"이봐라, 뭣 좀 물어봐도 되겠나?"

문을 지나기 전, 미라는 슬그머니 행렬에서 벗어나 옆에 버티고 선 문지기 중 한 명에게 말을 붙였다.

"뭐가 궁금하니, 아가씨."

맑은 방울소리 같으면서도 물처럼 차분한 목소리를 들은 문지기가 다소 표정을 허물어뜨리며 대답했다.

"이 문에서 뻗어 나온 저 빛의 벽 같은 것은 무엇이냐? 저것도 성벽인 게냐?"

"아아, 성벽결계라고 하는 거야. 원리는 높으신 분들만 알고 계시겠지만, 좌우간 마도공학과 퇴마술을 응용한 것이라더군."

문지기는 그렇게 말하며 문 안쪽에 자리한, 과거 최전선에서 수도를 지켰던 성벽을 치하하듯 시선을 날렸다. 미라도 그를 따라 고개를 돌려보니, 그 앞에 펼쳐진 신도시부가 눈에 들어왔다. 모든 건축물이 다 하얀 가운데, 군데군데 자리한 나무가 파릇파릇한 잎을 내밀고 있었다.

"그러했군. 마도공학이란 참으로 응용범위가 넓구나."

"배가 하늘을 나는 시대니 말이지."

문지기가 시선을 다시 미라에게로 돌리더니 입꼬리를 올리며 사람 좋아 보이는 미소를 지었다. 미라가 "듣고 보니 그렇군" 하고 말하며 올려다보자 태양을 등진 새들이 검은 점이 되어 하늘을 가로지르고 있었다.

문을 지나 얼마간 더 걸어, 신도시부의 거리를 둘러본 미라는 예전 리델과는 다른 모습에 가슴이 설레었다.

종교색이 짙은 아리스파리우스에서는 흰색이 많이 사용되었다. 가볍게 둘러보아도 건물은 거의 하얀 석재로 건축되어 있었으며 그 이외에는 목재 등이 본연의 색 그대로 쓰였을 뿐이었다.

그럼 어디가 다른가 하면, 우선 도시 곳곳에 라티프 워드라는 나무가 심어져 있다는 점을 들 수 있었다. 예전에 봤던 리델보다 자연과의 조화도 높아져, 실로 훌륭한 경관을 자아내고 있었다.

라티프 워드는 아리스파리우스 성국에서 성수(聖樹)로 여겨지고 있으며, 여름이 되면 보라색을 띤 생생한 꽃을 피우는 것으로 유명한 나무였다.

이 라티프 워드가 성수가 된 유래는 그 꽃만큼이나 유명했다.

십수 년에 한 번 돋아나는 라티프 워드의 하얀 잎과 하얀 꽃을 빻아 섞은 것이 사람에게는 영약, 악마에게는 극약이 되기 때문이다. 그리고 과거에 만들어진 그 극약 덕분에 고대의 대영웅 포세시아가 목숨을 건졌다는 일화가 있었다.

'분명 포세시아의 자손이 삼신국의 왕이었지.'

미라는 세계 설정에 관한 설명을 늘어놓기를 좋아했던 친구의 이야기를 떠올리며 무성하게 자란 라티프 워드를 바라보았다.

미라의 기억 속에 있는 수도 리델에서는 공원이며 도로가 등에 심어져 있었을 뿐이었지만, 지금은 두 집에 한 집 비율로 부지 내에 심어져 있었다. 얼핏 보면 흰색보다 녹색이 더 눈에 띌 정도였다.

'과연 삼신국이로구나. 꽤나 과감하게 확장을 했어.'

미라는 그런 감상을 품은 채 당시의 일을 생각하며 대로를 벗어나 어슬렁어슬렁 관광을 즐겼다.

주택가인 그곳에서는 많은 아이들이 쾌활하게 놀고 있었다.

변성기 전의 중성적인 목소리로 소리치며 민가 옆에 심어진 라티프 워드에 올라 뛰어내리는 담력시험을 즐기는 소년들. 손에 인형을 든 소녀들은 한데 뭉쳐 인형놀이를 하고 있었다. 그런가 하면 소년들이 벤치에 모여 수다를 떨고, 소녀들은 기운차게 뛰어다니는 광경도 보였다.

나무그늘 아래서 잡담으로 이야기꽃을 피운 주부에, 목수 일에 여념이 없는 도편수, 그냥 지나쳐간 주민들에 이르기까지 미라의 눈에는 생기가 넘쳐 보였다.

그런 생명을 구가하고 있는 사람들의 미소는 마치 주변에 자리한 색과 조화를 이룬 듯 하였고, 그 목소리는 떠들썩하면서도 평안했다.

조금씩 물이 들 듯 느긋한 바람이 마음에 불어드는 것을 느끼던 미라는 정신이 들어보니 주택가의 샛길을 지나 상점가에 들어선 상태였다.

색채는 여전히 흰색이 절반 이상을 차지하고 있었지만 그곳에 있는 사람들은 의상도 내면도 가지각색이었다.

오가는 사람들의 수에 비례해 활기도 늘어났다. 아이들은 사람들 사이를 누비듯 뛰어다녔다.

바구니를 든 여성이 많은 가운데 남성과 무장을 한 모험가 같은 여행자는 거의 보이지 않는 지극히 평화로운 광경이었다.

이 상점가는 생활과 밀접한, 말하자면 주민들을 위한 장소였다. 정문과 인접한 대로에 늘어선 대외적인 점포들과는 달리 일용품이며 가정에서 소모하는 물건들을 취급하는 점포가 늘어서 있었다. 지역밀착형의 성격을 띠고 있어 모두가 가족 같아 보일 정도였다.

그런 상점가 속에서 정육점이며 채소가게 같은 식료품을 취급하는 가게를 흘끔흘끔 들여다보며 걷던 미라는 식욕을 자극하는 냄새에 저항하지 못하고 간편히 먹을 수 있는 꼬치구이며 채소절임 같은 것을 베어 물어 위장을 만족시켰다.

그렇게 정처 없이 돌아다니던 중, 어느샌가 미라는 아이들 사이에 껴서 한 가게 앞에 도착했다.

문이 활짝 열린 그 가게의 문턱을 드나들고 있는 것은 주로 아이들이었다.

"무슨 가게지?"

미라는 그렇게 중얼거리며 하얀 창고처럼도 보이는 가게 안을 들여다보았다.

215

카운터 같은 곳이 보였다. 그곳에서는 앞치마를 걸친 여성 점원이 소년들에게서 돈을 받고 손바닥 크기의 네모난 무언가를 건네고 있었다.

상품이 전시되어 있을 무언가의 케이스가 벽을 가득 메우고 있었다. 미라가 그렇게 가게 안을 확인하는 동안에도 아이들의 발길이 끊이질 않았다.

한 걸음 물러나 상점가 쪽을 둘러보아도, 이만큼 아이들을 상대로 번창하고 있는 가게는 이곳뿐인 듯했다.

무슨 가게일까 궁금해진 미라는 들어가는 아이들의 뒤를 따라 그곳에 발을 들였다.

가게 안은 석재의 색인 하얀색이 눈에 띄어 청결한 인상을 주었고, 그보다 안쪽에는 테이블과 의자가 무수히 늘어서 있었다. 그곳에서는 모종의 의식이라도 하듯 아이들이 테이블을 사이에 끼고 마주 앉아 있었다.

곳곳에 테이블을 둘러싸듯 집단이 이루어져 있고, 떠들썩한 목소리가 가게 안을 가득 채웠다. 아이들의 터져나갈 듯한 활력이 미라의 머리에서 잊혀가던 시절의 기억을 건져주었다. 그저 친구와 함께 있기만 해도 족했던 그런 나날의 기억을.

그리움에 젖어 아이들을 바라보던 미라가 감개무량하여 이리저리 시선을 돌려보니, 아이들에게 둘러싸인 채 쓸데없이 당당하게 의자에 앉아 함께 웃고 있는 성인 여성의 모습이 눈에 들어왔다.

'누군가의 보호자인가?'

한눈에 그렇게 생각한 미라는 그대로 별생각 없이, 대체 무엇을 하고 있는 것인지를 확인하기 위해 아이들이 모여 있는 한 테이블로 다가가 보았다.

분위기는 뜨겁게 달아올라 있었고, 테이블을 둘러싼 아이들도 그곳에서 이루어지고 있는 일에 열중하고 있는지 파고들 틈새가 없었다.

미라는 가장자리에 달라붙기는 했지만 그 중심에서 무슨 일이 벌어지고 있는지 알 수가 없어, 연신 까치발을 해가며 주위를 두리번거렸다.

'우음…… 안 보이는군.'

포기하고 그곳에서 떨어져 가게 안을 둘러보니 테이블은 그밖에도 많았고, 둘러싼 인원수가 적은 테이블도 드문드문 보였다.

인원수가 많은 테이블 쪽이 더 궁금하기는 했지만 무슨 일이 일어나고 있는지 알 수 있다면 그로 족하다고 생각을 고치고는 인원이 약간 적은 테이블을 들여다보았다.

'이건 혹시…….'

마주 앉은 두 명의 소년은, 손에 트럼프 같은 카드를 부채꼴 모양으로 들고 있었다. 테이블에는 카드가 쌓여있고 도형 같은 것이 그려진 시트지가 펼쳐져 있었다. 그리고 그 위에 몇 장의 카드가 놓여 있었다.

그것은 누가 봐도 트레이딩 카드 게임이었다.

미라가 본래 있었던 시대의 일본에서는 트레이딩 카드 게임류는 모두 확장현실―어그멘티드 리얼리티 카드 형식으로 진화하여, 장난감 같은 전용 장치를 사용하면 그야말로 애니메이션과 똑같은 카드 배틀을 즐길 수 있었다.

미라에게는 그것이 곧 트레이딩 카드 게임이었던지라, 이 놀이의 원형일 테이블 형식은 본 적이 없었다. 하지만 지식으로는 알고 있었다.

'트레이딩 카드 놀이라니, 그립구만.'

미라는 미소를 지은 채 흥미롭게 테이블을 내려다보았다. 하지만 갑자기 나타난 귀여운 소녀의 모습에 넋이 나가, 소년의 손이 멈춰버렸다는 사실을 미라는 알아채지 못했다.

"음……?"

무심결에 흘러나온 목소리와 함께 미라의 눈썹이 꿈틀대더니, 그 두 눈이 테이블 위에 놓인 한 장의 카드를 쳐다보았다. 침묵을 지키던 카드 게이머 소년은 무슨 일인가 싶어 미라와 테이블을 번갈아 쳐다보고는 그제야 정신을 차리고 손에 든 패로 시선을 떨어뜨렸다.

미라가 주목한 카드, 거기에는 인물의 그림과 이름이 적혀 있었다.

그 이름은 '육화일편(六花一片)의 하인리히'. 아닌 게 아니라 아침까지 함께 있었던 그 사무라이의 카드였다.

'이건, 그 녀석이 틀림없는데……. 꽤나 용맹하게 그려졌군.'

미라는 그대로 다른 카드로 시선을 옮겨, 고블린이며 구울과 같은 마물의 카드도 확인했다.

또 어떤 카드가 있을지 궁금해진 미라는 자신이 아이들의 주목을 모으고 있음은 까맣게 모른 채 테이블을 살폈고, 진혼도시 카라낙의 술사조합장 레오닐이며 에카르라트 카리용의 부단장 에메라에 알카이트 왕국의 전차단 부단장 갈렛 등, 인연이 있는 자들의 이름을 발견했다.

하지만 그중 가장 신경이 쓰였던 것은 권왕 코지로의 카드였다.

그것은 유명한 플레이어 출신자의 이름이었다.

'이 트레이딩 카드는 설마, 이 세계를 모델로 한 것인가?'

정보 정리 작업을 마친 미라는 고개를 들어 주변을 살폈다. 그제야 가게 안의 전모가 또렷하게 보였다.

갑자기 시선을 피하는 아이들 너머로 보이는 쇼케이스에는 귀중한 카드가 한 장씩 진열되어 있었다. 그리고 카운터에서는 카드 다섯 장을 한 팩으로 묶어 판매하고 있었다.

그렇다, 이 가게는 트레이딩 카드를 취급하는 카드숍이었던 것이다.

'이러한 게임을 퍼뜨리다니…… 이것도 플레이어 출신자의 짓인가?'

그런 생각이 들기는 했지만 미라는 십여 년 전으로 돌아간 듯 들뜬 마음으로 어떠한 카드를 찾아 쇼케이스를 들여다보며 돌아다니기 시작했다.

플레이어 출신자의 카드가 있다면, 연극이 될 정도로는 유명한 아홉 현자인 자신의 카드도 있지 않을까 하는 생각이 들었기 때문이다.

"음, 크레오스."

미라는 다른 것보다 한 등급 높은 카드가 늘어선 케이스에서 눈에 익은 이름을 발견했다.

한 걸음을 내디딜 때마다 유심히 찾아보았지만 이내 쇼케이스가 끝나고 말았다. 결국 덤블프는커녕 아홉 현자 중 한 명도 발견하지 못했다.

13

아홉 현자는 카드로 만들어지지 않은 것이 아닐까.

덤블프의 카드를 찾지 못해 부정적인 생각을 하며 쇼케이스에서 떨어진 미라는 맞은편 선반에 종이로 포장된 팩(pack)이 진열되어 있는 것을 발견했다. 200리프라 적힌 가격표가 붙은 그것에는 컬러풀한 그림이 인쇄되어 있었다.

그것은 엉겁결에 집어 들고 싶어지는 위치에 있었다.

"호오, 이건가."

미라는 무언가에 홀린 듯 그 팩을 하나 집어 들었다. 겉에는 삼신국의 장수가 일러스트풍으로 한 사람씩 인쇄되어 있고 가장 커다란 글씨로 '레전드 오브 아스테리아'라는 카드 게임의 이름이 적혀 있었다. 그리고 그 아래에는 '삼신의 영웅'이라는 서브타이틀이 인쇄되어 있었다.

선반으로 시선을 옮겨보니 같은 레전드 오브 아스테리아라는 타이틀을 단, 서브타이틀만 다른 것이 수없이 진열되어 있었다. 그것들은 부스터팩으로 불리는 것으로 미라는 기억 속에 있는 것과 완전히 같은 판매 형태 앞에서 향수에 젖어 미소를 지을 수밖에 없었다.

'꽤나 인기가 있는 모양이로군.'

손에 든 부스터팩을 뒤집어보니 간단한 내용이 적혀 있었다. '신이 되어, 이 세계의 영웅들을 거느리고 신화를 자아내라'라는, 호들갑스러운 선전문구. 그리고 카드의 레어도(度)는 전부 7단계라는 설명도 적혀 있었다.

이런 것도 동심을 자극하기 마련이지. 경험이 있는 미라는 진지한 표정으로 부스터팩을 선반에 돌려놓았다.

그때였다. 바로 옆에 있던 '신성(新星)의 술사'라는 서브타이틀이 박힌 부스터팩에 미라의 눈이 못박혔다.

진홍색을 띤 긴 머리에 유달리 커다란 가슴, 그리고 도발적인 붉은 눈동자. 그것은 바로 루미나리아의 모습이었다.

'그 녀석의 카드가 아니냐! 그렇다면 역시 이 몸의 카드도!'

아홉 현자의 일원인 루미나리아가 카드로 제작되었다면 자신도 있으리라. 그렇게 생각한 미라는 그 부스터팩을 손에 들고 카운터에 있는 점원에게 말을 붙였다.

"이봐라, 뭣 좀 물어도 되겠느냐?"

케이스며 게임 매트와 같은 카드게임 관련 상품이 깔린 카운터. 그곳에서 의자에 앉아 나른한 얼굴로 책을 넘기던 여성 점원이 미라의 말에 반응하여 고개를 들었다. 잿빛에 가까운 긴 머리에 미인이라 할 만한 얼굴이었지만 밤을 새기라도 한 듯한 눈매가 그러한 인상을 흐리게 하고 있었다.

"왜 그러니?"

그 여성은 책에 책갈피를 끼워 넣고는 미라와 똑바로 마주했다. 졸려 보이는 표정에 큰 변화는 없었지만 조금이나마 입꼬리를 치올린 것으로 보아 접객을 하려는 마음은 있는 모양이었다.

"이 타이틀에 덤블프는 들어있느냐?"

미라는 그렇게 말하며 손에 든 부스터팩을 카운터에 내려놓았다.

미라가 생각한 바대로 이 카드 게임이 플레이어 출신자로부터 비롯된 것이라면 부스터팩은 그 서브타이틀별로 들어있는 카드의 종류가 다를 것이다. 다시 말해 원하는 카드가 있다면 그것이 들어 있는 부스터팩을 구입해야만 하리라.

"덤블프면, 아홉 현자 중 한 명 말하는 거지? 들어 있어. 그리고 이거랑 이거에도 들어 있지. 뭐어, 모두 다 확률은 낮지만."

카드숍 점원은 부모가 시켜서 별수 없이 카운터에 앉아 있는 것뿐인 듯 했지만, 그럼에도 상품에는 정통하여 곧장 대답하고는 두 종류의 부스터팩을 더 안쪽에서 끄집어내서 늘어놓았다.

그 서브타이틀은 '약동의 바람'과 '격동의 시간'이었다.

"그럼 이 세 종류를 50팩씩 살 수 있을까?"

세 종류의 부스터팩을 슥 훑어본 미라는 웨스트 파우치를 뒤지며 자연스럽게, 담담하게 말했다. 오히려 이 말을 들은 점원이 동요했다. 200리프짜리 부스터팩 세 종류를 50팩씩. 합치면 3만 리프다. 어린애 용돈으로 낼 수 있는 가격이 아니었다.

실제로 이런 식으로 구입을 하는 인물은 점원이 기억하기로는 카드 게임에 빠져버린 어른이나 손자에게 잘 보이려고 하는 노인들 정도였다.

그래도 여성 점원은 "잠깐만" 하고 말하며 부스터팩을 끄집어내서 하나씩 세어가며 카운터에 올려놓았다. 뭐가 어찌 되었건 대금을 치를 수만 있다면 가게 측으로서는 아무런 문제도 없기 때문이다.

각각 50팩의 부스터팩이 쌓아올려진 그 광경은, 아이들이 주 고객인 가게에서는 이질적인 것이 아닐 수 없었다. 카드 게임을 즐기던 몇몇 아이들이 카운터를 흘끔 쳐다보다 눈이 휘둥그레졌다.

속된 말로 어른의 지름이라 불리는, 실로 어른스럽지 못한 광경이었다.

"다 합쳐서, 3만 리프야."

점원이 말한 금액을 들은 아이들이 술렁였다. 하지만 미라는 그 술렁거림이 자신을 향한 것임을 알아채지 못했다. 시끄럽게 떠들어대는 기운찬 아이들의 목소리 정도로만 인식하고 있었다.

점원에게 살짝 고개를 끄덕여 보인 미라는 금화를 한 닢 내밀었다. 5만 리프였다.

"아아, 으음, 거스름돈 2만 리프 여기 있어."

여성 점원은 잠깐 멈칫했다가 미스릴화 두 닢을 건넸다. 그러고는 마치 눈부신 무언가라도 보듯 눈을 가늘게 뜨고서 새삼 관찰이라도 하듯 미라의 외모를 살폈다.

그 결과 도출된 것은 어느 귀한 집안의 아가씨 같은 것이겠지, 하는 애매한 결론이었지만 여성 점원은 그 이상 추궁할 낌새는 보이지 않고 "이용해주셔서 감사합니다~" 하고 정해진 문장을 읽는 듯한 목소리로 말했다.

종이봉투에 든 합계 150팩의 부스터팩을 끌어안은 미라는, 곧장 확인하기 위해 테이블이 늘어선 공간을 둘러본 뒤, 마침 비어 있던 곳을 찾아내 구석으로 이동했다.

선망과 호기심을 감출 생각도 없는 아이들의 시선과 "우와 아……" 하는 목소리에 어른스럽지 못하게 우월감에 젖어든 채로 미라는 종이봉투를 테이블에 털썩 얹어놓고 의자에 앉았다.

'어디, 이 몸은 들어있으려나.'

어릴 적에 느꼈던 기도하는 듯한, 하지만 나오리라 믿어 의심 치 않던 제비뽑기를 하는 듯한 긴장감과 기대가 뒤섞인 감각에 미라는 오랜만에 마음이 뜨거워지는 것을 느꼈다.

종이봉투에서 그야말로 제비뽑기라도 하듯 부스터팩을 끄집어 낸 미라는 포장을 뜯어 카드를 확인하기 시작했다.

이만큼 많은 부스터팩을 사는 사람은 드문 탓인지 이미 미라의 주변은 개봉하기를 기다리는 아이들로 축제라도 벌어진 듯 붐비 기 시작했고, 거기서 나온 카드를 확인할 때마다 "오오~" "아아~" 하는 목소리가 터져 나왔다.

150팩은 생각보다 많아, 모두 개봉하는 데 거의 30분이나 걸렸 다.

'으음~ 결과가 시원치 않구나.'

합계 750장의 카드는 예전에 해본 솜씨대로 라고 해야 할지, 레 어도별로 깔끔하게 나누어 테이블 위에 늘어놓았다. 그리고 우측 끝에는 나온 것 중 최고 레어도의 카드가 딱 한 장 놓여있었다.

'들어본 적도 없다. 누구냐, 이 녀석은!'

그 카드는 트리플레어 '괴도 퍼지 다이스'라는 것이었다. 레어
도로 말하자면 위에서 세 번째였다. 목적이었던 덤블프는커녕 아
홉 현자 중 한 명, 하물며 대행자조차 나오지 않았다.

"전부 꽝이구나~."

처참한 결과에 미라는 볼멘소리를 하며 테이블에 엎드렸다. 하
지만 숫자가 숫자인 만큼 게임을 잘 아는 자가 보았다면 값어치
가 있는 카드가 섞여 있음을 알아챘을 것이다. 레어도는 낮아도
필수라 할 수 있을 정도로 쓰임새가 많은 카드며 단순히 잘 안 나
오는 카드, 그러한 것들은 아이들의 눈에 보물산처럼 보이리라.

그렇게 부러운 눈으로 쳐다보는 아이들 중, 한 소년이 앞으로
나왔다. 그 소년은 이 가게에서도 유명한 카드 플레이어로, 아이
들이 자연스럽게 길을 터주었다.

"저, 저기, 누나. 뭐 갖고 싶은 카드라도 있었어? 들어봐서 교
환해줄 수도 있는데."

변성기 전의 톤이 높은 목소리는 건방지게 들리기는 했지만 연
민의 정도 약간은 섞여 있었다.

그 말을 듣고 고개를 든 미라의 눈이 검은 단발머리에 가까운
머리에 니트 모자를 눌러쓴 소년의 모습을 포착했다. 나이는 진
혼도시 카라낙에서 만났던 타쿠토보다 조금 위일 듯했다. 다소
붉은 기가 섞인 뺨에 긴장한 듯 보이는 얼굴은 목소리만큼이나
활발할 듯한 인상을 풍겼다.

'흠, 교환이라. 확실히 이만큼 있으면 할 수는 있을 것 같다
만……. 그냥 보고 싶었던 것뿐이니.'

"그대는 덤블프의 카드를 가지고 있느냐?"

미라가 그렇게 묻자 소년은 얼굴을 찌푸리더니 유감스럽다는 듯 어깨를 늘어뜨렸다. 귀여운 여자애에게 잘 보이고 싶다는 마음이 결실을 맺지 못했기 때문이다.

"덤블프라면, 그거잖아. 아홉 현자. 있지도 않지만, 여기 있는 레어 카드 전부 다 합쳐도 그거랑은 못 바꿔."

소년은 테이블에 늘어놓은 카드를 확인하고서 고개를 가로젓더니 반쯤 체념 섞인 투로 말했다.

"호오, 아홉 현자는 그토록 안 나오는 카드인 게냐?"

"뭐라는 거야? 레전드 레어니 당연하잖아. 이렇게 많은 부스터 팩을 한꺼번에 산 녀석은 오랜만에 봤지만, 이 정도로는 어림도 없어."

소년은 그렇게 말하며 테이블에 깔린 빈 팩을 손가락으로 퉁겼다. 우연히 뒤집어진 팩에는 레어도에 대한 상세 설명이 적혀 있었고, 그에 따르면 가장 희귀한 카드가 레전드 레어인 듯했다.

"그리고, 레전드 레어는 천 팩에 하나 정도의 확률이라더라."

소년의 말을 긍정하듯 주변에 있던 아이들도 고개를 주억거리며 "난 포기했어"라느니 "레전드 뽑는 사람도 레전드"라는 둥의 말을 해댔다.

"천 팩에 하나라니, 악랄하기 그지없군. 그 말을 들으니 더더욱 보고 싶구나."

너무도 낮은 확률에 미라는 그제야 자칫 잘못하면 가게에 있는 부스터팩을 몽땅 구입해도 안 나올 수도 있겠구나 하는 생각을 했다. 하지만 자고로 인간이란 희귀한 것일수록 보고 싶어하기 마련이었다.

"보기만 할 거면, 보여줄 수도 있어. 덤블프는 아니지만 아홉 현자를 갖고 있기는 하거든."

미라가 빈 팩을 손에 쥔 채 참새처럼 입술을 비죽거리던 참에. 소년은 그런 미라에게 잔뜩 긴장하기는 했으나 의기양양하게 그렇게 말해보였다.

그토록 낮은 확률을 자신의 힘으로 뚫은 모양이었다. 카드 실력도 실력이었지만 다른 아이들이 이 아이를 인정하는 데는 그러한 이유도 있었다.

"호호오~ 그거 굉장하구나. 보여줄 수 있겠느냐?"

소년은 그야말로, 한눈에 반해버렸다. 안 그래도 귀여운 상대가 감탄과 기대를 담아 자신을 똑바로 바라보는데 무리를 하지 않을 남자는 없으리라.

특히 미라는 지금 의자에 앉아 있는지라 자연스럽게 눈을 흡뜨고 있었다. 저항 따위를 할 수 있을 리 없었다.

소년은 자신도 모르게 호흡하는 법을 잊었으나, 그 즉시 정신을 차리고 새빨개진 얼굴을 얼버무리려는 듯 큰소리로 "당연하지!"라고 대답했다.

버릇인지 소년은 입술을 입 안으로 빨아들이듯 움츠리며 허리에 두른 웨스트 파우치에서 손바닥 크기의 상자를 끄집어냈다. 붉게 채색된 그것에는 금색 글씨로 레전드 오브 아스테리아라고 적혀 있었다.

카드 전용 케이스라는 것으로 여기 있는 아이들은 색은 달라도 비슷한 것을 가지고 있는 듯했다.

"잘 봐, 이게 레전드 레어야."

소년은 케이스 안에서도 따로 구분된 곳에 들어있던 카드를 집어 잔뜩 거드름을 피우며 그렇게 말하더니, 마치 도검이라도 뽑아들 듯 스륵 끄집어내서 바둑이나 장기의 명인전에 나선 기사가 한 수를 두는 것과 같은 비장한 기세로 카드를 미라 앞에 내려놓았다.

테이블 위에 놓인 레전드 레어는 테두리가 금색으로 칠해져 있었고, 말 그대로 트리플 레어 카드보다 훨씬 특별하다는 듯 빛나고 있었다.

그리고 그 카드에는 밤에 녹아들 듯 검은 로브를 두르고 눈가 이외의 온몸에 칠흑빛 천을 두른 검은 미이라 같은 인물이 그려져 있었다. 그리고 그 위에 '아홉 현자 영회(影繪)의 발렌틴'이라는 글씨가 마찬가지로 금색으로 적혀 있었다.

"호호오~ 발렌틴이라. 쓸데없이 멋지게 그려졌군."

미라는 카드를 손에 든 채 그 그리움마저 느껴지는 모습을 보고 본인을 떠올리며, 어쩐지 먼 곳에 있는 연인이라도 그리듯 기쁨과 애수가 뒤섞인 미소를 지어보였다.

정면에 있던 소년은 갑자기 어른스러워 보이는 미라의 표정에서 시선을 떼지 못하게 되어, 입을 헤벌린 채 첫사랑이라는 미묘한 감정 앞에서 허둥댔다.

'요컨대 이 몸도 이것과 동급이라는 뜻이로군. 보지 못한 것은

아쉽다만, 있다는 걸 알았으니 만족하도록 할까.'

"좋은 걸 보여주어 고맙다."

"아, 어엉. 이 정도는 아무것도 아냐."

미라가 그렇게 말하며 카드를 내밀자 소년은 반쯤 놓고 있던 정신을 허겁지겁 추슬렀다. 하지만 카드를 받아든 순간, 허둥대던 소년은 의도치 않게 미라의 손을 만지고 말았다. 손가락에 닿은 온기는 소년의 온몸을 타고 흘러, 그대로 집속되기라도 한 듯 뺨을 물들였다. 소년은 마치 잘 익은 사과처럼 얼굴이 새빨개져 떨리는 손으로 카드케이스에 레전드 레어 카드를 집어넣었다.

'흠…… 그나저나 발렌틴이라. 하얀 기둥이며 고대신전의 지하에 관해 뭔가 알고 있을는지.'

퇴마술의 현자, 발렌틴. 그 술법을 습득하려면 마물, 마수, 악마 등의 강한 마성을 띤 존재며 물건, 장소가 필요했다. 그것을 찾아내는 가장 빠른 방법은 문서를 해석하는 것이었고, 필연적으로 발렌틴은 그쪽 방면에 밝아질 수밖에 없었다.

하지만 카드를 보았을 뿐 본인에 관한 단서는 아무것도 없는 상황이라 찾을 방법이 없었다.

'어디, 어쩌면 좋을까.'

그건 그거, 이건 이거다. 본래의 목적과는 달랐지만 아홉 현자의 카드를 본 미라는 다시 테이블 위로 의식을 돌려, 거기 늘어놓은 750장의 카드를 노려보며 생각했다. 카드 게이머라기보다는 콜렉터에 가까운 미라는 새삼 카드 게임을 즐길 생각이 없었다.

그때 문득 고개를 들어보니 카드 게임을 즐기던 아이들의 모습이 눈에 들어왔다.

어떻게 처리할지 고민이었지만 이거 잘 됐다 싶어 카드를 가르기 시작했다.

대략적으로는 분류가 되어 있었던지라 작업은 10분 정도 만에 완료되었다. 같은 그림이 여럿 나온 카드, 이른바 겹치는 카드는 남겨두고 수집할 카드는 다시 종이봉투에 넣었다.

"그대들, 갖고 싶은 게 있다면 가져가도 좋다."

그렇게 말하며 내민 카드 수는 많아, 500장은 더 되었다. 아이들은 그 말에 동요했는지 바로는 손을 대려 하지 않고 서로 얼굴을 마주 보더니, 정말 괜찮을지 어떨지 쑥덕거리고 있었다.

"잠깐, 무슨 소릴 하는 거야, 누나. 겹치는 카드만 골라낸 것 같은데, 이건 덱(deck)에 세 장은 꼭 넣어야 하는 카드라고. 게다가 이것도 많으면 많을수록 좋은 레어 카드고."

가장 먼저 목소리를 낸 것은 역시 레전드 레어를 가진 소년이었다. 그는 술법 카테고리로 분류된 카드며 병기로 분류된 레어 카드를 가리키며 미라에게 말했다. 특기 분야인 카드가 얽힌 탓인지 붉어졌던 뺨은 제법 진정되었고, 말도 술술 했다.

소년이 말한 대로 겹치는 카드 중에는 그러한 카드가 잔뜩 끼어 있었다. 하지만 실제로 플레이를 하지는 않을 미라에게는 사소한 일이었다.

"되었다, 되었어. 애초에 룰을 모르니 말이다. 자, 그대들, 필요하면 가져가라. 단, 싸우지는 말거라."

미라의 말에 드디어 정말 받아도 되는 거구나, 하고 확신한 아이들이 와 하고 떠들어대기 시작했다. 그 분위기는 천천히나마 확대되기 시작했다.

"저기, 누나. 분명 싸움 날걸. 대충 봐도 충분히 쓸 만한 카드가 잔뜩 있었으니까."

"으음, 그러하냐."

어쩐지 어이가 없다는 듯한 투로 내뱉은 소년의 말을 듣고서야 빨리 집는 사람이 임자라는 식의, 말 그대로 싸움이 벌어지리라는 것을 미라는 깨달았다.

그래서 미라는 레어 카드 한 장을 손에 들고 아이들에게 보이도록 든 채 "이 카드가 갖고 싶은 자는 있느냐~?" 하고 아이들에게 물었다.

그러자 종알종알 이야기를 주고받던 아이들의 목소리가 뚝 그치더니 이내 자신의 존재를 어필하듯 한 아이가 "네!" 하고 소리치자 눈 깜짝할 새 같은 목소리가 여기저기서 흘러나왔다.

'한 장에 이만큼이나 나오다니. 역시 빨리 집는 사람이 임자라는 식은 안 되겠군.'

"그럼 희망자들끼리 가위바위보를 하거라. 끝까지 살아남은 마지막 한 사람에게 주마."

그렇게 말한 직후, 미라의 뇌리에 이 세계에 가위바위보가 있을까 하는 의문이 떠올랐다. 하지만 의욕이 넘쳐서 서로 마주본 채 "가위~바위~ 보!"라고 외치며 힘차게 팔을 내리치는 아이들의 모습을 보고 괜한 걱정이었음을 깨달았다.

미라는 알지 못했지만 이 역시 30년 동안 플레이어 출신자가 퍼뜨린 놀이였다.

그렇게 가위바위보 대회 회장이 되어버린 카드숍에서 가장 경쟁률이 높았던 레어카드 분배는 얼마 지나지 않아 끝났다.

이어서 커먼과 언커먼의 차례가 되자 반응이 약해져, 마음대로 가져가게 해도 경쟁이 벌어지지 않았다.

다들 만족한 것인지 질린 것인지 테이블을 둘러싼 아이들은 감사인사를 하고는 떠나가, 지금은 처음에 말을 붙였던 소년만 남아 있었다.

"필요 없으면 저 상자에라도 넣어둬. 필요한 녀석이 있으면 멋대로 가져가겠지, 뭐."

"호오, 그러하냐."

미라가 남긴 카드를 어떻게 하면 좋을까, 하고 중얼거리자 소년은 그렇게 말하며 가게 구석에 있는 검은 상자를 가리켰다. 겹치는 카드 등, 필요 없는 카드의 재활용 상자 같은 것이었다.

카드를 손에든 채 안을 들여다보니 그곳에는 확실히 백 장에 가까운 카드들이 들어있었다. 내가 어렸을 적에도 이런 상자를 뒤졌었지, 라는 생각을 하며 미라는 카드를 거기에 집어넣었다.

"여러모로 가르쳐줘서 고맙구나, 소년."

대충 일이 마무리되어 돌아본 미라는 마치 손자를 맞은 할아버지처럼 다정한 미소를 지은 채 소년의 머리를 쓰다듬었다.

갑작스러운 일에 당황한 소년은 어안이 벙벙한지 입을 헤벌린 채 자신의 머리로 뻗어온 미라의 손을 바라보았다. 그리고 막 걸음마를 뗀 아이와 같은 속도로 상황판단을 하여 겨우 정신을 차렸다.

"벼, 별로 대단한 일도 아닌데 뭘!"

한 번 가라앉았던 뺨을 다시 붉힌 소년은 반사적으로 미라를 노려보았다. 그러자 눈이 정면으로 마주치는 바람에 소년은 허둥지둥 시선을 피했다. 다시 정면을 똑바로 쳐다볼 배짱은 아직 없는 모양이었다.

그에 반해 미라는 소년의 거동은 개의치 않고 그야말로 어린애를 대할 때와 같은 감각으로 접했다. 동요한 소년의 모습을 성질 급한 아이의 그것이라 생각한 것이다.

"그럼 가마. 해 저물기 전에는 집에 가거라."

미라는 담백하게 작별인사를 하고는 그대로 출구를 향해 걸어나갔다. 그 뒷모습이 한 걸음을 뗄 때마다 터무니없이 멀어지는 것 같아, 소년은 엉겁결에 감정을 이기지 못하고 소리쳤다.

"누나!"

힘껏 쥐어짜낸다고 낸 목소리는 무언가에 가로막힌 듯, 그야말로 상대에게 들릴까 말까할 정도로 작기만 했다. 하지만 그것은 분명히 전해져, 미라는 걸음을 멈추고 돌아보았다.

"무어냐. 할 말이라도 있는 게야?"

은빛 머리카락이 두둥실 떠올랐다. 다시 차가운 봄빛 같은 미라의 시선이 날아들자 소년의 마음은 달아올랐지만, 이번에는 간신히 억누르는 데 성공했다.

"난, 마리안이라고 해. ……누나는……."

"오오, 그러고 보니 자기소개를 안 했구나. 이 몸은 미라다."

"그래, 미라라고 하는구나."

소년, 마리안은 그 이름을 곱씹듯 입속말로 중얼거리더니 이 만남을 오늘로 끝내고 싶지 않다는 생각에 말을 이었다.

"미라, 누나는, 내일도 올 거야?"

그런 물음을 들은 미라는 향후 일정을 간단히 떠올려 보았다.

오늘은 이후, 역 도시인 홀리 게이트로 가서 그곳에서 하루를 묵을 계획이었다. 알카이트 왕국 방면은 시각표에 따르면 오후에 출발하므로 그때까지 역 도시를 관광하며 솔로몬 일행에게 줄 선물이라도 살까 하고 있었다. 그러니 내일은 이 도시에 없을 것이다.

"오늘, 곧 도시를 나설 예정이라 말이다. 내일은 못 오겠구나."

"그래……?"

미라의 대답에 마리안은 슬픈 듯 중얼거리며 고개를 푹 숙였다. 하지만 다음 순간, 결심을 굳힌 듯 고개를 들더니 웨스트 파우치에서 카드 케이스를 끄집어내서 거기서 한 장의 카드를 뽑아 들었다.

"이거…… 줄게! 그러니까……."

나를 잊지 말아줘. 마리안은 그렇게 말하려다 멈췄다. 지금의 그에게는, 이것이 자신의 마음을 표현할 최선의 방법이었다.

미라로 말하자면, 매우 희소가치가 높다고 들은 카드를 갑자기 주겠다는 소년의 마음이 이해되지 않아 고개를 갸웃했다. 한 번 보고 만족한 카드였다. 받은들 의미가 없었다.

하지만 분명한 것은 아이가 소중히 여기는 물건을 받을 수는 없다는 것이었다.

"무슨 소릴 하는 게야. 이 몸에게는—."

받을 이유가 없다고 말하려던 참에 미라는 그제야 마리안의 마음을 알아챘다. 긴장한 듯한 행동거지, 태양처럼 새빨개진 얼굴, 그리고 가장 소중히 여기는 물건을 여자아이에게 준다는 행위.

그것은 요컨대, 좋아하는 아이에게 잘 보이고 싶은 남자아이의 모습이었다.

'오호라. 이 몸 정도의 미소녀쯤 되면 소년을 홀리는 것은 일도 아니고말고.'

"그것은 그대가 소중히 여기는 카드가 아니냐. 그런 걸 받을 수는 없다. 하지만, 그 마음만은 받아두마."

미라는 그렇게 말하며 마리안이 내민 손에 살며시 자신의 손을 포개었다. 너무도 갑작스러운 접촉에 마리안은 그 손을 물끄러미 바라본 채, 뭐라 말을 하려고 입을 물고기처럼 뻐끔거렸다. 하지만 직접 닿은 손의 온기에 머리가 새하얘져 버리는 바람에 아무 말도 떠오르지 않아, 그 입에서 흘러나온 소리는 결국 "어엉……" 뿐이었다.

"건강하게 자라거라. 마리안. 부모님 말씀 잘 듣고 친구를 소중히 대하고."

"말 안 해도 그럴 거야! 우리 할아버지 같은 소리 하지 마!"

미라가 헤어지며 그렇게 말하며 짓궂게 웃어 보이자, 마리안은 그야말로 어린애처럼 소리치며 다가와 버린 이별의 예감에 눈을 내리깔았다.

"그럼 가마."

"또 와. 난 늘 이 근처에 있으니까!"

"기회가 있으면 들르마."

등 너머로 손을 흔드는 미라의 뒷모습을 눈에 새기듯, 마리안은 그녀의 모습이 보이지 않을 때까지 가만히 쳐다보고 있었다.

"이 몸은, 마성의 여자로구나."

미라는 그런 말을 중얼거리며 페가수스를 타고 성도 리델에서 날아올랐다.

14

역 도시 홀리 게이트에서 하룻밤을 묵은 미라는 아침 일찍 눈을 떠서 오후 열차를 기다리며 역 구내에서 토산물 판매점을 물색하고 있었다.

아리스파리우스 성국의 역인 만큼 전체적으로 하얗고 신전과 비슷한 장식은 어쩐지 청렴한 인상을 풍겼다. 하지만 그 내부로 말하자면 그야말로 활기로 가득하여, 이른 아침인데도 이용객들로 붐비고 있었다.

그런 구내에 종소리가 진동을 일으키며 높은 소리로 울려 퍼지더니, 운행 상황을 알리는 방송이 흘렀다. 좌순환선의 도착을 알리는 방송이었다. 좌순환선은 미라가 타고 온 노선으로 행선지는 그림다트 방면이었다. 돌아가려면 반대 방향으로 가는 노선을 타야하는지라 이번에는 상관이 없었다.

'꽤나 소리가 경쾌하구나.'

미라는 발치를 뒤흔드는 땅울림과 종소리와 기적소리의 삼중주에 귀를 기울인 채, 꿈틀대는 파도처럼 홈으로 향하는 이용객들의 모습을 바라보았다.

좌순환선 이용자들 대부분이 이동하자 구내는 한산해져, 미라는 지금이 기회라는 듯 점포 구경을 재개했다.

가장 먼저 들른 것은 토산물 판매점이었다. 알카이트 왕국에서 가장 가까운 역 도시, 실버 사이드의 가게와는 상품 내용이 완전히 달라, 과연 성국답게 성서나 성인(聖印)이 새겨진 심벌 등이 놓여 있었다.

"이러한 것까지 토산품으로 취급하다니……."

미라는 자애의 여신을 본떠 만든 조각상을 뚫어지게 쳐다보며 중얼거렸다. 그 조각상은 복숭아색 긴 머리에 선녀 같은 옷을 여러 겹 걸치고, 자애를 체현한 듯 다정한 미소를 머금고 있었다. 만듦새는 무척 정교해서 장인의 기술이 곳곳에서 엿보이는 일품. 그것은 참으로 훌륭한 완성도의 신상(神像)—피규어였다.

"이건…… 과연. 그러한 것이었나."

미라는 문득 여신이 두른 천의 옷자락에 새겨진 문자를 보고 중얼거렸다. 거기에는 '토모키'라는 이름이 적혀 있었다. 요전에 신자의 숲에서 만났던 생산 특화 플레이어 출신자의 이름이었다. 신상을 만들고 있다는 이야기는 들었지만 이걸 두고 한 소리였나 싶어 미라는 감탄했다. 그리고 손에 든 신상을 살짝 기울여 "흰색인가" 하고 중얼거리고서 원래 있던 장소에 돌려놓은 미라는, 그의 솜씨를 인정하며 식품 코너로 향했다.

아리스파리우스 성국은 순백도(純白桃)가 특산품으로 유명하며 그것을 사용한 과자며 음료 등이 대량으로 진열되어 있었다.

'무엇을 사는 것이 좋으려나.'

가게 안을 둘러본 미라는 마도 로브 세트를 제작한 자들에게도 선물할 요량으로 순백도 쿠키며 잼, 주스 등을 몽땅 집어 들었다. 그밖에도 마리아나와 크레오스에 루나, 그리고 자신과 솔로몬, 루미나리아에게 선물할 토산물도 골랐다. 총 지불액은 약 8만 리프에 달했다.

그리고 미라는 홀가분하게 윈도쇼핑을 시작했다. 서점에 들어가 남몰래 높은 책장에 손을 뻗어보거나, 전에 샀던 만화책 중 재미있었던 것의 후속권을 구입하는 등, 유유자적 대기 시간을 만끽했다.

이용객이 시간과 함께 서서히 늘어가는 가운데, 우순환선이 한 시간 후에 도착한다는 방송이 흘러나왔다. 미라는 그것을 신호삼아 음식점으로 붐비는 구획으로 향했다.

"하얗구나."

성국의 특징이 식문화에까지 적용된 모양인지 하얀 요리가 많았다. 한바탕 둘러본 미라는 이 역시 여정행의 묘미라 생각하며 보기 드문 월남쌈 도시락을 구입하여, 미리 사두었던 용기에 차도 300리프어치 사서 담았다.

준비를 완료한 미라가 홈으로 걸어 나가려던 순간, 아직 표를 구입하지 않았다는 사실이 떠올랐다. 토산물을 고르는 데 정신이 팔려, 표 생각이 머릿속 한구석에 파묻혀버렸던 것이다.

"아 참참."

메뉴를 띄워 아직 시간에 여유가 있음을 확인한 미라는 느긋한 발걸음으로 접수처를 찾았다.

잠시 후 표 판매소를 발견한 미라는 친절해 보이는 여성이 접수를 받고 있는 곳에 줄을 섰다. 몇 사람이 용건을 해결하기를 기다렸다가 순서가 오자 미라는 지갑 대신 쓰고 있는 가죽주머니를 열며 접수 담당 여성에게 말을 붙였다.

"표를 사고 싶다만."

미라가 불쑥 고개를 내밀자, 그 모습이 심부름을 온 아이처럼 보였는지 여성의 눈에는 무심결에 웃음이 걸렸다.

"이코노미, 프리미엄, 퍼스트가 있는데 어느 쪽으로 하시겠어요?"

"퍼스트를······."

미라는 대답하며 10만 리프를 지불하려다가 손을 멈췄다. 소지금이 이미 요금인 10만 이하로 내려가 있었기 때문이다.

'으음, 너무 막 썼나······!'

미라는 지갑을 들여다보며 입술을 비죽거렸다. 올 때 이용했던 퍼스트 클래스에 카드 게임, 그리고 토산물 값까지 원인으로 짚이는 것들이 미라의 뇌리에 선명하게 떠올랐다.

"아~ 이코노미를 다섯 장 부탁하마."

"네, 일만오천 리프입니다."

미라는 돌아갈 때 묵을 사흘 치 숙박비를 고려하여 이코노미 클래스 표를 다섯 장 샀다.

『대륙철도 운행 상황을 알려드립니다. 우순환선이 잠시 후 이 역에 도착합니다. 도착 시간으로부터 한 시간 동안 정차할 예정이오니 주의하시기 바랍니다. 다시 한 번 말씀드립니다─.』

표를 구입하고 나서 얼마 지나지 않아 방송이 흘러나오더니 북적이던 역 구내에서 이용객들이 무리를 지어 나란히 홈으로 향하기 시작했다. 미라도 그런 사람들 속에 끼어 우순환선 홈에 도착했다.

'호오…… 이게 이코노미 클래스의 개찰구인가……?'

그곳은 퍼스트 클래스 개찰구와는 모든 것이 달랐다. 몰려드는 사람들을 감당하기 위해 이리저리 궁리한 흔적인지, 반자동화되어 있었다. 줄지어 선 이용객들은 안쪽으로 수십 개가 늘어선 기둥 같은 것의 사이를 지나 홈으로 나가고 있었다.

그 장소는 일반적인 학교의 운동장 정도 되는 크기로, 벽이며 천장, 바닥에 이르기까지 모든 곳이 하얀 석제 타일로 뒤덮여 있었다.

미라는 퍼스트 클래스와의 차이에 당황하면서도 자연스럽게 만들어진 줄에 늘어섰다. 좌우 양측 모두 많은 사람들로 가득하여, 불과 몇 미터 앞조차 보이지 않았다.

정말 이 줄이 맞기는 한 걸까. 신입생 자격으로 처음 교실 자리에 앉아 담임선생을 기다리는 듯한 불안한 심경으로 미라는 한 걸음 한 걸음 앞으로 나아갔다.

줄을 선 지 십여 분. 이용객들이 기둥에 팬 홈에 표를 통과시키는 모습이 보였다. 무엇을 하고 있는 것인지 파악하고서야 안심이 된 미라는 경직되었던 어깨를 늘어뜨리고는 웨스트 파우치에서 표를 끄집어낸 채 자신의 차례가 오기를 기다렸다.

'자동 개찰구와 같은 것이로군.'

완전 자동화된 본래 있던 세계의 역을 머릿속에 떠올리며 그것을 참고하여 만들어진 것이겠거니 하고 미라는 납득했다.

줄이 앞으로 나아가 드디어 미라의 차례가 왔다. 똑같이 하면 괜찮을 거라고 자신을 타이르며 미라의 키로는 약간 높은 위치에 있는 틈새에 표를 내밀었다. 그러자 틈새가 은은히 빛나더니 표에 마법진 같은 문양이 새겨졌다.

'흠. 이건 무슨 의미가 있는 겐지.'

미라는 희미한 마나를 띤 표를 바라보며 뒤에 선 사람들에게 떠밀리다시피 개찰구에서 홈으로 빠져나갔다.

이코노미 플레스의 홈은 훤히 드러난 석조로 되어 있어 소박한 인상을 풍겼으나 전체 길이는 400미터 정도. 퍼스트 클래스에 비해 훨씬 광대했다. 또한 자세히 보니 그 홈을 둘로 나누듯 역무원이 배치되어 로프로 경계선을 긋고 있었다. 그것은 꼭 안전선 같았다.

'좋은 활기로구나.'

선로가 있는 방향에는 커다란 빈 공간이 생겨나 있었다. 열차가 도착하면 한꺼번에 수천 명이 타고 내리는지라 그 흐름을 원활하게 유도하기 위한 조치이리라.

역무원이 유도하듯 소리를 치는 가운데, 미라는 사람들이 내뿜는 열기를 온몸으로 느끼며 그 지시에 따라 안전선 안쪽으로 들어갔다.

잠시 후, 기적소리가 귀울림처럼 멀리서 들려왔다. 그것은 횟수를 거듭할 때마다 커지고 강해져, 이윽고 자신의 존재를 주장하듯 요란하게 대기를 진동시켰다.

강철로 된, 모든 것을 떨쳐내고 나아가겠다는 의지를 체현한 듯한, 그야말로 검투사의 갑옷 같은 선두 차량이 얼굴을 드러냈다. 감속을 위해 금속이 서로 마찰되며 낸 날카로운 소리가 마치 왕의 개선가처럼 홈 안에 울려 퍼졌다.

그 후, 후속 차량도 차례로 모습을 드러냈다. 검은 차체는 압도적이었고 그 움직임은 완만해 보여도 기류는 격렬하게 요동쳐, 그 자리에 있는 자들의 머리카락을, 옷가지를 마구잡이로 쓰다듬어댔다.

"길기도 하군……."

정차한 순간에는 조용히 김이 빠지는 소리가 차체에서 흘러나왔다. 미라는 홈을 가득 메운, 마치 성벽 같은 차체를 둘러보며 무의식중에 중얼거렸다.

열차는 열 량 편성. 선두가 퍼스트 클래스고 이어서 프리미엄 클래스가 두 량, 이코노미 클래스가 다섯 량, 그리고 나머지 두 량이 화물차였다.

미라가 그런 박력 넘치는 광경에 푹 빠져 있는 동안에도 승객들이 차례차례 차내에서 흘러나왔다. 눈 깜짝할 새 홈 전체가 인파로 가득 차더니 두 개의 해류처럼 나뉘어 한쪽이 개찰구를 통해 흘러나갔다.

하차 작업은 수십 분 동안 이어졌다.

승객들은 여전히 몸이 찌부러질 정도로 많았지만 혼잡함이 절정에 달했던 조금 전에 비하면 그나마 낫다고 할 수 있을 정도로는 안정되었다.

"담당 직원의 지시에 따라 뛰지 말고 천천히 승차해주시기 바랍니다."

역무원이 소리를 쳐서 승객들을 유도하기 시작했다. 마치 이벤트 회장 같은 분위기에 휩쓸려, 미라는 얌전히 지시에 따랐다.

이코노미 클래스 차량의 문은 넓어, 어른 셋은 늘어설 정도로 여유가 있었다. 그것이 한 량에 두 곳, 차량 앞뒤에 붙어 있었다. 미라는 흐름에 따라 다섯 량째 열차의 앞쪽 문으로 차내에 들어섰다.

나무 냄새 같기도, 쇠 냄새 같기도 한 퀴퀴한 냄새의 마중을 받으며 나아가니, 입구 정면 바로 앞에 계단이 있었다. 보아하니 이코노미 클래스는 네 개의 층으로 나뉘어 있는 듯했다.

역시 높은 곳에서 보이는 경치가 좋겠거니 싶어 미라는 연기처럼 4층으로 올라갔다.

이코노미 클래스 4층의 차내는 창가석이 2인석, 중앙은 3인석으로 이루어져 있었다. 곳곳에 옆쪽 통로로 나가기 쉬운 구조로 되어있는 듯했다. 마치 여객기 같은 구조이기는 했지만 내부 장식은 나무와 천과 쇠장식으로 통일되어 있어 어딘가 옛날 철도에 가까운 분위기를 풍겼다.

자리는 지금도 상당히 메워져 있었지만 미라는 간신히 몸을 밀어 넣어 창가 자리를 확보하는 데 성공했다.

10분, 20분 시간이 지나 바둑판처럼 자리가 메워져가는 가운데, 미라는 창가에 턱을 괸 채 아직도 사람들이 흘러들어 오는 홀을 바라보고 있었다. 그러던 중 금발 머리의 여성이 미라의 옆에 서서 "옆에 앉아도 될까?" 하고 말을 붙여왔다.

스무 살에 조금 안 되어 보이는 여성은 푸른색과 하얀색으로 된 에이프런 드레스를 입고 거기에 하얀 케이프를 걸치고 있었다. 장신구라기보다는 악센트 같은 소품이 박힌 그 의상은 흰 토끼라도 곁에 있었다면 이상한 나라에 헤매어 들어온 사람이 아닐까 싶었을 인상을 풍겼다.

"그래, 괜찮다."

멍하니 밖을 쳐다보던 시선을 여성으로 돌린 미라는, 그 복장을 보고 다소 당황했지만 태연한 목소리로 대답하고는 아주 조금 허리를 펴서 몸을 창가로 붙였다. 충분히 비어 있던 좌석의 빈자리가 더욱 넓어졌다.

"고마워~."

여성은 미라의 몸동작을 열띤 시선으로 쳐다보더니 그 옆에 사뿐히 앉았다. 그러자 그 의상에 배어 있던 달콤한, 과일향 같은 향기가 미라의 코끝을 스쳤다.

"너, 귀엽다."

여성은 그렇게 말하더니 붙임성 있는 미소를 지은 채 미라에게 고개를 돌려 빤히 쳐다보았다.

"음, 그럴 테지."

최고 걸작인 자신의 외모에 자신이 있는 미라는 그렇게 자신만만하게 답하고는 살짝 기쁜 듯 미소 지어 보였다. 하지만 그 여성을 바라본 미라 역시 창가에서 들이친 희미한 빛에도 보석처럼 빛나는 푸른 눈동자와 햇볕을 두른 듯한 머리카락에 눈길을 빼앗겼다.

"아핫, 너 참 재미있다. 난 테레사라고 해. 너는?"

"미라다."

"미라라고 하는구나. 아, 한 장 찍어도 돼?"

테레사는 순진한 미소를 짓더니 그렇게 말하며 어깨에 메고 있던 작은 가방에서 검은 상자 형태의 물체를 끄집어냈다. 거기에는 중심에 돌기가 솟아있었고, 테레사가 거기 덮여있던 뚜껑을 열자 렌즈가 끼워져 있는 것이 보였다.

"호오, 그것은 카메라냐?"

"응, 맞아. 안 될까?"

"아니, 딱히 상관은 없다."

사진이 존재한다는 사실은 알았지만, 이 세계에서 처음으로 카메라를 본 미라는 관심이 동해 승낙했다.

테레사가 "고마워!" 하고 미소를 보인 직후, 검고 네모난 카메라가 그 얼굴을 가려버렸다.

"찍을게~."

그렇게 말하며 테레사가 카메라를 들이대자 미라는 당당하게, 덤블프였던 시절처럼 위엄 있는 포즈를 잡아 보였다.

"아~ 자연스럽게 있어도 돼~."

사랑스러운 소녀에게는 어울리지 않는 자세를 본 테레사는 난감하다는 듯 눈썹을 늘어뜨렸다.

"우음……."

결과, 회심의 포즈를 짓지 못한 채 촬영을 하는 바람에 미라는 다소 부루퉁한 표정으로 사진에 찍히고 말았다.

"좋은 걸 찍었네, 고마워~."

테레사는 정말로 기쁜 듯 방긋 미소를 지은 채 감사인사를 했다. 미소뿐 아니라 새침스러운 미라의 표정은 최고로 보기 좋아, 좋은 사진을 찍었다는 확신이 들었기 때문이다.

"나 있잖아, 매지컬 나이츠에서 홍보 담당으로 일하고 있어. 이번에 작품전이 있으니 괜찮으면 보러 와줘."

카메라를 가방에 다시 넣은 테레사는 그것을 무릎 위에 놓고 고쳐 앉으며 다소 고개를 갸웃한 채 미라에게 미소를 던졌다.

"매지컬 나이트라…… 가만, 어디서 들어본 것 같은데……."

미라는 그렇게 중얼거리며 시선을 창밖으로 돌렸다. 들어본 것 같기도, 못 들어본 것 같기도 한 애매한 기억을 더듬으며.

"있잖아, 마법소녀풍(風)이라 불리는, 이런 분위기의 옷을 취급하는 최근 가장 인기 있는 의상실이야."

테레사는 그렇게 말하며 옷이 잘 보이도록 두 팔을 벌려 보였다. 그에 따라 시선을 돌린 미라의 눈에 들어온 것은, 분명 여러 도시에서 자주 보았던 콘셉트를 띤 디자인의 옷이었다.

'과연, 요컨대 유행의 근원지라 이거로군.'

매지컬 나이츠라는 이름을 곧장 기억해내지는 못했지만, 작위적이기는 해도 번듯한 세계관을 확립한 마법소녀의 이미지를 머릿속으로 그리고 있자니 어이가 없는 수준을 넘어 감탄스러울 지경이었다.

"미라가 입은 옷도 콘셉트는 비슷한 것 같은데. 오리지널이야? 나도 모르게 눈길이 가더라고."

"뭐어, 그런 셈이지."

미라가 걸친 마도 로브 세트는 성에서 일하는 시녀들이 마법소녀풍을 바탕으로 총력을 기울여 만들어낸 일품이라 들었으니, 콘셉트가 비슷하다는 말은 아주 틀린 것이 아니리라.

『우순환선, 발차합니다. 차량이 흔들릴 수 있사오니 조심해주십시오. 다시 한 번 말씀드립니다―.』

두 사람이 그런 이야기를 하는 동안에도 시간은 흘러, 종소리가 울려 퍼진 뒤, 발차를 알리는 방송이 흘러나왔다.

퍼스트 클래스와 달리 이코노미 클래스는 떠들썩했고 차내에는 모험가의 모습이 많이 보였다. 처음 승차한 것인지 일부 승객들은 열차가 움직이자마자 난리법석을 떨어댔다.

가볍게 밀려나는 듯한 가속감 속에서 미라는 성가시다는 생각이 들기는 해도 어째서인지 밉살스럽게 느껴지지는 않는 그 떠들썩한 소리를 듣고 있었다.

열차가 달리기 시작해서 얼마간, 두 사람은 옷에 관해 이야기했다. 뭐, 주로 테레사가 이야기하고 미라가 맞장구를 치는 모양새를 띠기는 했지만. 마법소녀풍이 걸어온 역사는 이 세계에 관

한 정보를 아직 많이 알지 못하는 미라에게는 의외로 유익한 이
야기였다.

"맛있어 보이네."

"안 줄 거다."

이야기를 다 들은 후, 미라는 역 도시락을 끄집어냈다. 테레사
는 미라의 월남쌈 도시락을 멍한 눈으로 바라보며 탐이 난다는
투로 중얼거렸다. 미라는 그것을 일축하더니 도시락을 감추듯 등
을 돌리며 입술을 벌려 월남쌈을 깨물었다.

참고로 테레사는 이야기 도중에 자기 몫을 다 먹어치워, 지금
은 그 빈 상자를 아쉽다는 듯 쿡쿡 찌르고 있었다.

"나 원…… 자, 이거라도 먹을 테냐."

귀가 축 늘어져서 빈 그릇을 핥는 강아지 같은 테레사의 모습
에 미라는 못 말리겠다며 눈꼬리를 늘어뜨린 채 요전에 구입했던
머스캣 쿠키를 내밀었다.

"고마워~!"

쿠키를 주저 없이 받아든 테레사는 그야말로 강아지처럼 기뻐
했다.

'한가하구나.'

창문에서 내다보이는 숲은 끝없이 이어져 있었고, 하늘에는 하
얀 물감을 붓으로 꾹꾹 찍어 칠한 듯한 구름이 흩어져 있었다. 하
지만 그것과는 대조적으로 차내에서는 술 냄새가 풀풀 풍기고 있
기도 했다.

"그림다트에 퍼지 다이스 님이 나타났다지 뭐야!"

누가 말했는지는 모르겠지만 무수하게 오가던 목소리 속에서 미라는 귀에 익은 이름을 포착해 냈다. 그 뒷부분은 새된 목소리에 지워져 버렸지만. 미라는 문득 생각이 나서 '괴도 퍼지 다이스' 카드를 끄집어냈다.

"그러고 보니 그대는, 이 녀석을 아느냐?'

그렇게 말하며 미라는 쿠키를 먹고 있는 테레사에게 카드를 보여주었다. 그러자 테레사는 쿠키를 씹으며 한 차례 고개를 끄덕이더니 가방을 뒤지기 시작했다.

"당연히 알지. 괴도 퍼지 다이스 님. 요즘 엄청 인기 있거든. 요전에 마침 이벤트가 있기도 했고."

쿠키를 삼키고서 입을 연 테레사는 메모장을 꺼내 한 장의 사진을 미라에게 보여주었다. 그 사진에는 그야말로 카드에 그려진 그림과 같은 복장으로 가면을 손에 든 남녀 열 명이 나란히 찍혀 있었다. 이른바 코스프레 집합 사진이었다.

"이것 참……."

한가운데 찍힌 것은 테레사가 분명했다. 미라는 뭐라 말을 해야 할지 애매하다는 생각에 거기 늘어선 면면들을 본 채 눈살을 찌푸렸다.

"뭐어, 그런 건 되었다. 해서, 이 녀석은 어떤 인물이냐?"

사진에 관해서는 언급하지 않기로 결심한 미라는 손에 든 카드를 주목하라는 듯 내밀며 물었다.

"미라는 몰라? 으~음, 뭐어 이 근처에는 출현하지 않으니 별수 없으려나……. 있잖아."

테레사는 그렇게 이야기를 시작했다.

테레사의 말에 따르면 괴도 퍼지 다이스는 누구나 알고 있는 유명인이었다. 하지만 그에 관해서는 수수께끼가 많아, 세상에 알려진 정보는 많지 않다고 한다. 그러나 그런 부분도 인기의 비결 중 하나라고 테레사는 말했다.

주관이며 망상을 뒤섞은 설명을 통해 미라가 얻은 지식은, 괴도 퍼지 다이스는 아무래도 의적으로 분류되는 존재인 듯하다는 것이었다.

"악당을 벌하는 정의의 괴도라니, 별난 녀석이 다 있구나."

"소문에 의하면 고아원에 기부를 하고 있대. 멋져라!"

테레사는 사랑에 빠진 처녀처럼 몸부림을 치고 두 발을 파닥거렸다. 그런 테레사의 모습을 곁눈질하다 카드로 눈을 돌린 미라는, 여심은 잘 모르겠다고 결론을 내리며 눈을 내리깔았다.

그렇게 테레사와 하잘 것 없는 대화를 나누는 동안에도 쉼 없이 달린 열차는, 해가 저물어 밤기운이 안개처럼 차내에까지 깔리기 시작했을 무렵, 다음 역에 도착했다.

역 도시 홀리 게이트의 전 역인 역 도시 이스트 발라드의 역 앞 광장에서 테레사와 헤어진 미라는 그 길로 여관을 찾기 시작했다. 잔금이 얼마 남지 않은 탓에 예산은 1만 리프 이하였다.

하지만 여관을 몇 번 물색해봤더니 제법 익숙해져, 흐르는 노래라는 이름의 여관에서 하룻밤을 묵기로 마음을 정한 미라는 식당에서 공연 중인 음유시인의 이야기에 귀를 기울였다.

이렇게 그날 밤은 깊어져갔다.

다음 날 아침, 열차가 출발하기 한 시간 전. 싸구려 여관인 탓에 식사가 나오지 않아 미라는 아침 식사를 먹으러 역 앞에 늘어선 노점을 둘러보고 있었다.

역 앞에 빽빽하게 늘어선 무수한 여관은 절반 이상이 저렴한 가격을 장점으로 내세우고 있는 모험가 전용 같은 여관으로, 아침이 나오지 않는 경우가 흔했다. 모험가는 모험 도중에 얻은 식재료 등을 지참하고 있는 경우가 많기 때문이다. 그 때문에 식사 제공은 없지만 조리실은 제공하는 여관이 많았다.

미라가 하룻밤을 묵은 것도 이러한 형식의 여관이었다. 하지만 미라는 식재료를 가지고 있지 않아 의미가 없었고, 이렇게 노점을 돌아다닐 수밖에 없게 된 것이다.

참고로 이 노점이라는 것 역시 미라처럼 식재료를 가지고 있지 않은 자들이며 좋아하는 음식을 마음대로 먹고 싶다는 손님의 수요에 부응하기 위해 늘어서기 시작한 것으로 대부분 주변 여관의 주인장이 차린 것이었다.

"오오! 좋은 것이 있었구나!"

수십 개가 늘어선 노점을 정신없이 둘러보던 도중, 한 노점을 발견한 미라는 그곳으로 달려갔다.

그때였다. 짙은 녹색의 타바드(tabard)를 입은 남자가 미라보다 조금 먼저 노점 앞에 섰다.

"주인장, 추천 메뉴를 500리프어치 주시오."

"이용해주셔서 감사합니다."

남자는 동화 다섯 닢, 500리프를 내밀며 낮고 치분한 목소리로 주문했다. 한 걸음 차이로 졌다는 생각에 미라는 멋대로 패배감을 맛보며 노점 한편에서 끓고 있는 '어묵'을 바라본 채, 그릇으로 옮겨 담아지는 건더기들을 조마조마한 눈으로 좇았다.

그렇다, 어묵이었다. 노점의 정석 메뉴, 어묵을 발견한 것이다. 미라는 국물 특유의 냄새에 허기진 배를 부여잡은 채, 독특한 형상의 냄비 안을 확인했다.

"오래 기다리셨습니다. 추천 메뉴 500리프어치 여깄습니다."

용기에 수북이 담긴 어묵이 미라의 눈앞을 지나 타바드를 걸친 남자의 손에 건네졌다.

떠나가는 남자에게는 눈길도 주지 않고 미라는 곧장 노점으로 고개를 돌려 은화 다섯 닢을 움켜쥔 손을 불쑥 내밀었다.

"주인장, 이 몸에게도 추천 메뉴를 500리프어치 다오!"

"아가씨, 뭘 좀 아는구만. 고맙다."

주인장은 동화를 받으며 환하게 웃더니 어묵을 용기에 뜨기 시작했다.

그때였다.

"아, 대장님은 오늘도 어묵이십니까? 그럼 제 생선튀김을 드릴 테니 계란이랑 좀 바꿔주십쇼."

"말도 안 되는 소리. 고작 생선튀김이 어묵에 든 계란이랑 상대가 될 것 같냐? 머스캣 비프 스테이크 정도는 준비해서 와라."

그런 대화가 미라의 등 뒤에서 들려왔다. 고개를 돌려보니 조금 전의 그 남자가 심록색 타바드를 걸친, 같은 행색의 집단 속에 있었다. 그리고 자세히 보니 그들 모두가 같은 종류의 검을 차고 있었다.

같은 의상에 같은 장비. 저 통일성이 있는 집단은 길드일까, 기사단일까. 그런 생각을 하며 미라가 쳐다보던 중에 어묵 노점 주인이 "왜 그래, 아가씨" 하고 물었다.

"아니, 별일은 아니다만, 저 집단은 무엇인가 싶어서 말이다."

미라는 한 차례 고개를 돌려 그렇게 말하며 심록색 집단을 눈짓으로 가리켜 보였다.

"아아, 저분들은 '조마원정대(調魔遠征隊)'야. 못 들어봤어?"

주인장은 당연하다는 듯 그렇게 말했고 미라가 못 들어봤다고 대답하자 의기양양하게 '조마원정대'에 관해 설명하기 시작했다.

주인장 말에 따르면 '조마원정대'란 각지의 마물이며 마수의 분포도며 동향, 생식 지역 등을 조사하는 조합 소속의 부대라고 한다.

그리고 그들의 조사 결과는 마물 대량 발생의 사전 예보나 마물 생식 영역의 이동에 따른 자연계 조화 파괴 방지, 상단의 루트 조정 등 실로 많은 분야에 도움이 되고 있다는 모양이었다.

"오호라."

듣자 하니 그런 부대가 스무 부대는 되는 모양이었고, 어묵을 맛있게 먹고 있는 그의 부대는 그중 하나라 했다. 미라는 그런 조마원정대를 바라보며 감탄스럽다는 투로 중얼거렸다.

"그나저나, 뭔가 좀 이상하단 말이지."

쾌활하게 설명을 마친 주인장은 그 후 문득 눈살을 찌푸린 채 그들을 쳐다보았다. 그러고는 다시 입을 열었다.

이야기에 따르면 아무래도 이 주변의 조사는 한 달 전에 끝났다고 한다. 조마원정대에 의한 조사는 구역별로 대개 반년에 한 번 이루어지는 모양이었다. 평소 같았으면 다섯 달 뒤에나 찾아와야 맞았다. 하지만 최근 그들 이외의 부대도 근처에 와 있다는 소문을 들은 적이 있다고 주인장은 말했다.

"이런 일은 4년 만이야. 분명 그때는, 어느 상회 상인이 악마를 봤다며 소란을 피웠었지. 결국 데드 엠페러의 변이종이었던 모양이었지만. 그러니 이번에도 뭔가의 변이종 같은 거겠지."

역시나 의기양양하게 설명한 뒤, 주인장은 "뭐어, 그 외의 원인도 있을지 모르지만" 하고 말을 이으며 웃었다.

"호호오~. 이게 분포도인가. 훌륭하구나."

500리프어치의 어묵을 실컷 맛본 뒤, 미라는 술사조합을 방문했다. 조합에 조마원정대의 조사 결과가 게시되어 있다는 이야기를 어묵 노점 주인장에게 들었기 때문이다. 흥미가 동한 미라는 조합 홀에서 그것을 쳐다보고 크게 감탄했다. 그리고 직후, 발차 30분 전을 알리는 종소리를 듣고 부리나케 역을 향해 달렸다.

15

다소 출발이 늦어지기는 했지만 미라는 선술사의 기동력을 구사하여 마찬가지로 역으로 향하는 철도 이용객들보다 빨리 이코노미 클래스 4층 창가석을 확보하는 데 성공했다. 이미 대부분의 좌석이 메워져 있는 만큼, 각별한 기분이 들었다.

그 후 얼마쯤 지나자, 승객 수가 단숨에 불어남과 동시에 아침 특유의 푸근하고도 상쾌한 공기가 뿔뿔이 흩어지듯 밀려나더니, 그 대신 인간미 넘치는 떠들썩한 소리가 자리를 채우기 시작했다.

'젊구나.'

미라는 좌순환선의 무인 홈을 바라보며 어쩐지 달관한 듯한 표정으로 그 떠들썩한 소리에 귀를 기울이고 있었다.

"동석해도 될까요?"

남자의 목소리가 떠들썩한 소리에 밀리지 않고 명료하게 퍼져, 곧장 미라의 고막을 진동시켰다.

미라가 창문에서 시선을 떼어 돌아보니 그곳에는 류트를 손에 든 남자와 모자를 깊이 눌러 쓴 여자가 서 있었다.

확보한 자리는 2인용 의자가 마주보게 설치된 박스석으로, 말을 붙인 남자는 미라의 정면에 있는 자리를 가리키고 있었다.

색이 바랜 갈색 외투를 두른 그 남자의 얼굴은 붙임성이라는 것을 응축시켜 굳혀놓은 듯했다. 입가에는 본래 웃는 상인가 싶을 정도로 자연스러운 미소가 걸려 있었다. 둥그런 눈은 다소 아래로 쳐져 있어 그 표정을 한층 더 부드럽게 장식해 주었다. 사람은 좋아 보이지만 곧잘 속을 듯한 인상을 풍겼다.

그에 반해 여성 쪽은 고양이 귀를 본뜬 하얀 모자를 썼으며, 거기서 흘러나온 칠흑색을 띤 긴 머리는 숨을 내쉴 때마다 나풀거릴 정도로 섬세해 보였다. 하지만 그 눈은 공허하게 허공을 바라보고 있어, 얼굴 생김새가 번듯함에도 전체적으로 구름이 잔뜩 낀 봄날의 밤처럼 침침한 인상을 풍겼다.

"상관없다."

미라는 그런 두 사람을 흘끔 쳐다본 뒤, 한껏 뻗었던 다리를 오므렸다.

동석 의사를 묻기에 미라는 벌써 그렇게 자리가 메워진 건가 싶어 주변을 가볍게 둘러보았다. 갈수록 더해가는 떠들썩한 소리에 비해 아직 빈자리가 제법 남아 있었다.

미라는 아무도 없는 빈자리가 있으면 우선 거기에 앉을 생각을 하다 보니 두 사람이 어째서 굳이 이 자리로 온 것인지 의아해졌다. 그러자 그 사실을 알아챈 것인지 남자가 류트 현을 한 차례 퉁기며 변명처럼 들리는 말을 입에 담았다.

"보시다시피 저는 음유시인이거든요. 이름은 에밀리오입니다. 여행 도중에 만난 이런저런 사람들의 이야기를 듣고 다니고 있는데, 실례가 되지 않는다면 당신의 이야기를 듣고 싶어서요. 답례는 많이 못 해드리지만, 무료한 긴 여행 중 음악 몇 곡조는 뽑아드릴 수 있습니다. 어떠신가요?"

미라는 딱히 거절할 이유도 없었던 데다 마침 약 다섯 시간이

나 멍하니 밖을 쳐다보거나 만화를 읽는 건 좀 그렇지 않나, 하는 생각을 하던 참이었다.

"재미있는 이야기는 없다만, 그래도 괜찮겠느냐?"

"고맙습니다. 어떤 이야기든 상관없어요."

에밀리오는 더욱 짙은 미소를 지은 채 감사인사를 하더니 여성의 손을 잡고 조심스럽게 한 걸음 한 걸음을 옮겨 의자에 앉게 했다.

"고마워."

속삭이는 듯한 목소리로 여성이 말했다. 에밀리오에게 보내는 표정은 분명 미소의 형태를 띠고 있었지만, 미라의 눈에는 어쩐지 금방이라도 사그라져 버릴 듯한 공허함을 내포하고 있는 듯 보였다.

"이쪽은 리아나. 소꿉친구입니다. 지금은 함께 여행을 하고 있죠."

"잘 부탁드려요."

"음, 이 몸은 미라다."

에밀리오가 그렇게 소개하자 리아나는 참새가 지저귀는 듯한 귀여운 목소리로 말하며 무릎에 손을 모은 채 천천히 고개를 숙였다. 하지만 그 눈은 미라 쪽을 향하지 않고 아무도 없는 옆 자리를 바라보고 있었다.

그 후 얼마 지나지 않아 발차를 알리는 종소리가 울리더니 열차가 출발했다. 둔중한 열차가 힘차게 달려 나간 순간, 미라는 기대 섞인 눈으로 창밖을 바라보았고 에밀리오는 살며시 리아나의 손을 잡고서 바깥 경치를 눈에 새기듯 지긋이 바라보았다.

"오늘도 날씨가 정말 좋아. 하늘 저편까지 보일 정도로 맑아. 슬슬 비가 잦아질 계절인데 그럴 낌새가 전혀 안 느껴져. 하지만 새하얀 구름이 딱 하나 떠있어. 길을 잃은 양 같아. 빨리 친구들을 만났으면 좋겠다. 땅도 하늘에 뒤지지 않을 정도로 파릇해. 마치 누가 더 푸르른지 경쟁을 하듯, 머나먼 지평선 끝까지 이어져 있어."

에밀리오는 눈에 보이는 경치를 차례로 묘사하듯 말을 자아냈다.

이렇게 음유시인과의 짧은 여행이 시작되었다.

"해서, 어떤 이야기가 듣고 싶은 게지?"

"뭐든 상관없어요. 직접 체험했던 것, 들었던 것, 본 것, 신경 쓰이는 일이라도. 당신이 하고 싶은 이야기를 들려주세요."

"흐음~ 글쎄다."

열차가 순조롭게 선로 위를 달리는 가운데, 미라는 창밖에서 시선을 떼어 정면에 자리한 에밀리오를 바라보았다. 그는 이야기를 들려달라고 했지만, 미라는 음유시인이라는 존재에게 무슨 이야기를 하면 좋을지 짐작도 되지 않았다. 하지만 에밀리오는 그야말로 어떤 이야기라도 상관없다고 답했다. 그가 바라는 것은 한 사람 한 사람의 드라마라는 모양이었다. 영웅담 같은, 모든 이가 열광할 이야기가 아니라 마음 속 한 구석을 훈훈히 밝혀줄 작은 이야기. 그것이 에밀리오가 바라는 노래인 모양이었다.

무슨 이야기든 상관없다기에 미라는 그야말로 시답잖은 이야기를 시작했다. 임무며 기밀에 관해서는 덮어두고 에카르라트 카리용과 아는 사이라는 이야기나 하인리히는 놀리는 맛이 있는 녀석이었다는 이야기나, 카드를 대량으로 충동구매 했던 이야기 등. 정말로 그 자리에서 떠오른 이야기를 아무렇게나 늘어놓았다.

에밀리오는 그런 이야기를 진지하게, 흥미진진하다는 투로, 그리고 때때로 이를 보이도록 웃으며 류트를 딩, 하고 튕겼다. 리아나도 기분 탓인지 여성 특유의 것이라 해야 할지, 자식을 아끼는 어머니 같은 표정을 지은 채 귀를 기울이고 있었다.

"고맙습니다. 정말 유익한 이야기였어요. 답례로 요청곡이 있으시면 뭐든 말씀하세요. 알고 싶은 정보 같은 거라도 괜찮고요. 제가 아는 거라면 뭐든 답해드리죠."

미라의 이야기가 일단락되자 에밀리오는 그렇게 말하더니 자신들은 둘이서 1년 가까이 온 대륙을 돌아다니며 여행을 하고 있다고 했다. 그러니 대륙에서 일어난 이런저런 일에 관한 이야기를 들려줄 수 있을 것이라고. 그러한 이야기는 주로 에밀리오가 했고, 리아나가 말을 하는 경우는 드물었다.

미라의 이야기를 통해 무언가를 찾아 여행 중이리라는 것을 알아챈 에밀리오는 답례 대신 정보를 제공하겠다고 나선 것이다. 그것은 미라에게 더없이 반가운 이야기였다.

마침 잘됐다 싶어 꽤 오래 전에 솔로몬이 조합을 경유해 건넸던 봉서를 끄집어내어 거기 적힌 숫자를 확인했다.

"그럼 작은 일이든 큰 일이든 상관없으니 지금부터 말하는 날짜 즈음에 생겼던 일이나 소문 같은 게 있다면 가르쳐줬으면 한다만."

"아하, 알겠습니다."

"시작하마. 2117년 9월 20일, 2132년 6월 18일, 2138년 1월 14일. 이상이다."

미라는 아홉 현자가 이 세계에 출현했다는 날짜를 읊었다. 그러자 에밀리오는 그 세 개의 날짜를 반추하더니 생각을 할 때의 버릇인지 류트의 몸통을 손가락으로 두드리기 시작했다.

이코노미 클래스는 열차가 출발하자 조금은 조용해지기는 했으나 아직 떠들썩해서, 류트를 똑똑 두드리는 건조한 소리는 커졌다 잦아들기를 반복하는 사람들의 목소리 틈새에서 거품이 터지는 소리처럼 때때로 울렸다가는 사라졌다.

"죄송해요, 아무리 생각해도 앞쪽 두 개는 짚이는 바가 없네요."

생각을 마친 에밀리오는 딩, 하고 류트 현을 튕긴 후 그렇게 말하더니 다시 한 번 현을 튕겼다.

"호오, 하나는 짚이는 바가 있다는 투로 들린다만."

"작은 일이라도 상관없다면 하나 짚이는 바가 있어요. 2138년 1월 14일. 부전조약 체결 1주년을 앞두고 있었던 날이었죠. 제가 기억하기로는 분명, 이날로부터 며칠 후에 삼신국방위전으로 발생한 전쟁고아 백여 명을 거두었다는 고아원이 설립되었을 겁니다. 장소는 그림다트 북동쪽에 자리한 산속 깊은 곳의 이름도 없는 마을이었던 것 같은데."

그 고아원에 관한 이야기는 에밀리오가 보고 들은 것들 중에서도 특별히 마음에 드는 에피소드였는지 목소리에는 존경심에 가까운 감정이 담겨 있었다.

이 이야기는 그야말로 일반적으로는 사그라지듯 잊혀질 정도의 것이었다. 산속 깊은 곳의, 정말로 작고도 작은 마을에서 있었던 일이다. 하지만 그 자애 정신에 감명을 받았던 에밀리오는 그 이야기가 가장 먼저 떠오른 모양이었다.

"고아원이라……."

그렇게 중얼거린 미라는 다시 봉서에 든 메모로 시선을 떨어뜨렸다. 해당되는 기술은 'A 2138, 1, 14'였다. 이 A는 이니셜이었다. 그리고 A로 시작되는 아홉 현자는 한 사람밖에 없었다.

'아르테시아인가. 분명 가능성은 많을 듯하군.'

성술의 탑의 아홉 현자. 상극(相克)의 아르테시아. 과거에 아이를 유산한 적이 있어서인지 도가 지나칠 정도로 아이를 좋아했다. 지금도 미라의 기억 속에 있는 그대로라면 전쟁으로 길거리에 나앉은 아이들을 보고 고아원을 설립하는 일 정도는 당연하다는 듯 실행에 옮기고도 남을 인물이었다. 하물며 이 세계에서는 아홉 현자에 오를 정도의 실력을 겸비하고 있으니, 어린아이 열 명, 스무 명, 백 명 정도를 부양하는 것은 일도 아니리라.

"허어, 참으로 좋은 이야기를 들었군."

"천만에요, 도움이 되셨다니 다행이네요."

유용할지 모르는 정보를 들은 미라는 감사 인사를 했다. 에밀리오는 류트 현을 튕겨 자신이 감명을 받았던 이야기를 좋게 받아들여준 것에 대한 기쁨을 표현했다. 그리고 그 손가락은 자연스럽게 곡을 연주하기 시작해, 그 마음을 나타내는 듯한 흥겨운 곡조가 차내의 떠들썩한 소리에 섞였다.

기분 좋은 음색에 미라도 귀를 기울이며 몸의 긴장을 풀었다. 그렇게 자리에 깊이 고쳐 앉은 참에 문득 리아나와 시선이 마주쳤다. 그 얼굴에는 처음에 느꼈던 우울한 빛이 남아 있기는 했지만, 마치 밤에 피는 월하미인처럼 부드러운 미소가 걸려 있었다. 에밀리오의 연주를 좋아하는 것인지, 마치 표정에 달빛이 쏟아진 듯 보였다.

리아나의 손은 리듬을 타듯 무릎 위에서 가볍게 오르내렸다. 조금 멀리서 두 사람을 보면 오랜 세월을 함께 한 부부처럼도 보일 듯했다.

난로에 환하게 불이 밝혀진 듯한 따스한 감정 속에서 미라는 리아나의 시선이 신경 쓰였다. 공허했기 때문이다. 마치 누군가가 아무렇게나 끼워 넣은 듯한 그 눈은, 어딘가를 보는 것이 아니라 그저 뜨여있기만 했다.

'이 자는, 혹시…….'

리아나의 눈을 관찰하듯 바라보며 반응을 확인할 요량으로 손을 흔들어 보았다. 하지만 리아나는 아무런 반응도 하지 않고 여전히 류트의 음색에 귀를 기울이고 있었다. 간과할 수 없을 정도의 위화감을 느낀 미라는 살며시 에밀리오를 바라보았다.

에밀리오는 물음을 던지듯 날린 미라의 눈빛을 받고는 거기 담긴 의문점을 알아챘다.

에밀리오는 곡을 조용히 마무리 짓고는 살짝 고개를 끄덕였다.

"네, 짐작하신 대로 리아나는 눈이 안 보입니다."

에밀리오는 그렇게 말하며 리아나의 손을 살며시 잡았다. 리아나로 말하자면 그 손을 마주 잡으며 바싹 다가가 몸을 기대었다.

"역시 그러했나."

"병을 앓고 후유증이 남아서."

"딱하게 되었군……."

미소를 짓고는 있어도 어쩐지 그늘이 진 듯 보이는 리아나에게 그런 사정이 있었다니. 미라는 그 현실이 야박하게 느껴질 따름이었다.

원인은 희귀병의 일종이었다. 간신히 치료는 했으나 그 대신 빛을 잃은 당시의 리아나는 완전히 방구석에 틀어박혔고, 사람들은 그야말로 누구 할 것 없이 위로의 말만을 던졌다. 하지만 단 한 사람, 그런 그녀에게 위로 이외의 말을 입에 담은 남자가 있었다.

에밀리오였다. 소꿉친구였던 그는 아버지의 영향으로 음유시인을 꿈꾸고 있었고, 방에 틀어박힌 리아나의 곁에서 아무 말도 하지 않고 류트를 퉁기며 매일 같이 모험담을 노래했다.

그 일을 반복하자, 리아나는 서서히 반응을 보이게 되었다. "음이 어긋났어"라거나 "발음 꼬였어" 같은 말을 하기 시작한 것이다. 신랄하기 그지없는 지적을 받고 나면, 에밀리오는 그때마다 제대로 될 때까지 반복했다.

그런 나날이 계속되어 자신이 아는 모든 노래를 다 부른 에밀리오는 '새로운, 나만의 노래를 짓고 싶어. 그러니 여행을 떠나려해'라고 리아나에게 말했다.

리아나는 목소리에 등을 돌린 채 "그러든가"라고 대답했다. 하지만 그 뒤에 이어진 말을 들은 그녀는 빛을 잃은 지 오래인 눈으로 에밀리오를 쳐다보았다. 그는 말했다. "함께 가줬으면 해"라고.

『너는 계속 내 반편이 같은 노래를 들어줬어. 그리고 적절하게 지적도 해줬지. 내 노래는 너 없이는 완성되지 않을 거야.』

한 번은 고개를 가로저었던 리아나였지만 에밀리오는 몇 번이나 그 말을 반복했고, 데리고 나오는 데 성공했다. 그 후 철도로 각지를 돌아다니며 그 시간들을 노래로 옮기다, 오늘 이렇게 미라와 만난 것이다.

"그 결과, 이렇게 리아나를 당당하게 더듬을 수 있게 됐죠."

에밀리오는 장난스럽게 리아나의 어깨로 손을 뻗었다. 그리고 표면을 더듬듯 쓰다듬자 리아나가 그것을 말없이 꼬집었다.

"아야야야야야얏."

"자업자득이로군."

꼬집은 데 이어 비틀기까지 하자 에밀리오가 비명을 질렀다. 부부 만담을 매듭짓듯, 항복이라는 듯 나머지 한 손으로 류트를 뜯어 디잉~ 하는 어쩐지 맹하게 들리는 소리를 냈다.

"그럼 만남을 기념하며 한 곡 뽑아볼까요."

아무 일도 없었다는 듯 다시 류트를 가볍게 튕긴 에밀리오는 리아나의 손을 살며시 잡았다. 이번에는 장난스러웠던 조금 전과 달랐다. 그것은 마치 마음을 한데 묶는 의식처럼도 보였다.

류트가 느긋하게 선율을 자아내기 시작하더니 에밀리오의 명료하고도 맑은 목소리가 음계를 이루어 노래가 되었다. 애정이 실린 그 노래는 만남에 관한 것으로, 소년과 소녀의 새콤달콤한 과거가 미래까지 이어지기를 바라는 듯한 노래였다. 그것은 에밀리오와 리아나의 어린 시절 이야기였다. 병을 앓기 전, 둘이서 같은 것을 보았던 시절의 작은 모험에 관한 노래였다.

어린 아이답게 어쩐지 민폐스러운 이야기가 끝나고 류트 연주가 페이드 아웃되더니 끝으로 띵~ 하고 현을 튕겨 곡을 끝냈다. 동시에 미라는 박수를 치며 칭찬했고 연주를 들었는지 여기저기서 드문드문 박수소리가 들려왔다.

"좋은 노래로군. 어린 시절이 떠올라."

"으음…… 고맙습니다."

어린 시절? 미라의 말에서 위화감을 느끼며 에밀리오는 감사 인사를 했다.

"이봐라, 리아나는 왜 저러는 게냐?"

문득 미라의 시야에 눈을 내리깐 채 고개를 숙인 리아나의 모습이 비쳤다. 그녀는 무언가를 참듯 어깨를 들썩이며 하염없이 고개를 숙이고 있었다.

그러던 중 물방울이 무릎 위에서 모으고 있던 손등에 떨어졌다. 눈물이었다. 주르륵 흘러내린 눈물이 손등을 적셨다. 그러자 에밀리오의 손이 그녀의 손을 감싸듯 꼭 잡았다.

"왜 그래, 리아나? 미안해, 기분 나빴어?"

에밀리오는 그대로 리아나의 어깨를 끌어안고서 다정하게 속삭이듯 말했다. 미라는 갑자기 여성이 눈물을 흘리는 모습을 보고 당황한 눈치였다.

"나는, 변했어. 이제 그 시절처럼 너랑 같은 세계를 보지 못해. 무언가를 보기는커녕 지금은 네 발목만 잡고 있다고. 내가 없으면, 넌 더 넓은 세상을 돌아볼 수 있을 거야. 나는 더 이상, 네게 걸림돌이 되고 싶지 않아."

그것은 리아나의 고백이었다. 리아나는 여행을 하는 1년 동안 계속 에스코트를 받아왔다. 그것은 병수발을 드는 것이나 다름없는 일로, 매우 많은 노력이 필요한 일이기도 했다.

에밀리오에게는 꿈이 있었다. 그것은 온 세계를 뛰어다니며 전 세계 사람들에게 사랑받을 만한 걸작을 완성시키는 것이었다. 예전부터 몇 번이나 말해온 사실로, 그 꿈은 지금도 변함이 없었다. 하지만 리아나는 자신이 그런 그의 꿈을 이루는 데 걸림돌이 되고 있다고 생각했다. 자신을 돌봐야 하는 한, 온 세계를 뛰어다니는 일은 불가능할 것이라고. 하지만 에밀리오는 결코 자신을 내버리지 않으리라. 소꿉친구인 리아나는 그런 그의 다정함을 알았다. 그렇기에 어리광을 부리고 말았다. 그리고 언젠가부터 그 어리광은 죄책감으로 모습을 바꾸어 가슴 밑바닥에 진흙처럼 축적

되었다.

그것이 결국 흘러넘친 것이다.

"나는 있지, 네가 없으면 아무것도 못하면서, 내가 보지도 못하는 세상에 관해 이야기하는 네가 밉다고 생각한 적도 있어. 하지만 가장 미운 건, 그런 생각을 한 나 자신이야. 너랑 같이 있으면 난 분명 더 못된 여자가 될 거야. 그러니까……. 난 그만 내버려 둬도 돼."

리아나는 눈을 질끈 감은 채 미움을 사도 감내하겠다는 듯 참회의 말을 한 마디 한 마디 자아냈다.

다음 순간, 몸을 경직시킨 채 각오를 굳힌 리아나의 귀에 들려온 것은 류트 소리였다. 대화를 걸 듯 울려 퍼진 단음은 서서히 복잡한 음계를 이루기 시작했고, 거기에 에밀리오의 노랫소리가 포개어졌다.

그 노래는 리아나와 함께 보낸 일상을 노래한 것이었다.

평범한 나날을 보내는 것이 행복하다며, 함께 있을 수 있다는 사실이 행복하다며, 네 옆에 있을 수 있어 행복하다며. 에밀리오는 오히려 듣는 쪽이 부끄러워지는, 그런 가사를 곡에 실어 노래했다.

노래가 끝나고 반주만이 울려 퍼지는 가운데, 그 소리 속에 말을 감추듯 에밀리오는 속삭였다.

"예전에는 사랑 노래의 의미를 잘 알지 못했지만, 지금은 알아.

리아나 덕분이야. 리아나가 있었기에 내 세계는 넓어졌어."

그러자 리아나는 구슬 같은 눈물을 왈칵 흘렸다. 에밀리오는 그 어깨를 끌어안은 채 손을 꼭 잡아주었다.

'싸움이라도 벌어지지 않을까 싶었다만…… 수습이 된 것 같군.'

갑작스러운 눈물을 보고 당황한 채, 뒷전으로 밀려났던 미라는 사이좋게 끌어안은 두 사람 앞에서 안도했다. 지금도 리아나의 눈에서는 끊임없이 눈물이 흘러나왔지만 그 눈물은 조금 전과 다른 의미와 온기를 품고 있는 듯 보였다.

"안 돼. 역시 안 되겠어. 넌 착해서, 분명 날 내버리지 못할 거야. 그러니 난 더 이상 네게 기댈 수 없어."

무언가를 꾹 억누르며 리아나는 에밀리오를 떠밀었다. 그 손이 죄책감과 버림받고 싶지 않다는 공포 사이에서 갈등하듯 떨리고 있었다. 리아나의 초점이 맞지 않는 그 눈은 똑바로 에밀리오를 바라본 채 몇 줄기나 되는 눈물을 뺨에 떨구고 있었다.

"나는 리아나를 귀찮다고 생각한 적이 한 번도 없어. 그리고 기대어줬으면 해. 그러니 신경 쓸 것 없어."

수습이 되었나 싶었더니 두 사람의 말다툼에 다시 불이 붙었다. 애정이니 사랑이니 하는 관계에 말참견을 하기가 꺼려졌던 미라는 어쩌면 좋을지 고민했다. 이대로 잠자코 지켜보다 만에 하나라도 두 사람이 갈라서게 되면, 이보다 더 입맛이 쓴 일도 없으리라. 그렇다고 미라에게는 이 정도로 특수한 관계를 어떻게 해결할 방안도 없었다.

그 결과 도달한 결론은, 우선 진정시키자는 것이었다. 리아나가 감정이 격해진 상태라는 것은 누가 봐도 분명했다.

그래서 미라는 옆쪽 빈자리에 아르카나 제약진을 설치했다. 마법진이 옅은 빛을 내뿜자 에밀리오는 엉겁결에 입을 다물고 그쪽으로 시선을 돌렸다. 곧이어 아르카나 제약진이 로자리오 소환진으로 모습을 바꾸자, 미라가 노래를 하는 듯한 목소리로 말했다.

『이 목소리가 들리면, 이 마음이 닿으면, 너는 눈을 떠줄까. 그 목소리를 들려다오. 그 목소리로 노래해다오. 방울처럼 울리는 음색을 지금 이 자리에서 한 번 더 듣기를 바라노라.』

부름의 목소리가 소환진에 전해지자 햇살과도 같은 빛과 함께 노래와 선율을 관장하는 상급정령, 레티샤가 모습을 드러냈다.

"오랜만이에요오, 주주님(奏主)."

그 즉시 미라를 발견한 레티샤는 사랑스러운 미소를 지으며 말했다. 그에 반해 에밀리오는 그 모습을 멍하니 올려다보았고, 리아나는 낯선 목소리가 느닷없이 근처에 나타나 당황했다. 나아가 주변에 있던 승객들, 특히 남성들이 갑자기 모습을 나타난 선정적인 차림새의 레티샤를 보고 술렁였다.

"저기, 미라 씨. 그쪽에 계신 분은……."

에밀리오가 여태 말다툼을 하고 있었다는 사실은 잊은 듯 레티샤를 쳐다보며 멍한 목소리로 그렇게 물었다.

"이자는 레티샤다. 음유시인이라면 알 테지만, 소리의 정령이지."

미라는 그렇게 말하더니 곧장 옆에 선 레티샤에게 요청곡을 말했다. 그 곡은 '연인들의 녹턴'. 서로 만나지 못하는 연인의 슬픔을 그린 노래였다.

"요청, 접수했어요오."

레티샤의 날개에서 몇 중으로 조화를 이룬 선율이 흘러나오는 가운데 마치 속삭이는 듯한, 하지만 또렷하게 마음을 울리는 노랫소리가 공명했다. 갑자기 시작된 가희의 독주회는 눈 깜짝할 새에 차내를 침묵시키고는 그대로 모든 승객들의 마음을 사로잡았다.

"이게 채율(彩律)의 선율이라 불리는 소리의 정령님의 노래⋯⋯."

소리의 정령은 음유시인들 사이에서는 거의 신이나 다름없는 존재였다. 갑자기 소리의 정령이 어쩌니 저쩌니 하는 소리를 듣고, 무슨 말인가 하고 의아해하던 에밀리오였으나 그 독주는 믿을 수밖에 없는 설득력을 띤 채 그의 가슴에 밀려들었다.

에밀리오는 마음속 깊은 곳까지 울려 퍼지고 맴돌며 모든 것을 무지개빛으로 수놓는 음색에 자신도 모르게 눈물을 흘렸다.

"소리의, 정령님? 이 노래는, 어쩐지 너무 예쁜 것 같아."

눈이 보이지 않는 리아나는 레티샤의 모습을 보지 못했지만 그녀가 자아낸 노래는 어둡게 가라앉은 마음에도 빛처럼 쏟아져, 부드러운 파문을 일으켰다.

'아무래도 조금은 진정한 것 같군.'

리아나는 귀를 기울이는 듯 하더니 무릎 위에 둔 손을 까닥여 박자를 탔다. 그에 반해 에밀리오는 종이와 펜을 끄집어내 무언가를 적기 시작했다. 하지만 그 표정은 진지하고도 어쩐지 부끄러운 듯했고, 가끔씩 리아나를 바라보는 눈에는 기쁨의 빛이 어

273

려 있었다.

레티샤의 독주가 끝나자 차내에서는 자연히 박수갈채가 터져 나왔다. 무슨 일인가 하고 아래층에서 올라온 자는 그런 분위기를 보고 고개를 갸웃했다.

"고마워요오. 고마워요오~."

얇은 옷을 걸친 선정적인 여자가 활짝 웃으며 박수소리에 화답하듯 손을 흔들고 있었던 것이다. 이 광경만 보면 전혀 이해가 안 갈 만도 했다.

"좋아, 됐다!"

레티샤를 칭찬하는 목소리로 떠들썩한 차내에서 에밀리오는 손에 든 종이를 치켜들며 만족스럽게 고개를 끄덕였다.

"뭐가 됐는데?"

주변이 떠들썩한 가운데서도 리아나는 에밀리오의 목소리를 정확히 분간해 냈다. 에밀리오는 그 손을 살며시 잡으며 말을 받았다.

"지금과 앞날에 관한 노래야."

에밀리오는 타이르는 듯한 말투로 똑바로 리아나를 보며 그렇게 말하고는 잡았던 손을 천천히 놓고서 류트를 연주하기 시작했다.

반주가 시작되더니 에밀리오의 노랫소리가 포개어졌다. 떠들썩한 차내에서도 강한 마음을 담은 말은, 한 순간 한 순간을 잘라

낸 듯 또렷한 이미지를 환등(幻燈)처럼 떠오르게 했다.

리아나를 향한 마음을 담은 신곡이 기분 좋게 흘렀다.

그러자 그 선율에 새로운 선율이 더해졌다. 레티샤가 에밀리오의 노래에 감화된 모양이었다.

차례차례 포개어진 소리는 훌륭한 조화를 이루어 에밀리오의 노랫소리를 한층 더 두드러지게 해주었다.

그 노래는 에밀리오가 지금까지 철도 여행을 하며 보아온 풍경과 그때의 심정을 그대로 노래로 옮긴 것이었다.

눈을 감으면 마치 그곳에 함께 있었던 듯 정경이 떠오르는, 그런 노래였다.

피날레를 맞이해 곡이 끝나자 이번에는 에밀리오를 향해 박수 갈채가 터져 나왔다. 모여든 승객들의 수는 상당하여, 에밀리오는 다소 당황한 듯한 눈치로 답례를 했다.

"역시 에밀리오의 노래는 근사해."

"멋진 노래였어요오."

"음, 좋은 것을 들었구나."

리아나에게 칭찬을 받은 것이 기쁜 듯, 레티샤에게 칭찬을 받은 것이 송구스럽다는 듯, 미라에게 칭찬을 받은 것이 쑥스럽다는 듯 에밀리오는 "고마워" 하고 말하며 류트 현을 딩, 하고 튕겼다.

"이 노래는 네가 있었기에 만들어진 거야."

에밀리오는 다시 리아나의 손을 잡고 그렇게 말하더니 어깨에 팔을 둘렀다. 빛을 잃은 리아나의 눈을 정면으로 쳐다보며, 에밀리오는 똑바로 말했다.

"네가 있었기에 내 눈에 보인 세계야. 아무리 화려해도, 아무리 화사해도 리아나, 네가 없었다면 그 어떤 풍경도 퇴색되어 보일 거야. 그러니 언제까지고 너와 함께 있고 싶어."

그것은 에밀리오가 이 순간까지 줄곧 품어왔던 감정이었다. 여행에 나서기 전부터 감추어왔던 진실된 마음. 그리고 그 마음은 리아나에게도 전해졌다.

"하지만 그러면 네 꿈이. 나는 더 이상 네게 기댈 수 없어. 그러니까!"

리아나는 그렇게 말하며 손을 뿌리치더니 고개를 숙인 채 자신을 버리라고 말했다. 하지만 그 표정에는 자신의 무력함과 실은 함께 걸어 나가고 싶다는 본심이 뒤섞인, 불안감으로 가득했다. 눈에 관한 열등감이 상당히 깊게 뿌리내린 탓이었다.

하지만 마음을 정한 에밀리오는 리아나의 온힘을 다한 허세를 받아들일 생각은 눈곱만큼도 없었다. 그는 떨리는 리아나의 어깨에 얹은 손에 힘을 쥔 채, 지금까지 행복했던 일을 떠올리듯 다정하게 웃었다.

"나는 눈이 보이지 않는 괴로움을 몰라. 네가 떠안고 있는 불안감이 얼마나 큰지도. 하지만 내 마음을 들어줘. 몇 번이고 말할게, 나는 너와 함께 있고 싶어. 나는 계속 네 곁에 있고 싶다고. 아무것도 안 보인다면 내가 눈에 비치는 모든 것을 노래할게. 그

러니 리아나, 귀를 막지 말아줘. 네게 영원히 내 노래를 들려주고
싶어."

에밀리오는 순수하게, 자신의 솔직한 마음을 말하고는 천천히
류트를 켜며 노래하기 시작했다.

그것은 즉흥곡으로 몹시 흔하디흔한, 결혼하고 싶다는 말을 늘
어놓는 달착지근한 사랑 노래였다.

그 에밀리오의 노랫소리에 맞춰 레티샤가 자연스럽게 성가를
연주하기 시작했다. 이 세계에서 흔히 쓰이는 결혼식 노래였다.

에밀리오의 즉흥곡과는 전혀 맞지 않는 노래였지만 소리의 정
령의 진가를 발휘한 덕인지, 이상하게도 훌륭한 조화를 이루어
하나의 노래로 포개어졌다. 과거와 현재를 잇는 이중나선처럼 이
어져 따스한 소리를 자아냈다.

$\langle 16 \rangle$

즉흥곡의 반주가 사그라짐과 함께 고요해진 차내. 에밀리오의 노래 가사에는 감정이 노골적으로 드러나 있어, 들으면 들을수록 얼굴이 달아오를 지경이었다.

거의 프러포즈나 다름없는 그것이 끝난 뒤, 입을 다문 모든 이들의 시선은 한 맹인 여성에게 쏟아졌다.

"……싫어……."

성대를 쥐어짜낸 듯 작은 목소리가 리아나의 입에서 희미하게 흘러나왔다. 그것은 정말로 작아서, 알아들을 수 없을 정도의 소리였다. 하지만 그것은 분명 입에서 나온 말이었고, 얇은 복숭아를 둘로 쪼갠 듯한 리아나의 입술이 뭐라 말을 하고자 떨리고 있었다.

"리아나. 사랑해. 그러니 함께 있자."

즉흥곡으로 몇 번이고 수없이 반복한 가사를, 에밀리오는 다시 한 번 한 마디 한 마디를 뇌리에 새겨 넣듯, 이번에는 말로써 입에 담았다.

"함께, 있고……싶어. 함께 있고 싶어!"

지금까지의 불안감을, 울분을, 무력감을 모두 토해내듯 리아나가 외쳤다.

직후에 에밀리오가 리아나를 끌어안았다. 서로 끌어당기듯, 끌려가듯 두 사람 사이의 경계가 사라져 하나가 되더니 입술이 맞닿았다.

　자연스럽게, 하지만 누가 시키기라도 한 듯 축복의 말과 박수소리가 차내를 뒤덮었다.

　주변을 가득 메운 박수소리로 지금 자신이 어떤 상황에 놓여있는지 알아챈 리아나는 얼굴이 새빨개져 고개를 푹 숙였다. 에밀리오는 그런 리아나의 손을 세게, 하지만 다정하게 잡고서 주변 사람들을 향해 "고마워요!" 하고 큰소리로 답했다.

『이 열차는 30분 정도 후에 록 필드 역에 도착합니다. 잊으시는 물건 없도록 주의하시기 바랍니다.』

　일체감으로 가득한 차내에 담담한 안내 방송이 울려 퍼졌다. 방송을 신호로 사람들이 저마다 갓 맺어진 두 사람에게 말을 건네고는 흩어졌다. 축복에 질투, 내용은 가지각색이었지만 공통적으로 다들 즐거운 듯 보였다.

　"그럼, 수고 많았다."

　"주주님— 주주님에 관한 노래 아직 못 불렀어요오!"

　역할을 마친 가희를 미라가 송환하려 하자 레티샤가 두 발을 동동 구르며 항의했다.

　"아~ 여긴 사람이 많으니 다음에 듣자꾸나."

　"우우~ 다음엔 꼭 들어주시기예요오."

　뺨을 볼록 부풀린 채 빛에 휩싸인 레티샤는 주변에서 터져 나온— 주로 남성들의 비창한 외침과 함께 송환되었다. 직후, 리아나를 달래느라 바빴던 에밀리오가 여유를 되찾았는지 미라에게 몸을 불쑥 내민 채 물었다.

"그런데 미라 씨, 좀 전의 그분은 소리의 정령님이라고 하셨죠? 그렇다면 미라 씨는 소환술사이신가요?"

소리의 정령은 음유시인들 사이에서는 신에 버금가는 존재였다. 진지한 표정으로 조심스럽게 묻는 에밀리오를 보고서야 그 사실이 떠오른 미라는 좋은 기회가 찾아왔음을 깨달았다.

창가에 등을 기댄 채 창틀에 팔을 걸치고는 손가락을 세워 턱에 가져다 댔다. 이어서 두 다리를 어깨너비까지 벌리고 나머지 한쪽 손을 무릎에 내려놓았다. 그러고는 나른하게 눈을 가늘게 떠서 있는 대로 거드름을 부리는 자신을 연출해냈다.

"바로 보았다. 방금 전의 그것은 소환술임에 틀림이 없고말고."

"소리의 정령님이라 하면 상위정령인데. 그런 분을 소환하다니…… 미라 씨, 굉장하시네요!"

에밀리오는 귀에 남은 최상의 선율의 잔재를 다시 한 번 떠올리며 너무도 올곧게 미라를 칭찬했다. 그 말을 들은 미라는 더더욱 거만하게 가슴을 내밀었다. 그리고 그 눈에 띄는 반응을 보고 이로써 소환술 부흥에 한 걸음 더 가까워졌다며 회심의 미소를 지었다.

"아까 에밀리오의 류트에 포개졌던 나머지 한쪽 소리 말이지? 굉장히 예뻤어. 하지만 난 에밀리오의 류트가 더 좋아."

"리아나…… 고마워. 나도 사랑해."

그렇게 말하며 두 사람은 손을 맞잡았다. 에밀리오가 바라보지

리아나도 보이지 않을 터인 눈으로 마주 보았다. 그 둘의 주변에는 마치 결계라도 친 듯한 절대적인 무언가가 있었다.

그런 행복으로 가득한 사랑의 영역에 차마 참견할 수가 없어서, 기세가 꺾인 미라는 포즈를 유지한 채 하릴없이 스위트베리오레를 들이켜기 시작했다.

'나 원, 요즘 젊은 것들이란. 쪼옥이냐, 또 그대로 쪼옥 해버릴 셈이냐?! 발칙하군, 실로 발칙한 일이야!'

축복하고 싶은 마음은 있었지만 미라는 시샘이 반쯤 섞인 눈으로 자신들의 세계 속에 빠진 두 사람을 지켜보았다.

간신히 에밀리오와 리아나가 둘만의 세계에서 현실로 돌아온 후. 어느 지방의 요리가 맛있었느니, 어디 여관이 숨은 명소라는 등, 정신없이 여행에 관한 이야기를 나눴다.

그러던 그때.

"실례합니다. 지금부터 표를 확인하도록 하겠습니다."

그런 목소리와 함께 세 명의 승무원이 객차에 나타나 승객들의 표를 확인하기 시작했다. 표에는 탔던 역의 인장이 찍혀 있으며 다음에 내릴 때는 그대로 회수, 한 정거장 더 타고 갈 자는 새로운 표에 날인을 받거나 추가 요금을 지불하도록 되어있는 모양이었다.

승무원들은 그 작업이 익숙한지 차례차례 표를 처리했고, 그중 한 명이 미라 일행이 있는 자리에 찾아왔다.

“표를 검사해도 되겠습니까?”

남자 승무원은 빙긋 웃은 채 그렇게 말했다. 에밀리오가 먼저 자신과 리아나 몫의 표를 내밀며 “이번에 내리겠습니다”라고 말했다. 승무원은 “이용해주셔서 감사합니다”라고 대답하며 표를 회수하더니 이어서 미라에게로 시선을 옮겼다.

“이 몸은 더 타고 갈 거다.”

미라는 다른 승객들이 하는 것을 흉내 내어 역의 인장이 찍힌 표와 새로운 표를 함께 승무원에게 건넸다.

“감사합니다. 계속해서 좋은 여행 되십시오.”

승무원은 그렇게 대답하더니 표에 역 인장을 찍고서 다음 승객이 있는 곳으로 향했다.

“미라 씨는 어디까지 가시나요?”

“실버 사이드라는 역이었던가…….”

에밀리오가 잡담의 연속이라는 투로 자연스럽게 물었다. 표에 찍힌 인장의 차이를 비교하던 미라는 웨스트 파우치에 표를 다시 집어넣으며 대답했다. 이 인장의 형태로 표 돌려쓰기 등의 부정 승차 여부를 판단하는 모양이었다.

“그대들은 이번에 내린다 했지. 그렇다면 곧 작별이라는 겐가.”

“네, 그렇게 되겠네요. 어째 평소보다 훨씬 쓸쓸하게 느껴지네요.”

에밀리오는 지금까지 수십, 수백에 달하는 사람들의 이야기를 들어왔으리라. 숱하게 감정이입을 해오기는 했지만 그런 탓에 이별이라는 당연한 일에도 익숙해졌다 생각해왔다. 하지만 이번에는 특별한 일이 있었던 탓인지, 계기를 만들어준 미라라는 존재가 남긴 인상이 평소보다 훨씬 강한 탓에 여느 때와는 달리 진한 상실감 같은 감정이 밀려들어 당황한 눈치였다.

"인연이 있다면 또 만나겠지."

진심으로 작별을 아쉬워하는 에밀리오에게 미라도 기대를 담아 답했다. 그러자 리아나가 조심조심, 미라 쪽으로 얼굴을 돌리더니 그 말을 곱씹듯 살며시 고개를 끄덕였다.

"어쩌설까, 미라 씨와는 또 만날 수 있을 것 같아."

리아나는 부드러운 미소를 지은 채 재회를 믿어 의심치 않는다는 투로 말했고 그 말에 에밀리오도 힘껏 고개를 끄덕여 동의했다.

"저도 그렇게 생각해요. 분명 언젠가 반드시 만날 수 있을 거예요."

에밀리오는 재회의 순간을 상상하며 미라의 모습을 마음속에 새기듯 바라본 채 자연스럽게 류트를 연주하기 시작했다. 다소 쓸쓸한, 하지만 그보다 큰 희망으로 가득한 선율이 퍼져 나갔다.

잠시 후, 열차는 천천히 속도를 늦추더니 아리스파리우스 성국의 영토 끝에 자리한 역 도시, 록 필드에 도착했다.

"그럼 미라 씨, 정말 감사했습니다. 제가 용기를 낼 수 있었던 건 모두 소리의 정령님이 등을 밀어준 덕이었어요."

"도움이 되었다니 다행이구나. 허나 그것도 그대가 지금껏 쌓아올린 감정이 있었던 덕이지. 그 마음, 소중히 간직하거라."

"당연하죠."

"고마워. 미라 씨."

오늘 만났음에도 마음을 나눈 두 사람이 록 필드에서 하차했다. 객차의 계단 앞에서 에밀리오의 얼굴에는 보는 이의 가슴이 후련해질 정도의 기쁨이 번져 있었다. 리아나도 처음 봤을 때와는 달리 맑은 유월의 하늘 같은, 겨우 돌아온 계절을 연상케 하는 태양 같은 미소를 띤 채 천천히 고개를 숙였다.

'다섯 시간 정도 만에 분위기가 많이도 바뀌었군.'

맞물린 시계 속 톱니바퀴처럼 단단히 손을 잡은 채 떠나가는 두 사람은, 앞으로 다시 새로운 시간을 새겨나갈 것이다. 미라는 그런 뒷모습을 배웅하며 곧장 여관으로 가려나, 하는 다소 상스러운 생각을 하며 좌석으로 돌아왔다.

기분 탓인지 다소 조용해진 자리에 앉은 미라는 멍하니 밖을 쳐다보았다. 드라마 같은 장면이 실제로 일어나기도 하는구나, 하는 생각이 들어 에밀리오의 고백을 한 번 돌이켜보기 시작하자, 두 사람의 마음이 결실을 맺은 순간이 미라의 머릿속에서 반복 재생되었다.

미라는 지금까지의 일로, 그리고 이번 일로 현실이 된 이 세계에서는 모든 것이 살아서 이야기를 자아내고 있구나, 하는 사실을 새삼 가슴에 새기고서 가늘어진 자신의 손을 보고 움켜쥐며 실감했다. 자신이 이 세계에서 살아가고 있음을.

발차 시각이 가까워질수록 차내가 혼잡해져, 또 새로운 인물과 동석하게 되었다. 한 사람은 숙련된, 또 한 사람은 신인 모험가였다. 신인은 창밖으로 보이는 높은 시점에서의 풍경을 보고 흥분했고, 숙련 모험가는 그를 나무랐다. "시끄럽게 굴어 미안하군"
하고 사과하는 숙련 모험가에게 미라는 "신경 쓸 것 없다"라고 답
하고서 다시 하잘 것 없는 대화를 나누었다.

　열차가 출발하자 머나먼 곳까지 내다보이는 세계가 천천히 흘
러가기 시작했다. 눈 아래에 끝없이 깔린 푸른 초원은 마치 호수
같은 하늘에 닿을 듯 저 멀리까지 뻗어나가, 이내 서로 교차되어
티 없이 맑은 무지개를 그리고 있었다.

17

아침 일찍 여관을 나선 미라는 그 길로 역 구내를 둘러보다 최근 재미를 붙인 역 도시락 고르기를 했다. 플레이어 출신자들이 들여온 문화의 영향은 막대하여 거대한 시장을 이루고 있는 역에는 일식, 양식, 중식, 그리고 지방 특색을 살린 요리가 도시락 형태로 팔리고 있었다.

'호오, 연어 솥밥이라. 이쪽은 돼지고기 찜 도시락이고. 오오, 스테이크 샌드위치라니 호화롭기도 하구나. 마파두부 덮밥에 만두 밥도 나쁘지 않군그래.'

이런 시간도 즐겁다는 듯 미라는 역 도시락 판매 층을 빙글빙글 돌며 점심으로 무엇을 먹을지 찬찬히 음미했다. 결과적으로 미라는 '숲의 북새통 도시락'을 구입했다. 산기슭에 위치한 숲에서 채취한 버섯이며 산나물, 그리고 짐승의 고기가 듬뿍 담긴 살짝 비싼 도시락이었다.

출발 30분 전을 알리는 방송이 울려 퍼졌다. 그것을 들은 미라는 기쁜 얼굴로 역의 홈으로 향했다.

다른 승객들도 30분 전 방송을 경계로 삼고 있었는지 홈이 갈수록 붐비기 시작했다. 그런 가운데 미라는 그 아담한 몸과 선술 기능을 활용해 남에게 뒤질 새라 열차에 올라탔다.

'음…… 저 녀석은……?'

창가 자리를 확보하기 위해 차내를 둘러보던 미라는 문득 구석 자리에 가만히 있는 인물을 주시했다.

'닮았군……. 그때 봤던 히트맨과.'

그자, 그 남자는 오는 도중에 절경 스폿에서 발견했던 인물과 완전히 같은 차림새를 하고 있었다. 하얀 셔츠에 말끔한 검은 양복. 하지만 거기까지는 별문제가 되지 않았다. 플레이어 출신자가 들여온 문화는 복식에까지 영향을 미쳐, 미라는 여관이며 조합에서도 몇 번인가 검은 양복을 입은 자를 본 적이 있었기 때문이다. 그러므로 별스럽기는 했지만 수상하다고 단언할 수는 없었다.

무엇이 미라의 눈길을 끌었는가 하면, 바로 깊숙이 눌러쓴 검은 중절모와 그 아래로 보이는 선글라스였다. 그렇다, 가까이서 본 남자의 모습은 모 영화에서 봤던 요원 그 자체였기 때문이다.

'차내에서 모자에 선글라스까지, 얼굴을 감추기 위한 용도로만 보이는데. 그때와 동일인물인지, 그 동료인지. 정말로 요원인 건 아닐는지……. 그렇다면 스미스라 해야겠군.'

확실히 굳이 말하자면 수상한 외모라 해야겠지만, 빛에 민감해서 그러는 것일 수도 있으리라. 하지만 한 번 관심을 가지고 나니 계속 신경이 쓰였다. 미라는 독단과 편견으로 이미지를 확정해 가칭 스미스라 이름 붙인 남자를 관찰했다.

스미스는 딱히 아무 것도 하지 않고 가만히 앉아 있었다. 모자와 선글라스로 얼굴은 알아볼 수 없었지만, 드러나 있는 입가로 미루어 젊을 것 같다고 미라는 판단했다.

자세히 보니 그 좌측, 창가석 쪽에는 팔짱을 낀 채 고개를 숙인 남자가 있었다. 꽤 피곤한지 완전히 곯아떨어진 모양이었다.

그리고 스미스의 우측에는 키가 큰 남성이 야무진 표정으로 앉아 있었다. 천으로 된 것으로 보이는 청색과 백색으로 된 서코트를 걸친 채 역 도시락을 와구와구 먹는 그 모습은 휴일을 맞은 기사를 연상케 했다.

그렇게 관찰을 하던 미라의 눈에 승객들이 우르르 들어오는 모습이 보였다. 정신이 들어보니 자리가 거의 채워져 가고 있었다.

기껏 일찍 올라탔는데 창가석을 놓쳐서는 본전도 못 찾는 격이 아닌가 싶어진 미라는 황급히 옆쪽 자리를 확보했다.

이윽고 좌석이 거의 채워지자 열차가 출발했다. 미라는 경쾌한 바퀴소리를 들으며, 스미스에 관한 일은 잊고 느긋하게 차창 밖으로 보이는 광경에 시선을 던졌다.

몇 시간 후. 초원을 내달려 터널을 지나 숲속 한복판을 가로지르며 나아가던 열차의 속도가 서서히 떨어지기 시작했다.

진행 방향에는 거대한 폭포와 큰 강이 내다보이는 광경이 펼쳐져 있었다. 그 후 얼마 지나지 않아, 곧 절경 스폿인 도선하 대교를 통과하기 위에 서행하겠다는 취지의 방송이 흘러나왔다.

미라는 구석진 창가석에서 그것을 보며 올 때와 반대쪽 창가에 자리를 잡아야 했다며 잠시 후회했다.

하지만 그럼에도 절경 스폿 삼십선 중 하나는 보는 맛이 있어, 미라는 호쾌하게 쏟아지는 폭포를 멀리서 보며 그 웅대함에 감탄했다.

그러던 중, 작은 몸이 덜컥 기울어졌다. 그것은 탈것에 탔을 때 자주 겪는 감각이었다. 동(動)에서 정(靜)으로의 변화였다.

정신이 들어보니 열차는 속도를 계속해서 줄여 다리 위에서 완전히 멈춰있었다.

'음? 이곳은 천천히 지나가기만 하지 않았던가?'

지난번에 왔을 때와의 차이에 의아해진 미라는 멀리 보이는 폭포에서 가까운 곳으로 시선을 돌려, 그대로 돌아보았다.

아무래도 다른 승객들도 미라와 같은 생각을 한 것이리라. 서서히 술렁거리는 소리가 퍼져 나갔다.

"이게 어떻게 된 거야" "잠깐, 설마 고장 난 건 아니겠지?" "어쩌려고 이래?" 그런 소리가 오가는 가운데, "이럴 때도 있는 거겠지" 하는 소리를 입에 담는, 다소 신경이 쓰이는 눈치이기는 했지만 차분해 보이는 승객들도 드문드문 있었다. 움직이지 않는 창밖을 바라보며 불안한 표정을 지은 여성의 모습도 있었다.

그렇게 소란이 커져 가는 차내에 다시 안내 방송이 흘러나왔다. 아무래도 동력 기관에 원인 불명의 문제가 발생하여 현재 조사 중이라는 모양이었다.

이렇게 고장이 나는 경우는 그다지 없는지 방송 후, 차내에 새로운 동요가 퍼져나갔다.

'역시 이상사태인 모양이로군!'

술렁거리는 소리가 더욱 커지자 차내에는 긴장감마저 감돌기 시작했다. 하지만 미라는 그런 분위기 속에서 다소 가슴이 설레기 시작했다. 모험가로 보이는 자도 미라와 비슷한 표정을 짓고 있었다. 소란의 한복판에 있으면서도 강 건너 불구경을 하는 사람 같은 표정이었다.

'그나저나 저 녀석……'

하지만 한 사람, 그 모든 경우에 속하지 않는 이상하리만치 눈에 띄는 존재가 있어, 미라의 시선을 끌었다.

스미스였다. 불안, 짜증이 확산되어 고함까지 오가는 가운데. 그 옆에서 아직도 곯아떨어져 있는 그도 어지간했지만 스미스에 이르러서는 자리에 앉은 채 팔짱을 끼고서 아무 문제도 없다는 듯 침묵을 지키고 있었다. 그 침착하다는 말로는 형용할 수 없는 달관한 모습은 그야말로 어떠한 일에도 동요하지 않는 요원을 보는 듯했다.

'설마 저러고서 잠든…… 것은 아닌 것 같군. 그렇다면 더더욱 수상한데.'

스미스의 표정은 파악이 되지 않았다. 하지만 팔짱을 고쳐 끼고, 음료수를 입에 대는 등의 움직임은 있으니 잠든 것은 아닌 듯했다. 그에 반해 스미스의 우측에 있던 휴일을 맞은 기사풍의 남자는 흥미롭다는 눈으로 창밖을 쳐다보고 있었다.

"있지, 뭔가 이상한 마나가 흐르고 있는 것 같지 않아?"

미라가 스미스의 모습을 살피던 도중. 난잡하게 오가던 말소리 중 하나가 문득 미라의 귀에 들어왔다.

'음? 이상한 마나의 흐름이라?'

그 한 마디가 묘하게 마음에 걸린 미라는 시험 삼아 의식을 집중시켜 보았다.

이 세상에서 마나란 그 자체가 마법 같은 존재였다. 술법 발동에 빼놓을 수 없는 존재인 동시에 에너지로써도 이용할 수 있는 신비한 요소. 연구자들 사이에서는 만능 원소라고도 불렸지만, 자세한 원리는 아직 거의 판명되지 않았다.

하지만 그 흐름에 따라서는 기적이나 천재지변 같은 현상도 발생되기에 이상한 흐름이 느껴진다는 말을 들은 이상은 경시할 수 없었다.

마나 감지라는 기능이 있었다. 그 이름 그대로 주변의 마나를 감지하는 기능이었지만 미라는 이것을 능숙하게 다루지 못했다. 마나 감지는 미라뿐 아니라 대부분의 플레이어가 잘 다루지 못하는 기능이었다.

하지만 그럴 만도 하리라. 미라 및 플레이어 출신자들은 애초에 마나라는 것이 없는 세계에 살았기 때문이다. 보기 위한 시각이며 듣기 위한 청각은 날 때부터 가지고 있었으니 느끼고 이해하기 쉬웠다. 하지만 마나를 느끼는 것은 대체 어떤 감각이란 말인가?

말하자면 영적 존재를 느껴보라는 것이나 다름없는 기능이었다. 느낀다 한들 그것이 정말로 마나라는 보장도 없었다.

그렇듯 영 두루뭉술한 감각인 탓에 애매하게 느껴지기 일쑤였지만, 그럼에도 마나 감지 기능이 있으면 연습 여하에 따라 직감적으로 구분할 수 있게 되기는 했다. 지극히 드문 경우였지만 개중에는 숨을 쉬듯 감지할 수 있는 플레이어도 있다고 한다. 그야말로 영능력자처럼.

미라는 마나 감지가 서툴렀지만 바로 그 지극히 드문 감각을 지닌 아홉 현자의 일원, 플로네의 지도를 받아가며 특훈을 한 결과, 집중만 하면 그럭저럭 느낄 수 있게는 되었다.

그리고 지금, 그때의 감각을 더듬어 얼마간 주변을 살핀 결과, 미라는 명백히 이상한 마나를 감지해내는 데 성공했다.

'이 몸의 감도 오늘은 쓸 만한 모양이로군.'

열차를 움직이는 마도기관의 것일 테지만, 아래쪽에 자리한 커다란 마나 반응을 옭아매듯 뻗어있는 마나를 미라는 포착했다. 심지어 그것은 하나가 아니라 모든 차량으로 뻗어 있었으며, 그 기점에 해당하는 방향에 스미스가 있었다.

아마도 마나를 조작해서 마도기관에 간섭하여 열차를 멈춘 것이리라. 상황을 통해 그렇게 생각한 미라는 마나를 조작하면 이러한 일도 가능한 건가 하고 감탄하며 스미스를 바라보았다.

'오랫동안 절경을 만끽하고 싶다는 이유는 아닐 것 같군.'

스미스는 여전히 움직이기는커녕 입도 굳게 다물고 있었다. 차내는 설명을 하러 온 승무원들을 몰아세우는 목소리로 가득했다.

이대로 가면 끝이 없을 것이다. 그리고 스미스는 수상하다. 그리 생각한 미라는 마치 불심검문을 하는 경관 같은 태도로 스미스의 곁으로 다가갔다. 그리고 자신만만하게, 하지만 방심은 하지 않은 채 스미스에게,

"열차가 멈춘 건, 그대의 짓이냐?"

단도직입적으로 물었다. 그런 미라의 말이 지나치게 잘 전파된 탓인지 근처에서 소란을 떨던 승객들이 무슨 일인가 하고 돌아보았다. 하지만 당사자인 스미스는 전혀 동요하지 않고 침묵을 유지하고 있었다. 하물며 미라의 말을 듣는 낌새조차 없었다.

"이 근처에서 이상한 마나가 느껴져서 말이다."

그런 스미스에게 미라는 잡아떼지 못하도록 확신에 찬 말을 던졌다. 하지만 그럼에도 스미스는 반응을 보이지 않았다.

"아, 정말이네." "응, 티는 잘 안 나지만 이상한 느낌이 들어."

미라의 말을 듣고 확인해본 것인지, 잠시 후 주변에 있던 술사 중 몇 명이 그렇게 쑥덕거리기 시작했다. 그러자 자연스럽게 다른 승객들도 스미스에게 의심 어린 눈길을 보냈다.

그 직후였다.

"칫, 망할! 조금만 더 하면 되는 거였는데!"

결국 참지 못하고 그 녀석이 정체를 드러낸 것이다.

그렇다, 정체를 드러냈다. 세차게 일어난 그자는 인간의 모습에서 검은 살갗에 뒤틀린 뿔과 박쥐같은 날개를 지닌 악마로 변했다.

동시에 분위기가 격변하여 비명이 터져 나왔다. 인류의 절대적인 적대자가 느닷없이 나타났다. 심지어 멸망했다고 여겨지는 악마가 눈앞에 있었다. 소란이 일어날 수밖에 없었다. 차내는 도망치는 승객들과 입장상 그럴 수 없어 그 자리에서 경계 자세를 취한 모험가로 나뉘었다.

정체를 드러낸 악마는 다음 순간, 팔을 휘둘러 앞쪽 좌석을 모조리 쓰러뜨리더니 천천히 걸음을 옮기며 미라를 노려보았다.

"이럴 수가……."

이게 대체 어찌된 일인가 싶어 미라는 경악했다. 악마가 인간의 모습을 취하고 있었기 때문이 아니었다. 정체를 드러낸 것이, 스미스가 앉은 좌석의 안쪽에서 곯아떨어져 있던 남자였기 때문이었다. 수상한 모습을 통해 열차를 멈춘 범인은 스미스이리라고 믿었던 미라는 놀라움을 감추지 못하고 멍하니 악마의 모습을 바라보았다.

'아니…… 어찌 되었건 악마라는 거물이 나타난 것이니, 이건 이것대로…….'

지레짐작으로 시작된 일이기는 했지만 결과가 좋으니 문제없다고 생각하기로 한 미라는 그 자리에서 마음을 다잡았다.

'자작인가…….'

조사해 보니 그 악마는 작위를 가지고 있었다. 작위가 없는 악마에 비해 모종의 성가신 능력을 가진 경우가 많았다.

휙 둘러보니 제법 눈치가 빠르다고 칭찬을 해야 할지, 승객들은 어느샌가 다른 열차로 도주한 상태였다. 그에 반해 싸울 의지가 있는 자는 경계심 탓인지 얼마간 거리를 둔 채 상황을 살피고 있었다.

개중에는 "위험해. 빨리 떨어져" 하고 충고를 하는 사람도 있었지만 미라는 그런 자들에게 손짓을 하여 제지했다. 그리고 다 알고 있었다는 듯 악마를 노려보며 "이러한 곳에서 무슨 흉계를 꾸

미고 있는 게냐!" 하고 소란을 틈타 헛다리를 짚은 것을 얼버무리고자 외쳤다.

"…………."

악마는 아무 대답도 하지 않았다. 그저 무기질적인 입가를 씩일그러뜨린 채 위협이라도 하듯 남은 승객들을 둘러보았다.

그 시선에 압도된 것인지 모험가 몇 명이 겁에 질린 목소리를 냈다.

'흠. 아무 말도 하지 않겠다면, 무슨 짓을 저지르기 전에 처리하는 게 좋겠군.'

악마의 태도를 통해 즉시 그렇게 판단한 미라는 느닷없이, 예비 동작도 없이 악마의 코앞까지 파고들어 몇 중으로 포개어진 충격파가 실린 선술의 주먹을 내질렀다. 덤으로 부분 소환한 흑검이 악마를 좌우에서 덮쳤다.

다음 순간이었다. 눈 깜짝할 새 두 자루의 흑검이 푸른 불길에 휩싸여 티끌이 됨과 동시에 파괴의 힘이 응축된 미라의 주먹이 한 손에 막혔다.

"그대……."

선술에 따른 충격의 여파가 주변을 후려치는 가운데 미라는 정면에 선 남자, 스미스를 노려보았다. 그렇다. 악마를 멸하기 위해 내지른 미라의 술법은 모두 스미스의 손에 의해 수포로 돌아간 것이다.

특히 선술에는 상당한 위력이 실려 있었다. 하지만 스미스는 그것을 한 손으로 막았다. 이 사실은 스미스가 상당한 실력자임을 증명하는 바였다. 미라는 그 즉시 거리를 벌려 경계하며 태세를 정비했다.

그 직후였다. 폭발과도 같은 파열음이 울리더니 악마가 그곳에서 달아난 것이다.

"네 이놈!"

놓치지 않고자 미라가 움직인 순간, 스미스가 그것을 방해하듯 앞을 가로막았다. 직후, 미라와 스미스의 주먹이 교차하여 대포와도 같은 여파가 생겨나, 차내를 묵직하게 뒤흔들었다.

하지만 거기서 끝이 아니었다. 미라는 교차된 주먹을 펼쳐 상대의 팔을 붙잡고는 선술 '자전일악(紫電一握)'을 방출했다. 강렬한 고전압을 발생시키는 술법이었다.

하지만 발동 직후, 미라의 몸은 허공을 날았고 술법은 불발로 그쳤다. 스미스가 순간적으로 손목을 뒤틀어 미라를 집어던진 것이다.

미라는 공중에서 몸과 스커트를 펄럭이며 뒷좌석의 목받이에 착지한 채 주의 깊게 스미스를 바라보았다.

"녀석을 부탁해!"

스미스의 정체는 대체 뭘까. 미라가 그렇게 생각하던 중, 갑자기 스미스가 소리쳤다. 그러자 그 목소리에 호응하듯 한 남자가 앞으로 나섰다. 그것은 스미스의 옆에 앉아있던 휴일을 맞은 역도시락 기사였다.

'으으⋯⋯. 저 녀석도 동료였나!'

또 한 명의 동료가 등장하여 긴장한 미라는 다소 거리를 벌린 채 빈틈없는 자세로 두 명을 쳐다보며 경계했다. 하지만 휴일을 맞은 역 도시락 기사는 그런 미라는 아랑곳 않고 "알겠다"라고 한 마디만 입에 담고서 창을 깨고 밖으로 뛰쳐나갔다.

"뭣이?!"

도망을 칠 줄이야. 미라는 그렇게 생각했지만 2대1이 되지 않았다는 사실에 안도하고는 스미스에게 의식을 집중했다. 아직 몇 차례 공방을 펼쳤을 뿐이었지만 미라는 눈앞에 있는 남자가 보통내기가 아니라 판단했다. 스미스는 그 공방 중 선술로 강화한 미라의 공격을 모조리 상쇄시켰기 때문이다.

그러한 곡예 같은 짓이 가능한 것은 근접전에 특화된 무예가나, 동급 이상의 실력을 갖춘 자뿐이기에.

미라와 스미스는 눈씨름을 벌였다. 그것을 멀리서 지켜보던 모험가들은 짧은 전투를 통해 확인된 두 사람의 실력에 혀를 내두른 채 어쩌면 좋을지 망설이고 있었다. 섣불리 손을 댔다가는 심상치 않은 피해를 입을 것이 자명했기에.

하지만 미라와 스미스는 그런 모험가들은 개의치 않고 전투를 재개했다.

서로 한 걸음도 물러서지 않은 채, 그야말로 팽팽하고도 아슬아슬하며 격렬한 전투가 펼쳐졌다.

18

"젠장, 비겁하잖아."

미라 대 스미스의 전투가 시작되고서 스물, 서른 차례 정도 공방을 거듭했을 즈음이었다. 느닷없이 고통스러운 목소리로 그렇게 말한 스미스가 초조함 비슷한 감정을 드러내며 뒤로 크게 물러났다.

그 순간, 팽팽하게 맞서던 두 사람 사이에 유일하다 해도 좋을 빈틈이 생겨났다. 그것은 미라의 기량이라면 확실하게 유효타를 날릴 수 있는 절호의 기회였다.

"음? 무슨 소리냐, 듣기 거북하다!"

하지만 미라는 그 빈틈을 포착하고서도 공격을 가하지 않고 비겁하다는 말을 들었다는 사실에만 화를 냈다.

스미스를 강자로 인정하고 정면으로 진지하게 싸우고 있었던지라, 미라는 실로 섭섭할 따름이었다.

"그거 말이야! 왜 그렇게 짧은 스커트 차림으로 뛰어다니는 건데! 정신 사납잖아!"

한편, 펄쩍 뛰며 화를 내는 미라를 보고 스미스는 더는 못 참겠다는 투로 미라의 스커트를 가리키며 말했다. 그렇다. 스미스는 전투 중에 흘끔흘끔 보이는 미라의 팬티에 농락당하고 있었던 것이다.

"무어냐, 이거 말이냐? ……흠, 그 선글라스 아래에 있는 눈은 이 몸의 팬티를 좇고 있었다 이 말이로군. 색골이로구나."

전투 도중에 이 정도 일에 정신을 팔다니. 미라는 그런 마음을 담아 말하면서도 엉겁결에 약점을 제 입으로 밝힌 스미스를 향해 씩 하고 입가를 일그러뜨려 웃어 보였다.

"뭣?! 바보 같은 소리! 보인 것뿐이라고! 보고 싶어서 본 게 아니야!"

능글맞게 웃는 미라 앞에서 스미스는 선글라스를 고쳐 쓰며 허둥지둥 변명했다. 조금 전까지 보였던 초연한 태도는 어디로 간 것인지. 스미스는 요원 같은 차림새를 한 채 눈에 띄게 동요한 모습을 보였다.

"이제야 좀 본성이 드러난 것 같구나."

아무래도 방금 전에 보인 것이 본래의 성격이리라. 스미스의 본성을 들춰냈다는 생각에 미라의 입가에는 더욱 짙은 미소가 걸렸다.

'가만. 뭐지? 어디서 만난 적이 있던가?'

문득 스미스의 모습에서 낯익은 누군가의 모습이 겹쳐 보이는 듯 했다.

미라는 스미스의 얼굴을 뚫어져라 쳐다봤다. 하지만 모자와 선글라스 탓에 얼굴이 제대로 보이지 않았다.

"젠장…… 여자라면 최소한의 수치심 정도는 있어야 할 것 아냐."

스미스는 어쩐지 억지를 쓰듯 중얼거렸다. 미라는 그런 스미스를 바라본 채 문득 질문을 던졌다.

"그나저나 팬티 같은 것에 반응을 하다니, 그대는 악마가 둔갑한 자가 아닌 게냐? 아니면 악마도 미소녀의 팬티를 좋아하는 겐가?"

스미스는 약간 놀리는 듯한 미라의 말에 미간을 찌푸리며 노려보았지만 이내 평정심을 되찾은 듯 "악마는 아니야. 인간이지"라고만 대답했다.

"그렇다면 어찌 악마를 감싸는 게야? 악마숭배자라도 되는 게냐?"

미라가 추가 질문을 날리자 스미스는 잠시 생각하는 낌새를 보이더니 지금까지와는 사뭇 다른 분위기로 입을 열었다.

"……악마가, 무조건 적인 것은 아니기 때문이야."

스미스는 미라를 똑바로 쳐다본 채 작게, 하지만 진지하기 그지없는 목소리로 그렇게 답했다.

"뭣이라……?"

인류의 절대적 적대자인 악마가 적이 아니라니. 무슨 뜻이지? 이 자가 대체 무슨 소릴 하는 게야. 미라가 그렇게 생각한 순간이었다.

미라의 뇌리에 어떤 위화감이 떠올랐다.

"악마…… 천사……. 천마, 족……?"

그것은 언젠가 보았던, 하지만 아련한 환상 같은, 어렴풋한 꿈과 같은 기억. 애매하고도 신비로운, 그러면서도 그리운, 하지만 불명료한 광경이 뇌리에 아주 잠시 떠올랐다.

"너…… 방금 뭐라고 했어?"

엉겁결에 미라가 중얼거린 말. 그것을 들은 스미스가 놀란 듯한 표정을 지은 그 순간. 눈에 띄게 경계심이 옅어져, 확정적인 빈틈이 생겨났다. 그리고 이번에야말로 미라는 그 한순간을 놓치지 않았다.

불명료한 기억을 떨쳐낸 미라는 그 즉시 뛰쳐나가 '축지'로 단숨에 거리를 좁혀, 눈 깜짝할 새 스미스의 품안으로 파고들었다.

"빈틈이다!"

미라는 펄럭이는 스커트는 아랑곳 않고 은발 머리를 휘날리며 날카롭게 주먹을 내질렀다.

"뭣?!"

놀란 것도 잠시뿐, 무의식중에 방심 상태에 빠졌던 마음을 다잡자마자 스미스는 뺨을 붉히며 당황스러운 표정을 지었다. 코앞까지 다가온 미라에게서 은은히 풍기는 소녀 특유의 달콤한 향기와 원피스 가슴께에 생겨난 매혹스러운 공간을 보고 말았기 때문이다. 그것은 찰나의 순간이었다. 하지만 날카로운 감각이 오히려 독이 되어 스미스의 뇌리는 그것을 또렷이 인식하고 말았다.

직후. 미라의 호쾌한 일격이 스미스에게 직격했다. 선술 '충파'로 인한 강력한 충격에는 제아무리 스미스라도 견뎌낼 수 없었는지, 아주 제대로 날아가 버렸다. 그리고 동시에 선글라스와 모자가 튕겨져나가 허공을 날았다.

"젠장, 또 비겁한 수를……!"

스미스는 얼굴을 붉힌 채 짜증을 내며 일어났다. 하지만 그 붉은빛을 구성하고 있는 것의 비율로 말하자면 분노보다 흥분이 더 큰 듯 보였다. 하지만 그것은 둘째 치고, 그러한 일격을 맞았음에도 스미스가 아무렇지도 않은 듯한 태도를 보이자 주변이 술렁댔다.

하지만 미라는 그보다 더 놀란 표정을 지은 채 "그대…… 그 얼굴은" 하고 훤히 드러난 스미스의 맨얼굴을 바라보았다.

"응? 어이쿠."

스미스가 선글라스와 모자를 주워 다시 장착했다. 미라는 그런 그를 노려보며 성큼성큼 다가갔다.

"뭐, 뭐야. 무슨 짓이야?!"

미라는 빈틈투성이었다. 심지어 조금 전까지 내뿜고 있던 전의가 전혀 느껴지지 않았다. 그 사실에 당황한 스미스는 혹시 또 비겁한 방식으로 기습을 해올 생각인가 싶어 잔뜩 경계했다.

두 사람의 거리는 서서히 줄어들어, 결국 손을 뻗으면 닿을 정도로 가까워졌다.

설마, 이번에는 훨씬 과격한 짓을 할 셈인가? 가까이서 보니 한층 더 귀여운 미라의 모습에 스미스의 가슴이 쿵덕거렸다. 하지만 얼굴에는…… 아니, 얼굴은 이미 붉었지만 표정에는 드러내지 않은 채 스미스는 단단히 긴장한 상태로 대치를 이어갔다.

미라는 그런, 어쩐지 갈등을 하고 있는 듯한 스미스의 얼굴을 보며 그 작은 입술을 벌려 속삭이듯 말했다.

"그대, 발렌틴이지?"

"뭐?!"

그 순간, 미라의 한 마디가 스미스에게 명백한 동요를 가져다

주었다.

"이 몸이다, 모르겠느냐?"

눈에 익은 얼굴, 그리고 언뜻 보였던 본래의 성격과 그와 비슷한 이미지. 미라는 거의 확신하듯 그렇게 말하며 발치에 캐트 시를 소환해 보였다.

"화려하게 등장입니다냥~!" 소환 마법진에서 뛰쳐나온 캐트 시는 마치 전대물에 등장하는 주인공처럼 전신 타이츠를 입은 채 기묘한 포즈를 취해 보였다. 한 마리 전대의 레드가 손에 든 팻말에는 [악은 용서치 않는다!]라고 적혀 있었다.

"이건, 소환술……. 게다가 이 캐트 시는. 어라, 하지만 방금 전까지 선술을……."

그렇게 중얼거린 직후, 스미스는 뭔가 짚이는 부분이 있었는지 "앗" 하고 소리쳤다.

내재 센스라는 것이 있는 탓에 두 종류의 술법을 사용하는 것 자체는 그렇게까지 보기 드문 일이 아니었다. 그렇기에 스미스는 그 차이를 알아챘다. 메인이 되었건 서브가 되었건 내재 센스의 경우, 마력을 분배해야 한다는 특성상 다소 성능이 저하되기 마련이었다. 그렇게 저하된 선술로 자신과 팽팽하게 맞서는 것은 불가능했다.

거기까지 생각이 미치자 스미스는 그가 매우 잘 알고 있는 인물을 떠올릴 수밖에 없었다.

"서, 설마 덤블프 씨?"

스미스는 놀란 듯, 하지만 다소 기쁜 듯한 목소리로 작게 그렇게 말했다.

"음, 정답이다. 역시 그대였나."

미라는 발치에서 울트라ㅇ의 포즈를 취하고 있는 캐트 시를 냉큼 송환하며 스미스…… 아니, 발렌틴에게 미소를 지어보였다. 송환의 빛 속으로 사라지던 케트 시가 "이걸로 끝입니까냥~?!" 하고 비통한 목소리로 소리쳤다. 팻말에서는 [임무 미완료!]라는 문자가 서글프게 빛나다가 허무하게 사라졌다.

아홉 현자, 영회의 발렌틴. 진짜 본인과의 만남에 미라는 놀랐으나 스미스…… 아니, 발렌틴도 여러모로 놀란 모양인지, 연신 미라의 온몸을 구석구석 훑어보며 "아~ 속았어~" 하고 작은 목소리로 중얼거렸다.

"화장 도구 상자를 썼군요. 하지만 어쩌다 이런…… 아, 잠깐만요."

과거에는 현자다운 생김새를 하고 있던 덤블프가 지금은 이토록 아름다운 소녀라니. 하지만 같은 플레이어 출신자인 탓인지 금방 이해하고서 차내를 둘러본 발렌틴은 그 즉시 성수병을 던졌다.

바닥에 부딪혀 병이 깨짐과 동시에 발렌틴이 퇴마술을 발동했다. 그러자 그것은 푸른 피막을 형성시켜, 미라와 발렌틴이 있는 일대를 감쌌다. 그 순간, 모험가들의 목소리와 주변의 잡음이 뚝 그쳤다.

"이제 우리가 말하는 소리는 주변에 있는 아무에게도 들리지 않을 거예요. 그래서 덤블프 씨는 이런 데서 뭘 하고 계셨던 거예요?"

새삼 예의를 갖춰 그렇게 말한 발렌틴은 역시 아직 위화감이 느껴지는지 미라의 스커트를 흘끔 쳐다보고는 쓴웃음을 지었다.

"지금 뭘 하고 있는지를 말하자면 나라로 돌아가던 도중이다만. 애초의 목적은 나라로 돌아오지 않는 그대들을 찾는 것이었다. 솔로몬의 부탁으로 말이지."

미라는 나라로 돌아오지 않는다는 부분을 유독 강조하여 말하며 발렌틴을 날카롭게 쏘아보았다.

"으……. 죄송해요. 하지만 부득이한 사정이 있어서."

"그 사정이라는 것이 무어냐? 악마를 감싼 것과 상관이 있는 게냐?"

미라는 주눅이 든 채로도 진지한 표정으로 대답하는 발렌틴을, 계속해서 노려보며 물었다. 그 눈에는 '너희 때문에 귀찮은 일을 떠맡게 되었잖아'라는 속내가 듬뿍 담겨 있었다.

"그게…….."

발렌틴은 주눅이 든 채 그렇게 잠시 말을 머뭇거리더니, "아까 천마족이라고 했죠?" 하고 되물었다.

"천마족……? 글쎄, 그런 말을 했던가?"

미라는 말을 듣고 잠시 생각에 잠겼으나 아무래도 그에 관한 기억이 명확하지 않아 고개를 갸웃했다. 그런 미라의 모습을 보며 발렌틴은 "아하, 아직 기억이……" 하고 작은 소리로 중얼거렸다.

"해서, 어떠한 사정이냐?"

기억이 안 나는 건 별수 없다. 생각하기를 관두고 다시금 묻자,

"……알겠어요. 말씀드릴게요."

발렌텐은 그런 미라를 고민스러운 표정으로 가만히 쳐다보다 결심을 굳힌 듯 그 사정을 털어놓았다.

우선 발렌틴은 현재, 동료들과 함께 악마가 지닌 능력을 봉인 하러 돌아다니고 있다고 했다. 하지만 그 이유는 악마를 토멸하 기 위함이 아니라 본래의 사명을 떠올리게 하는 것이 목적이라고 는 모양이었다.

"본래의 사명이라?"

"네. 일찍이 악마는, 지금과 전혀 다른 존재였어요."

악마. 인류의 절대적 적대자라 일컬어지는 자들이 지닌 본래의 사명. 머나먼 옛날에 있었던 그것이 악마의 능력으로 인해 사악 하게 변질된 결과, 인류의 절대적 적대자라는 존재가 생겨난 것 이라고 발렌틴은 말했다.

그리고 우여곡절을 거쳐 수 년에 걸친 연구 끝에 악마의 능력 을 완전히 봉인하면 본래의 사명을 각성시킬 수 있다는 답을 도 출했다는 듯했다.

그리고 본래의 사명을 되찾은 악마는 결코 인류의 적이 아니라 고 발렌틴은 강하게 주장했다. 개인에 따라 수단에 차이는 있지 만 목적은 보다 좋은 미래를 맞이하는 것이라고. 거기에 악의는

손톱만큼도 없다고.

"지금의 악마는 악의밖에 없지만 작전이 성공하면 모든 악마와 인류가 공존할 날이 올 거라고요."

발렌틴 일행은 그날을 위해 악마의 힘을 봉인하여, 본래의 사명을 기억하도록 하기 위한 작전을 수행 중이라 했다. 그리고 봉인은 정신적에 커다란 부하를 주지 않기 위해 몇 단계로 나누어 할 필요가 있다는 모양이었다. 나아가 날뛰거나 할 경우, 힘이 불안정해지기에 그대로 봉인을 강행하면 돌아올 기억이 손상될 우려가 있다는 모양이다.

요컨대 전투를 통해 쓰러뜨리고 조치를 취한다는 수단은 사용할 수 없는지라 신중하게 진행해야만 한다는 뜻이었다.

조금 전에 봤던 악마는 그 도중. 8할 가량 봉인을 마친 참이었다는 모양이었다. 하지만 최근 아무래도 그 악마가 좋지 못한 일을 획책하고 있는 징후가 보여, 오늘은 이렇게 가까이서 감시를 하고 있었다고 한다.

"오호라. 그 악마를 감싼 데는 그러한 이유가 있었군."

본래의 사명을 기억해낸 악마는 인류의 절대적 적대자가 아니게 될 뿐 아니라 미래에 좋은 영향을 미치는 존재가 된다. 본질은 적이 아닌 탓에 발렌틴이 악마를 감싼 것이라는 사실을 미라는 알게 되었다.

"해서, 그 악마가 획책한 좋지 않은 일이라는 게 무엇이냐?"

발렌틴이 이곳에 있었던 이유. 지금은 아직 악의가 가득한 악마가 획책하고 있는 일. 분명 심상치 않은 상황일 듯하여 궁금해진 미라는 그렇게 말하며 악마가 뛰쳐나간 방향으로 시선을 돌렸다.

"어떤 분 말로는 봉인으로 감소한 힘을 보충하기 위해 많은 생명을 양식 삼을 셈이 아닐까 하더라고요. 그리고 분명 열차가 이런 곳에서 멈춘 것도 우연이 아닐 거예요."

"흠……. 그렇다면 유력한 것은, 이 열차를 어떻게든 골짜기 바닥에 처박아 수많은 승객들을 어떻게 하려…… 했을 가능성이겠군."

"네, 그렇게 추측돼요."

생(生)이라는 상태가 사(死)라는 상태로 변환되는 순간에는 막대한 힘이 발생한다고 발렌틴은 말했다. 그리고 악마에게는 그것을 흡수해 양식으로 삼는 성질이 있다는 말도. 미라의 지론을 긍정한 발렌틴은 이 성질이 본래의 사명을 변질시킨 요인 중 하나라고 덧붙여 말했다.

"생명을 양식으로 강해진다라……. 분명 잘못 사용하기 쉬울 듯한 힘이로군."

알기 쉽게 말하자면 경험치를 쌓아 레벨업을 하는 것과 비슷했다. 힘을 추구하는 자에게 그것은 실로 구미가 당기는 성질이라 할 수 있으리라. 그리고 사명을 잊은 지금의 악마는 그 수단을 실행하는 데 아무런 망설임도 없으리라.

"그런 사정이 있었다면 만약의 사태를 대비해 승객은 내리게 하는 편이 낫지 않았겠느냐?"

문득 그런 걱정이 미라의 뇌리를 스쳤다. 그에 반해 발렌틴은 뒤쪽 창문을 가리키며 말을 받았다.

"그런 일은 다른 차량에 잠복하고 있던 동료들이 이미 대응해 줬어요."

그 말을 들은 미라는 뒤를 돌아보았다. 그러자 소리를 차단하는 결계 밖에는 어느샌가 아무도 없었고, 창밖으로는 피난 중인 승객들의 행렬이 눈에 들어왔다.

"일처리가 빠르구나."

"하지만 인원수가 인원수다 보니 아직 절반 이상은 남아 있는 모양이에요."

발렌틴이 그렇게 말한 순간이었다. 조금 전에 뛰쳐나갔던 휴일을 맞은 역 도시락 기사가 뛰어들어 느닷없이 결계에 달라붙었다.

아무래도 분위기가 심상치 않았다. 하지만 그보다도 미라는 자신의 눈에 비친 것을 보고 더 놀랐다. 휴일을 맞은 역 도시락 기사의 등에, 악마의 그것과 같은 날개가 돋아나 있었기 때문이다.

"이봐라, 발렌틴. 혹시, 저 자는."

"네에, 맞아요. 사명을 기억해낸 악마예요."

몹시 당연하다는 투로 대답한 발렌틴은 "아, 그나저나 비상사태인 모양이네요" 하고 말하며 결계를 풀었다. 그와 동시에 휴일을 맞은 역 도시락 기사가 말했다.

"이야기 중에 미안하지만 긴급사태다. 밖으로 나와다오."

"알겠어."

휴일을 맞은 역 도시락 기사의 목소리에는 다소 초조함이 묻어나 있었다. 그것을 알아챈 발렌틴은 그 즉시 고개를 끄덕이고서 뛰쳐나갔다.

차내에는 미라만 남겨졌다.

그런 미라는 두 사람이 나간 벽의 구멍을 바라보며 생각했다. 방금 전에 본 것이 본래의 악마의 모습이란 말인가. 등에 달린 날개만 없으면 겉모습은 사람과 그리 차이가 없었다. 악마란 결국 무엇이란 말인가. 그리고 본래의 사명이란······?

이런저런 생각이 들기 시작한 참에 이상하리만치 밖이 소란스러워진 바깥의 소리가 귀에 들려옴과 동시에 휴일을 맞은 역 도시락 기사가 입에 담았던 긴급사태라는 말이 뇌리를 스쳤다.

"그나저나 무슨 일이 일어난 겐지."

그렇게 중얼거리며 미라는 발렌틴을 쫓아 열차에서 뛰쳐나갔다.

19

절벽과 절벽을 잇는 다리 위. 여유를 두기 위해서인지 다리의 폭은 대형 철길을 네 개는 낼 수 있을 정도로 넓었다. 그 아래 자리한 골짜기 아래로는 큰 강이 흐르고 있었으며 정면에는 원근법을 무시한 듯한, 멀리 있는 데도 한참을 올려다봐야 할 정도로 커다란 폭포가 우뚝 솟아 있었다.

"이건 분명 긴급사태로군."

하늘은 쾌청했지만 폭포에서 튄 물방울이 빗발치듯 쏟아지는 가운데, 그 선로에 내려선 미라는 휴일을 맞은 역 도시락 기사의 곁으로 달려가 하늘을 노려보았다.

다리의 상공. 그리고 주변은 백 마리는 족히 될 듯한 레서 데몬으로 뒤덮여 있었다. 게다가 선로 위에는 상위종인 대형 레서 데몬이 여럿 내려 서 있고, 발렌틴이 그들과 교전 중이었다. 보아하니 이미 수십 마리는 쓰러뜨린 모양이었고 그쪽은 그대로 내버려둬도 될 듯 보였다.

"이야기는 들었다. 발리의 동료라더군. 나도 그의 동료로 파우스트라 한다. 미안하지만 상황이 이렇게 되었으니, 협력해줬으면 한다."

몸을 돌린 휴일을 맞은 역 도시락 기사, 파우스트는 미라의 모습을 보자마자 빠른 말투로 그렇게 말했다. 자유롭게 수납할 수 있는 것인지 악마의 날개는 이미 사라진 상태였다.

그런 그가 입에 담은 발리란, 요컨대 발렌틴을 말한 것이리라. 아무래도 미라에 관한 간단한 설명은 마친 모양이었다.

"이 몸은 미라라 부르거라. 이쪽도 그대들의 사정 이야기는 들었다. 협력하도록 하지."

파우스트는 악마라 했지만 그 태도는 미라가 아는 악마와는 영 딴판이었다. 그런 차이에 따른 것인지 다소 호감이 생긴 미라는, 사람을 접할 때처럼 말을 나누며 그에게 현재 상황을 물었다.

파우스트의 말에 의하면 좋지 않은 일을 획책하고 있던 악마 본체는 무사히 제압할 수 있었다고 한다. 자세히 보니 엄중하게 묶인 채 발치에 널브러져 있었다. 하지만 그 전에 무슨 짓을 했는지 직후에 이만한 수의 레서 데몬이 나타났다는 모양이었다.

궁지에 몰리자 사전에 대기시켜두었던 레서 데몬을 해방시킨 것이리라는 것이 파우스트의 추측이었다.

그의 말에 의하면 레서 데몬이란 악마의 힘으로 조종할 수 있는 특수한 장기짝이라는 모양이었다. 또한 레서 데몬은 악마의 명령이 없으면 결코 움직이지 않고, 누구도 감지할 수 없는 존재로 변한다고 한다.

요컨대 눈에 띄게 행동하는 레서 데몬은 악마의 명령을 실행하고 있는 상태라는 뜻이다.

심지어 그 수는 사역하는 악마의 힘에 비례한다고 한다. 대부분의 능력이 봉인된 지금 상태로도 작위를 지닌 악마는 수백을 넘는 레서 데몬을 거느릴 수 있다고도 했다.

"허어. 작위를 지닌 악마에게는 그러한 특성이 있었나……."

"그래, 그밖에도 많지만 대부분은 봉인된 상태지. 다만 이렇게 레서 데몬을 지배하는 것은 사람이 숨을 쉬는 것과 같은 일이라 봉인할 수가 없다."

미라가 놀란 투로 중얼거리자 파우스트는 발치에 놓인 악마를 흘끔 내려다보며 그렇게 말했다.

"파우스트가 설명한 대로 지금 이 레서 데몬들은 명령을 실행 중인 상태예요. 대체 이만한 수로 뭘 할 셈인지……."

어느새 돌아온 발렌틴이 다소 성가시게 됐다는 듯 투덜댔다. 아홉 현자의 일원답다고 해야 할지, 다리 위에 있었던 대형 레서 데몬은 이미 먼지가 된 뒤였다.

하지만 그때였다. 땅바닥에 널브러져 있던 악마가 느닷없이 낄 낄대고 웃기 시작한 것이다. 그러자 다음 순간, 레서 데몬이 크게 움직이기 시작해, 차례차례 다리를 향해 몸을 던졌다.

폭음이 울리더니 충격으로 다리 전체가 흔들렸다. 레서 데몬이 교가(橋架)에 달라붙어 자폭하고 있는 것이다. 아무래도 악마는 수단과 방법을 가리지 않고 다리를 떨어뜨릴 속셈인 듯했다.

"덤블프 씨, 위쪽을 부탁드릴게요!"

열차에는 아직 미처 피난하지 못한 승객들이 절반은 남아 있었다. 이대로 다리가 떨어지게 둘 수는 없는 일이다. 발렌틴은 말 떨어지기 무섭게 다리 아래로 뛰어내렸다.

"음, 이 몸만 믿어라."

미라는 그 즉시 대답함과 동시에 가루다를 소환했다. 공중에 떠오른 마법진에서 느닷없이 날아오른 극채색의 괴조는 다리를 향해 돌격하는 레서 데몬을 날갯짓 한 번으로 송두리째 날려버렸다.

레서 데몬이 비명 같은 소리를 내며 허공을 날았다. 하지만 주변에 폭풍이 불어 닥치는 바람에 열차 군데군데에서 삐걱대는 소리와 겁에 질린 승객들의 비명소리가 터져 나왔다.

"으음. 광범위 공격은 위험하겠군."

이대로 온 힘을 다해 레서 데몬을 섬멸하다가는 피난 중인 승객이 휘말려들 것이 분명했다. 그렇게 생각한 미라는 재빨리 작전을 변경했다.

가루다는 명령에 응해 그 압도적인 존재감을 한층 더 과시하며 주변을 노려보아 견제. 레서 데몬의 침공을 그 거구로 방해한다는 방어적 자세를 취했다.

그 효과인지 가루다를 상대로는 자신들이 불리하다는 사실을 깨달은 듯한 레서 데몬들은 돌격을 멈추고 빈틈을 살피듯 주변을 맴돌기 시작했다.

결과, 교착상태가 되어 승객들의 피난이 속행되었다.

그러던 중 호기심이 발동한 미라는 발렌틴은 어쩌고 있을까 해서 다리 아래를 들여다보았다.

그곳에는 다중 결계를 발판 삼아 종횡무진으로 뛰어다니며 무리 지은 레서 데몬들을 특징적인 하얀 불꽃으로 소각시켜 나가는 발렌틴의 모습이 있었다. 레서 데몬들이 새하얗게 불타오르는 가운데, 눈에 띄는 검은 옷을 걸친 발렌틴의 모습은 한층 더 두드러져 보였고 때때로 퍼져나간 검은 불꽃은 그림자처럼 은밀히 다가

가 적을 집어삼켰다. 그야말로 영화—그림자라 불렸던 발렌틴의
전장다운 광경이었다.

그렇게 눈에 익은 광경 속에서, 그 움직임을 비롯해 낯선 술법
을 펼치는 발렌틴의 모습을 보고 있자니 미라는 가슴이 설레었
다. 게임이었던 시절, 이미 극에 달했다고 느꼈던 술법에 아직도
이만한 가능성이 숨어 있었다니.

아직 부분 소환이라는 기술밖에 개척하지 못한 미라는 그 가능
성에 몸을 떨며 하늘을 올려다본 채 미소를 지었다.

다리 아래는 발렌틴이 있으니 문제없다. 그렇다면 남은 일은
위를 정리하는 것뿐이다. 하지만 그러던 중, 크게 우회해 다리
아래로 향하는 레서 데몬이 있었다. 제아무리 발렌틴이라 해도
이만한 수가 합세하면 처리하지 못하고 놓치는 녀석이 다소 생
기리라.

위쪽에 있는 녀석들은 위에서 처리해버리는 것이 바람직했다.

그래서 미라는 페가수스를 소환했다. 가루다의 공격은 피난 중
인 승객들에게 영향을 미친다. 그러므로 공중전에 능하면서 공격
도 비교적 얌전한 편인 페가수스에게 활약을 시키기로 한 것이다.

"자아, 페가수스여. 이번에는 전투다. 수가 많으니 주의하거라."

뺨을 비벼대는 페가수스의 갈기를 쓰다듬어주고는 하늘을 뒤
덮은 레서 데몬들을 가리킨 채 "마음껏 날뛰고 와라"라고 말하며
내보냈다.

미라의 지시를 받은 페가수스는 큰소리로 울며 춤을 추듯 날아
올랐다. 그리고 순간적으로 경계 자세를 취한 레서 데몬을 방어

째 꿰뚫어 처리해나갔다.

하지만 레서 데몬도 가만히 있지는 않았다. 페가수스의 움직임을 예측해 대열을 재구축하여 피해를 최소한으로 억제하기 시작한 것이다.

"흠, 대장급도 섞여있는 모양이로군."

비단 레서 데몬뿐 아니라 마물 중에는 특별히 뛰어난 대장급 개체가 있었다. 특히 집단으로 행동하는 마물의 경우, 이 개체의 유무에 따라 그 토벌 난이도가 크게 달라졌다.

칼같이 제어된 레서 데몬의 움직임으로 미루어 아무래도 그중에서도 우수한 녀석이 있는 모양이었다.

심지어 레서 데몬들 중 일부는 피난 중인 승객들을 노리고 있는 눈치였다. 일단은 동승했던 모험가들이 일반인들을 지키듯 전개해 있었으나 빈틈만 보이면 습격하겠다는 속셈이 엿보였다.

시간이 너무 오래 지체되면 그만큼 피난하는 승객들의 수도 늘어 사각이 생길지 모를 일이다.

그런 전황을 파악한 미라는 다시 한 번 소환술을 행사했다.

[소환술 : 히포그리프]

술법이 발동되어 마법진이 떠오르더니 그곳에서 히포그리프가 나긋한 발걸음으로 걸어 나왔다. 히포그리프는 매의 상체에 말의 하체를 지녔다는 신화상의 모습을 그대로 체현하고 있었다. 하지만 미라의 히포그리프는 유독 매의 특징이 강했다. 그 눈매는 매섭고, 몸은 풍성하고 씩씩한 기풍이 느껴지는 깃털로 뒤덮여 있었으며 펼친 날개는 실로 용맹스러워 보였다. 그러면서도 우아하고 기품이 넘쳤다. 게다가 하체는 우람하여 난폭한 전사 같은 인상도 겸비하고 있었다.

그 특징 탓에 히포그리프는 페가수스와 나란히 공중전에 뛰어난 적성을 가지고 있었다. 페가수스의 반대쪽에서 공격을 가하게 하면 분명 레서 데몬의 대열을 단숨에 와해시킬 수 있으리라.

하지만 이것이 30년 만의 재회임을 잊어서는 안 됐다. 히포그리프는 자신을 어떻게 생각할지. 미라는 불안한 마음을 떠안은 채 처음 만났을 때처럼 히포그리프와 똑바로 마주 보았다.

잠시 후, 히포그리프는 날개를 활짝 펼치며 미라 앞으로 걸어와서는 사지를 굽히고 머리를 숙여 평복하는 자세를 취했다. 그것은 마치 충성을 맹세하는 기사와도 같은 동작이었다. 그 눈에는 왕의 귀환을 기뻐하는 듯한 환희의 빛이 깃들어 있었다.

"그래. 30년이 지났는데도 아직 이 몸을 따라주겠다는 게냐."

히포그리프가 보인 행동. 그 의미를 미라는 잘 알았다. 그렇기에 미라는 기쁜 나머지 활짝 미소를 지은 채 히포그리프의 머리를 어루만졌다.

"그 충의에 감사하마. 다시 함께 나아가자꾸나."

미라가 거창한 말을 입에 담자 히포그리프는 한 차례 힘껏 날갯짓을 하여 그 말에 답하였다.

그리고 미라는 머리에 닿은 손으로 공중을 가리키며 하늘을 뒤덮은 레서 데몬의 무리를 바라본 채 말했다.

"섬멸하라!"

그 말을 들은 히포그리프는 큰소리로 울부짖더니 쏜살처럼 날아올라 지시한 대로 페가수스의 반대쪽에서 레서 데몬들을 강습했다.

페가수스에게 정신이 팔려 있었던 레서 데몬들은 갑작스러운 습격으로 동요하기 시작했다. 그 직후였다. 공중에 출현한 수십 개의 검은 팔이 손에 든 흑검을 힘껏 내리쳤다.

"모처럼의 기회니 이 몸도 이 신기술을 여러모로 시험해봐야겠군."

지금이 기회라는 듯 미라는 술법 수련을 하기 시작했다. 레서 데몬들이 눈 깜짝할 새 갈가리 찢기고 너덜너덜해져 낙하했다.

"흠. 이건 문제없는 것 같군."

동요하여 움직임을 멈춘 그 순간이라면 여럿을 동시 소환해도 한 치의 오차도 없이 요격할 수 있는 듯하다는 사실을 미라는 확인했다.

다음은 움직이는 표적을 여럿. 그렇게 자신에게 과제를 부여한 미라는 페가수스와 히포그리프에게 지시를 내려가며 레서 데몬들을 농락했다. 이 전장은 곧 미라의 실험장으로 돌변했고, 그 너무도 터무니없는 광경에 파우스트는 협력하는 것도 잊은 채 넋을 놓고 쳐다보고 말았다.

협공에 이어 부지불식간에 나타나는 필살의 일격. 그 일격을 중심으로 전율이 퍼져나간 순간, 느닷없이 페가수스가 전광을 날려 그 일대를 쓸어버렸다. 심지어 거기서 끝이 아니었다. 미쳐 날뛰는 번개가 레서 데몬을 차례차례 후려 갈겼다.

페가수스는 조금 전까지 보이던 유유한 모습은 걷어치우고 소름 돋는 기세로 하늘을 내달리고 있었다. 그 눈에 흘끔흘끔 비친 히포그리프에게 대항심을 불태우며.

가루다에 의한 지상과 상공 세력으로의 분단. 페가수스와 히포그리프에 의한 유린. 갈 곳을 잃은 참에 날아드는 흑검.

이러한 압도적인 힘이 발휘된 결과, 하늘을 뒤덮었던 수백 마리의 레서 데몬은 전멸되었다.

"흠, 하늘은 이 정도면 되려나."

미라는 만족스러운 눈으로 하늘을 둘러보며 놓친 녀석이 없는지 확인했다. 그때, 피난한 승객들이 있는 육지측에서 대기 중인 모험가들의 모습이 눈에 들어왔다. 100미터 이상은 떨어져 있는지라 표정까지는 알 수 없었지만 하나같이 넋이 나간 듯 미동도 않고 있었다.

"훌륭하다. 가세할 틈이 없더군. ……으음, 미라 씨라 했던가? 발리가 조금 전에 '덤블프 씨'라고 했던 것 같은데."

감탄한 듯한 투로 말한 파우스트는 곧이어 당혹감 섞인 표정을 지었다.

"으음……."

직후, 미라의 몸이 움찔했다.

"분명 덤블프는, 발리와 같은 아홉 현자의—."

"—파우스트여. 그 이상은 추궁도 언급도 말거라. 알겠지?"

파우스트가 입을 열려던 순간, 미라는 그것을 가로막듯 날카로운 눈빛으로 그를 쏘아보았다. 그 이상 캐묻지 말라는 뜻을 담아.

"……알겠다. 미라 씨. 미라 씨는, 미라 씨일 뿐이지."

그 눈빛에 담긴 압박감과 조금 전 보였던 실력. 그리고 그 안에 숨은 절대적인 공포를 감지한 파우스트는 그저 순순히 고개를 끄덕이며 답할 수밖에 없었다.

"음, 그래야지. 그나저나, 그 뭣이냐. 어째서 이만한 숫자를 모은 것일는지."

다리 아래서는 아직 발렌틴이 레서 데몬과 싸우고 있었다. 하지만 현재, 그에게 도움은 필요 없었다. 미라는 최소한의 경계를 가루다 일행에게 일임하고는 방관할 자세를 취했다.

"그야 당초의 예정대로 다리를 떨어뜨렸을 때를 위해서겠지."

발렌틴의 실력을 아는 탓인지 마찬가지로 이미 대기 상태였던 파우스트는 잽싸게 미라의 질문에 답했다.

파우스트의 말에 의하면 천 명이 넘는 승객을 살해한다 해도 악마 혼자서 그만한 수의 생명의 힘을 모으는 것은 불가능하다고 한다. 따라서 그 일을 돕게 할 속셈으로 레서 데몬을 주변에 모아들인 것이리라고 말했다.

"본래 악마였던 내 말이니 틀림없다."

파우스트가 끝으로 그렇게 보장을 하는 바람에 미라는 어떻게 반응을 해야 좋을지 당혹스러울 따름이었다.

20

"저도 제법 강해졌을 텐데, 역시 큰 무리와 싸울 때는 덤블프 씨한테 전혀 상대가 안 되네요."

하늘에 자리한 레서 데몬들을 일소한 뒤, 파우스트와 잡담을 즐기기 시작한지 몇 분이 지났을 즈음. 다리 아래서 돌아온 발렌틴은 그렇게 말한 직후, 영 미묘한 표정을 짓고 있는 파우스트를 보고는 "응?" 하고 고개를 갸웃했다.

"잘 들어라, 발렌틴이여. 지금의 이 몸은 미라다. 앞으로는 잘 못 부르지 말도록."

미라가 타이르듯 그렇게 말하자 파우스트는 지당한 말이라는 듯 고개를 끄덕였다.

"에? 아아, 가명이군요! 알겠어요. 저희 이름이 좀 튀긴 하죠. 그럼 앞으로는 미라 씨라고 부를게요. 그러니 저는 발리라고 불러주세요."

정말로 이해를 하긴 한 건지. 아무튼 고개를 끄덕이며 대답한 발렌틴은 그대로 땅바닥에 널브러진 사태의 원흉, 악마를 내려다 보았다. 레서 데몬과 싸우던 도중에 파우스트가 무슨 짓을 한 것인지 악마는 죽은 듯 잠들어 있었다.

"이렇게 된 이상 일단 데리고 돌아가는 수밖에 없으려나. 파우스트, 일행과 합류해서 먼저 가줘."

"알겠다."

발렌틴이 한숨 섞인 투로 지시를 내리자 파우스트는 구속된 악마를 어깨에 짊어진 채 몸을 돌렸다.

"그럼 나중에 보지. 미라 씨도 언젠가 또 보고."

파우스트는 그대로 고개를 숙이고는 열차 안으로 돌아갔다. 아무래도 발렌틴의 동료들은 여차할 때를 대비해 끝까지 차내에서 대기하고 있었는지 창문에서 몇 사람이 고개를 내밀고 있었다.

"자아, 으음, 미라 씨. 그런고로 아직 당분간은 못 돌아갈 것 같아요. 하지만 어떻게 해서든 연내에는 한 번 얼굴을 비출 테니 솔로몬 선생님께 그렇게 좀……."

발렌틴은 요원처럼 야무지게 차려입은 채 송구스럽다는 듯 고개를 푹 숙였다.

"흐~음……. 뭐어, 사정은 파악했으니. 그대들의 활약에 따라 악마가 적이 아니게 될 수 있다면 그보다 좋은 일은 없지."

세간에는 멸종되었다고 알려졌지만 악마들은 세계의 이면에서 아직 암약하고 있었다. 그 행동과 영향은 결코 사람에게 좋게 작용하는 일이 없었고 비극을 양산하는 원인이 되었다. 그런 어둠이 세계에서 사라진다면 이는 세계 규모라 해도 과언이 아닐 위업이라 할 수 있으리라.

"이 몸이 조금만 더 기다리라고 솔로몬에게 일러두마."

"고맙습니다!"

그 사실을 알기에 미라도 빨리 돌아오라는 소리는 할 수가 없었다. 그러므로 이번에는 한 걸음 물러서기로 했다.

"해서, 궁금해서 말이다만. 이번에는 이렇게 전투가 벌어지지 않았느냐. 이 경우 봉인인지 뭔지는 어떻게 되는 게냐? 그리고 만약 그대들이 없을 때 악마와 맞닥뜨리면 어찌해야 하지?"

전투를 치르고 봉인할 경우, 힘이 불안정해 지기에 돌아올 기억이 손상될 우려가 있다고 들었다. 하지만 상황상 전투는 피할 수 없을 테고 상대가 악마인 이상, 이러한 일은 또 벌어지리라. 그때는 어떻게 대응해야 할지.

또한 이 사실을 알게 된 이상, 악마를 함부로 멸할 수는 없는 노릇이다. 그렇다면 또다시 그런 상황과 조우하면 어쩌면 좋을지 미라는 문득 궁금해졌다.

"이번 같은 경우에는 일단 빈틈을 보여 풀어주는 일이 많죠."

발렌틴은 그렇게 말하며 향후의 대응에 관한 설명을 시작했다.

우선 그냥 풀어주면 경계심이 강해져 미행하기 어려워진다는 모양이었다. 그러므로 악마가 자주적으로, 자신의 힘으로 달아났다고 생각하게 할 필요가 있다는 듯하다. 당연히 일부러 놓아준 것이므로 몇 명의 동료가 뒤를 쫓는다. 그 후, 좀 진정되고 나면 봉인을 재개한다는 모양이었다.

"그리고 우연히 악마와 조우했을 때는 말이죠."

한 가지 안건에 대한 설명이 끝나자, 발렌틴은 그렇게 말을 이으며 몇 개의 검은 끈과 수백 개의 하얗고 둥그런 돌을 끄집어내 보였다.

"본래의 사명을 기억해내지 못한 악마는 해악밖에 안 되니, 발견하면 피해가 발생하기 전에 토벌해버리는 게 모두를 위한 일이기는 한데……. 되도록 그렇게 하지 않고 기억을 해방시켜주고 싶다는 게 제 본심이에요."

그렇게 운을 뗀 발렌틴은 미라 정도의 실력이 있으면 악마와 마주쳐도 적당히 상대할 수 있을 거라 말하며 두 개의 도구를 내밀었다.

듣자 하니 검은 끈은 공작급의 악마라 해도 사흘은 완전히 구속할 수 있는 특수한 술구라고 한다. 그리고 하얗고 둥그런 돌은 깨부수면 파우스트 등이 감지할 수 있는 일정한 파동을 발한다는 모양이었다. 요컨대 인적 드문 곳에 구속한 악마를 떨궈놓고 돌을 깨부숴주면 발렌틴의 동료가 회수하여 대응하겠다는 뜻이었다.

"흠. 알겠다. 사정을 알게 된 이상 악마라 해서 무턱대고 쓰러뜨릴 수는 없겠구나."

"그렇게 생각해주시니 다행이네요."

미라의 이해를 얻은 것이 기쁜지 발렌틴은 살며시 미소를 지었다. 하지만 직후에 표정을 다잡더니 말하기 껄끄럽다는 투로 "다만, 도저히 피해를 막을 수 없겠다 싶으면, 그때는 숨통을 끊어주세요"라고 덧붙여 말했다.

악마의 행동이란 것은 개개인별로 독립적으로 이루어지며, 수단, 방향성, 결과는 달라도 최종적으로는 그 모든 것이 인류의 비극으로 이어진다는 것이 현재의 상식이었다. 이번 일에 마음을 쓰다 적당히 봐준 탓에 악마의 계획이 성취되어서는 본전도 못 찾는 꼴이 된다.

"그렇군……. 하지만 정말 그래도 되는 게냐?"

"네. 여차할 때는 별수 없으니까요. 게다가 악마는 영혼만 상처

입히지 않으면 다시 악마로 환생하니까요. 그만큼 갈 길이 멀어지기는 하지만, 언젠가는 끝낼 날이 오겠죠."

악마는 죽어도 다시 악마로 환생한다. 그것이 몇 년 후, 몇 십 년 후가 될지는 알 수 없지만 본래의 사명을 되찾게 할 기회는 그만큼 많다는 투로 말하는 것으로 보아, 발렌틴은 엄청난 시간이 걸린다 해도 이 일을 완수할 요량인 듯했다.

"환생이라…… 그 녀석들에게는 그러한 특성도 있었던 겐가. 그렇다면 어쩌면 그때 그 악마도—."

이로써 여차하면 거리낌 없이 해치울 수 있겠다 생각한 미라는 문득 일전에 고대신전 네뷸러폴리스에서 만났던 악마를 떠올리고는, 곧장 발렌틴에게 그때 있었던 일을 이야기해주었다.

"소울하울 씨가 본거지로 삼았던 곳에 가보니 악마가 나타났다라……. 거기에 좀비 사건 발생과 반마족의 출현. 그렇다면 소울하울 씨도 이 일을……. 아니, 말씀하신 바에 따르면 악마는 여전히 사악함에 물들어 있었던 모양이니…… 다른 목적이……."

미라의 이야기를 들은 직후부터 발렌틴은 혼자서 생각에 잠겼다. 이것도 아니고 저것도 아니고, 라고 한참을 중얼거리며 계속해서 머리를 굴렸다.

"해서, 발리여. 이 몸이 처리한 악마는 환생하는 게냐?"

"네? 아, 아아. 네, 괜찮아요. 목을 친 정도로는 영혼까지 상처입지 않으니까요."

"그러하냐. 그렇다니 다행이구나."

당시, 악마는 인류의 절대적 적대자라 생각했던 무렵. 가차 없이 무찔렀던 악마 역시 본래의 사명을 망각한 가련한 존재였다는 뜻이다. 조금은 마음이 편해짐을 느낀 미라는 참고삼아 관련성이 있을 듯한 사건을 기억 속에서 끄집어냈다.

"헌데, 신경 쓰이는 일이 하나 더 있다만."

미라는 다시 생각에 잠기려 하는 발렌틴을 불러 제지하며 "레서 데몬에 관한 일인데 말이지" 하고 운을 떼고서, 이번에는 일전에 알카이트 왕국에서 일어났던 마물 무리의 습격 사건에 관해 말했다.

"하얀 기둥이 있는 꽃밭…… 그곳 말씀이시군요. 그곳에서 마물들끼리 죽고 죽였다……. 확실히 수상하네요."

"그렇지? 좀 전에 레서 데몬은 악마의 명령으로만 움직인다고 들었다. 요컨대, 그때도 그러했다는 뜻이 아니냐? 혹시 알카이트 근처에 악마가 잠복하고 있어 무슨 일을 꾸미고 있을 가능성은 없겠느냐?"

미라가 아직 이 세계에 온지 얼마 안 되었을 무렵. 마물 무리를 이끄는 레서 데몬과 조우했다. 레서 데몬 자체는 미라가 처리했지만 이번에 들은 바에 따르면 그것을 조종하는 악마가 따로 있었던 셈이 된다.

악마의 행동은 모든 것이 비극을 부른다. 알카이트 왕국 근처에서 무슨 일이 일어나려는 것은 아닌지 싶어 미라는 불안해졌다.

하지만 발렌틴은 그런 미라의 불안을 순식간에 불식시켜주었다.

"악마가 무슨 일을 꾸몄던 것인지는 알 수 없지만, 일단 알카이트 근처에는 없을 거예요. 요전부터 그 주변을 동료가 조사하고 있는데 발견했다는 보고는 없었거든요."

그렇게 말하더니 발렌틴은 "만약을 위해 한 번 더 샅샅이 조사해달라고 부탁해둘게요" 하고 말을 잇더니 레서 데몬이 노렸던 꽃밭에 관한 조사도 맡겨달라며 아주 큰소리를 쳤다.

"하나부터 열까지 미안하구나."

"알카이트는 저의 나라이기도 하니까요. 내버려 둘 수야 없죠. 게다가 악마에 관한 일은 이제 제 전문 분야나 다름없으니까요."

발렌틴 역시 심정이 복잡한 모양인지, 나라를 걱정하는 듯한 표정을 짓는가 싶더니만 자신만만한 목소리로 그렇게 단언해보였다.

"그러면 으음, 미라 씨. 만나서 기뻤어요."

정신을 차리고 보니 피난을 갔던 승객들은 객실로 돌아온 뒤였고 열차 쪽도 복구된 것인지 작은 구동음을 내기 시작했다. 철도원과 동승했던 몇몇 모험가들이 그 주변의 안정 상태를 확인하러 돌아다니고 있었고, 그중 한 명이 미라 일행 쪽을 발견했다.

미라는 모험가 중 한 명에게 문제없다는 듯 손을 흔들어 답했다. 그러고는 다시 한 번 발렌틴 쪽으로 고개를 돌리고는,

"이 몸도 만나서 반가웠다. 무슨 일이 생기면 이 몸도 힘을 빌

려주마" 하고 한손을 내밀었다.

"고맙습니다."

미라의 손을 맞잡은 발렌틴은 "그럼 실례할게요"라 말하고는 손을 놓고 한 걸음 물러났다. 그러자 발렌틴의 발치에 마법진이 떠오르더니 마치 소환체를 송환할 때처럼 옅은 빛에 휩싸여 사라졌다.

"이럴 수가!"

그것은 말 그대로 순간이동이었다. 혹시 전이계열의 술법 같은 것도 개발된 것일까. 미라는 악마 운운과는 전혀 상관없는 일로 생각에 빠졌다.

"전이…… 퇴마술…… 결계의 응용인가? 아니, 무형술인가? 송환과도 비슷해보였는데……."

그렇게 중얼거리며 열차 객석으로 돌아온 미라는 잠시 후, 상공에서 계속 경계 태세를 취하고 있던 가루다 일행을 허겁지겁 송환했다.

레서 데몬의 대군세와 악마의 출현. 그 여파는 몹시도 커서 차내는 아직도 떠들썩했다. 그래도 철도가 정상 상태로 돌아온 덕에 점검이 끝나자마자 열차는 어쩐지 꽁무니를 빼듯 달리기 시작했다.

이렇게 다음 역으로 향하던 도중. 미라는 사자분신의 기세로 활약을 펼친 그녀를 목격한 듯한 승객들, 개중에서도 자신들과의 실력차를 잘 아는 모험가들에게 둘러싸인 채 이런저런 질문공세에 시달렸다.

"그 술법은 뭐였지?" "그게 소환술이라고?!" "말도 안 돼, 소환술이 그렇게 터무니없이 강하다고?" "귀여워" "어느 길드 소속이야?" "그 수상한 남자와의 관계는?" 등등. 질문의 내용은 가지각색이었지만 위력에 관한 질문에 미라는 일관적으로 "이것이 소환술 본연의 실력이다~!"라고 때는 지금이라는 듯 힘주어 말했다.

또한 발렌틴— 가칭 스미스에 관해서는 악마를 풀어주어 그 목적을 간파하려는 악마 헌터였다고 적당한 설정을 지어내어 답했다.

열차 차내에 악마가 나타났다는 사실과 발렌틴이 그것을 감쌌던 일은 목격자가 많기도 하여 악마의 동료인가 하는 의혹이 불거지기 시작한 상태였기 때문이다. 이 소문이 자칫 잘못 퍼지는 날에는 발렌틴이 움직이기 어려워지겠구나 싶어 미라가 마음을 쓴 것이었다.

'이번 일로 빚 하나를 지웠구나.'

미라는 실로 잘 얼버무렸다는 생각에 미소를 지으며 다음에 만나면 전이에 관해 꼭 캐묻고야 말겠다고 결심했다.

그리고 한 가지 간과해서는 안 될 점은 레서 데몬의 대군세가 나타났다는 사실이었다. 미라와 발렌틴이 섬멸한 탓에 더 이상 해는 없었지만 애초에 그만한 숫자가 모여 있었다는 것 자체가 이상했다.

규모가 규모인 만큼 이는 열차 승객들 모두가 목격하였으니,

이번 사건은 그야말로 대소동이라는 수식어와 함께 모험가들을 중심으로 퍼져나갈 것이다. 그 소문이 많은 나라를 떠들썩하게 하리라는 것은 불을 보듯 뻔했다.

그러는 동안, 열차는 다음 역에 도착했다. 그때, 미리 연락을 해두었는지 조합의 중역 중 몇 명이 홈에서 기다리고 있었다. 그들은 미라에게 나중에라도 좋으니 이번 사건의 중요 참고인으로서 조합에서 자세한 이야기를 들려달라고 부탁했다.

그 부탁에는 보수도 지불하겠다하기에 미라는 흔쾌히 승낙했다.

그리고 그후, 중요 참고인 신분이니 숙박비는 조합이 대겠다며 고급 여관으로 안내를 받은 미라는 현재 여관방에 비치된 개인 욕조에서 팔자가 늘어지도록 편히 쉬고 있었다.

'그나저나. 설마 발렌틴과 만나리라고는 생각지도 못했건만. 연내에는 한 번 돌아오겠다는 언질도 받았으니 한 사람은 완료했다고 봐도 되는 겐가? 괜찮겠지!'

행방이 묘연한 아홉 현자 일곱 명 중 한 사람을 찾아냈으니 남은 것은 여섯 명. 미라는 찾아 나선지 아직 그리 오랜 시간이 지나지는 않았지만, 일이 순조롭게 풀리고 있다며 미소를 지었다. 그리고 자신에게 주는 상이라는 듯 값비싼 술을 벌컥 들이켰다.

'그나저나 악마라……. 그 본래의 사명은, 보다 좋은 미래를 맞아들이는 것이라. 참으로 뜬금없는 이야기였지. 하지만 함께 있었던 파우스트라는 악마에게서는 분명 아무런 혐오감도 느껴지지 않았더랬어. 그것이 악마의 참모습이라면 발렌틴의 목적이 달성될 시, 그는 세계 규모의 위업이 될 것이야.'

술뿐 아니라 고급 치즈까지 안주로 즐기던 미라는 그런 생각을 하며 문득 중얼거렸다.

"헌데, 본래의 사명이라는 게 결국 어떠한 내용이었던 겐지."

악마는 보다 좋은 미래를 맞아들이기 위해, 무엇을 하려는 것인가. 그 부분을 깜박하고 묻지 않았다는 사실을 알아챈 미라였으나 뭐어, 발렌틴이 곁에 있으니 일이 안 좋은 쪽으로 굴러가지는 않겠거니 하고 결론을 내리고는 의문과 함께 두꺼운 베이컨을 씹어 삼켰다.

다음 날. 사건 관계자로 보이는 인물과 접촉하여 대화를 나눴다는 이유로 미라는 조합에서 사정 청취를 받았다. 그때, 모험가들에게도 이야기를 했던 것처럼 날조한 설정을 들이대 발렌틴을 옹호했다.

그리고 모든 귀찮은 일을 떠맡겨버리자는 이유로 미라가 제시한 훈장의 효과로 인해 조합측은 그 증언을 진실로 받아들이고 말았다.

그로 인해 악마를 감쌌다는, 배신자로 여겨져 마땅한 행동을 취한 발렌틴의 오해도 완전히 걷혔다.

미라는 솔로몬표 신분증의 효과를 새삼 실감한 동시에 자국의 영향력이 엄청나기는 하구나 싶어 다시 한 번 감탄했다.

당연하다고 해야 할지 사전청취가 있었던 날은 열차에 탈 수가 없었던지라 미라는 그날 하루를 관광에 투자했다.

역 도시라는 것은 그 지역의 특색이, 눈이 어지러울 정도로 집중된 곳으로 둘러보기만 해도 충분히 즐거운 장소였다.

참고로 이날 숙박비도 조합이 댔다. 심지어 전날보다 더욱 대우가 좋아져 최고급 여관에 묵게 되었다. 아무래도 이것도 훈장의 효과인 모양이었다.

그렇게 다음 날 밤. 미라는 루나틱 레이크에서 가장 가까운 역 도시인 실버 사이드에 도착했다.

미라는 다른 여관에 비해 다소 비싼 감은 있었지만 퍽 마음에 든 성월장에서 하루를 묵었다.

아침이 되자 언젠가 들었던 철도 운행 상황을 전하는 방송이 울려 퍼졌다. 다소 성가시기는 해도 어쩐지 기분 좋게 들리는 그 목소리를 들으며 미라는 곧장 일어나지 않고 어리광을 부리듯 모포에 몸을 파묻었다.

다시 잠이 들었다 깨기를 반복한 끝에 겨우 이불에서 기어 나온 미라는 아침 식사를 차릴 점원들을 부르는 벨을 손가락으로 튕겨 늦은 아침 준비를 시작했다.

그날 아침 식사에도 익숙한 음식들이 차려졌고, 미라는 그것들을 음미한 뒤 식후에 녹차를 홀짝이며 쉬다가 방을 나섰다.

"이용해주셔서 감사합니다."

"음, 신세 많이 졌다."

미라는 점원이 귀엽게 묶어준 포니테일을 달랑거리며 성월장을 뒤로 했다. 접수 담당 여성은 저번에 왔을 때와 같은 사람으로, 부탁하자 기꺼이 묶어주었다.

미라는 완벽한 자신의 모습에 실컷 도취된 채 페가수스를 소환하기 좋은 장소를 찾아 주변을 두리번거렸다. 그때였다.

"실례합니다. 덤블프 님의 제자, 미라 님이신 줄로 압니다. 잠시 시간 좀 내주시겠습니까."

마치 나오기를 기다렸다는 듯 성월장 정면에 서있던 남자가 미라의 모습을 발견하자마자 달려왔다.

"그렇다면, 그대는 누구냐?"

남자의 외모는 중년을 앞둔 듯하여 눈가에 자잘한 주름이 져있었고, 말과 함께 허리를 굽히자 흉년이 든 농경지를 연상케 하는 정수리가 보였다. 안타까운 머리카락과 같은 검은색 집사복을 걸치고 있었는데, 그것은 멋들어지게 어울렸다.

"곧장 답변해드리고 싶습니다만, 이곳은 사람들의 왕래가 너무 많은 듯하니 장소를 옮겨도 되겠습니까."

주변을 의식하듯 시선을 이리저리 굴리며 남자는 그렇게 제안했다. 현자의 제자라는 사실을 알고 접근해 온 것을 보면 중요한 이야기가 아닐까. 그리 생각한 미라는 "음" 하고 고개를 끄덕여 승낙했다.

그리고 두 사람은 많은 사람들이 왕래하는 큰길에서 다소 떨어진 장소까지 이동해 다시금 마주했다.

"수고를 끼쳐 죄송합니다. 그러면 답변을 드리도록 하겠습니다. 저는 미라 님과는 다른 아홉 현자님의 제자인, 어떤 분을 섬기고 있는 자입니다. 오늘은 그분께서 미라 님께 보낸 편지를 가지고 왔습니다. 대략적인 내용을 말씀드리자면 부디 한 번 만나뵙고 싶다는 것입니다. 상세한 내용은 편지에 적혀 있으니 부디 저희 주인님의 바람을 들어주셨으면 합니다."

현자의 제자를 섬기는 자라 밝힌 남자는 그렇게 말하며 깊숙이 고개를 숙였다.

"현자의 제자라? 이 몸 말고도 있었다는 겐가? 해서, 그 녀석은 누구의 제자지?"

미라는 남자의 정수리를 흘끔 쳐다보며 그렇게 물었다. 진짜 현자의 제자는 지금까지 나타난 적이 없다고 들었다. 만약 존재한다면 솔로몬이 말하지 않았을 리가 없었다.

대체 누구일까. 미라는 날카로운 시선으로 노려보듯 남자를 쳐다보았다.

"죄송합니다. 저희 주인님은 주의가 깊으셔 당신의 힘을 이용당하는 일을 꺼려하십니다. 따라서 스승의 이름과 본인의 이름을 감추고 계십니다. 송구스러울 따름입니다만 자세한 내용은 이것을 통해 확인해주십시오."

그렇게 운을 뗀 남자는 품속에서 정성껏 포장된 봉서를 미라에게 건넸다.

"흠, 요컨대 은거하고 있다는 뜻인가."

어찌 되었건 만나보면 알 수 있다. 자신 이외의, 정확히는 유일한 현자의 제자라는 존재에게 관심이 생긴 미라는 그렇게 생각하며 봉서를 받아들었다.

"그럼 실례하겠습니다."

남자는 예를 갖추어 깊숙이 고개를 숙이더니 그대로 인파 속으로 사라졌다. 미라는 남자의 모습을 좇지 않고 손에 든 봉서를 아무렇게나 뜯어 그 자리에서 안에 든 편지를 읽었다.

『갑작스럽게 무례한 편지를 보낸 일을 용서하십시오.

저와 같은 현자의 제자가 있다는 이야기를 듣고 도저히 가만히 있을 수가 없어 연락을 드립니다.

저는 사정이 있어 사람들 앞에 나설 수가 없습니다.

실례인 줄은 압니다만 이하에 기재된 장소에서 만나뵙고자 합니다.

장소는 실버 사이드 남서쪽에 자리한 버려진 정원.

오실 때까지 기다리겠습니다.』

편지에는 그렇게 적혀 있었다. 미라는 편지를 봉투에 다시 넣고는 웨스트 파우치에 쑤셔 넣고서 맵을 펼쳤다.

'흐음~ 버려진 정원이라. 분명 위치상으로는 이 근처였지.'

게임이었던 시절 실버 사이드라는 역 도시는 존재하지 않았던 탓에 미묘하게 지리 정보를 읽기가 어려워, 미라는 맵을 노려보며 대충 위치를 짐작해냈다.

'어디, 어떤 자일는지. 귀여운 소녀였으면 좋겠구나.'

진짜 현자의 제자라면 그야말로 실종 중인 아홉 현자가 어디에 있는지 알 가능성이 높았다. 사람들 앞에 나설 수 없다는 말이 다소 마음에 걸리기는 했지만 진짜라면 일석이조라 생각한 미라는 뒷골목에서 페가수스에 올라타고 버려진 정원을 향해 날아올랐다.

이번에도 있었습니다. 페이지 조정이라는 이름의 후기가.

우선은 그 무엇보다 구입해주셔서 감사합니다! 출판에 도움을 주신 분들께도 감사드립니다!

이번 권은 저 자신의 바람을 그대로 끄적거린 이야기가 되었습니다.

열차를 타고 낯선 경치를 멀찍감치서 바라보며 진지하게 고민한 끝에 고른 역 도시락을 맛있게 먹는 일. 한없이 펼쳐진 녹음, 때때로 얼굴을 내미는 마을. 처음 보는 데도 어쩐지 그리운 풍경. 그런 정감 어린 장소를 바람 부는 대로 마음 내키는 대로 여행하고 싶다는.

그런 생각해본 적 없으신가요? 저는 자주 합니다. 그래서 그런 생각을 5권에 담아봤습니다. 재미있으셨다면 좋겠습니다.

그리고 역 도시락은, 참 좋단 말이죠. 전에 독자분께서 역 도시락 정보가 정리된 사이트를 가르쳐주셨는데, 진짜 엄청나게 맛있어 보이더라고요……. 그야말로 식후인데도 먹고 싶어질 정도로.

역 도시락이 지닌 그 신기한 매력은 대체 뭘까요.

먹고 싶지만 비싸서 원. 하지만 언젠가는 사 와주리라 다짐해봅니다. 철도 여행은 무리니 고향에 있는 역에서 사서 집에서 먹게 될 테지만요.

그리고 경우에 따라서는 통신 판매도 하는 모양이더군요. 이것도 언젠가는 시도해보고자 합니다. 그러기 위해서라도 노오력을 해야…….

그러고 보니 이번에는 통상판 말고도 무려 드라마 CD부록이 포함된 한정판도 있었습니다! 드라마 CD를 부록으로 낼 줄은 생각도 못했습니다. 수록 현장을 입회했을 때는 흥분이 가시질 않았습니다. 진짜 성우님이다~ 하고 실로 평범한 생각을 하고 있었죠. 하지만 그때의 경험은 평생 갈 추억이 되었습니다. 이 역시 관계자 여러분께 감사해야겠죠!

참고로 드라마 CD의 시나리오는 완전히 새로 썼습니다. 애 많이 썼습니다. 들어보신 분은 아시리라 생각합니다만, 엄청나게 팬티라는 말을 연발합니다. 계획대로입니다. 훗훗훗훗후.

다음 화제로 넘어가 최근(3월 중순), 플레이스테이션 VR이 화제가 되고 있죠. 부디 이세계를 마음껏 탐험할 수 있는 게임이 나와 줬으면 합니다. 숲속 깊은 곳에 잠들어있는 유적이며 바닷속에 가라앉은 대신전, 폭포 뒤 숨겨진 통로와 그 끝에 펼쳐진 지하도시. 끝내주겠네요. 몬스터를 쫓아다니고, 드래곤한테서는 도망쳐 다니고, 정신이 들어보니 어느샌가 숨겨진 마을에 발을 들여놓았더라는 전개가 벌어진다거나.

페가수스와 친해져서 하늘 여행을 하는 것도 괜찮겠네요. 하늘을 넘어 발견한 것은 부유 대륙 지대. 수많은 유적에 널리고 깔린 금은보화. 그리고 밝혀지는 세계의 비밀. 최고네요.

언젠가 그런 게임이 나와주지 않으려나~ 하는 생각을 하고 있노라면 가슴이 쉴 새 없이 두근거립니다.

 그리고 이번에도 후지 초코 님에 대한 감사인사를 빼먹을 순 없죠! 보십시오, 이 표지를. 제가 동경한 풍경이 바로 여기 있습니다.
 이야아, 이거 정말 끝내주네요. 타고 싶어요. 타고 한없이 먼 곳으로 떠나고 싶다고요. 아주 그냥 그대로 은하를 넘어 머나먼 우주 저편까지. 차창 밖으로 보이는 은하에 성운, 수많은 행성. 그밖에도 이런저런 외계인이 탑승하거나 하면 재미있겠네요. 정말…… 재미있겠어요……. 재미있겠다고요.
 아무튼, 이번 후기는 이쯤해서 마치겠습니다. 최근에는 채소를 많이 먹을 수 있게 되었습니다. 이게 다 구입해주신 독자 여러분 덕분입니다.
 전골요리는 최고입니다. 채소가 아무리 많아도 낼름 삼킬 수 있으니. 실로 건강한 음식이 아닐 수 없습니다! 다음 목표는 건더기 종류를 늘리는 것입니다. 그러므로 부디 앞으로도 계속 응원해주십시오!

현자의 제자를 자칭하는 현자 5

2017년 5월 15일 1판 1쇄 발행
2020년 11월 30일 1판 5쇄 발행

저   자 류센 히로츠구
일 러 스 트 후지 초코
옮 긴 이 정대식
발 행 인 유재옥
본 부 장 조병권
담당편집 정영길
편 집 1 팀 정영길 김민지 조찬희
편 집 2 팀 김다솜
편 집 3 팀 오준영 곽혜민 김혜주
편 집 4 팀 성명신
미   술 김보라 서정원
라이츠담당 김슬비 한주원
디 지 털 박상섭 이성호 최서윤
발 행 처 ㈜소미미디어
인쇄제작처 코리아피앤피
등   록 제2015-000008호
주   소 서울 마포구 토정로 222, 403호(신수동, 한국출판콘텐츠센터)
판   매 ㈜소미미디어
마 케 팅 한민지 이주희 우희선
물   류 허석용
전   화 편집부 (070)4164-3962, 3963 기획실 (02)567-3388
　　　　　 판매 및 마케팅 (070)4165-6888, Fax (02)322-7665

ISBN 979-11-5710-945-6 04830
ISBN 979-11-5710-460-4 (세트)